依然溫柔

世界這麼大，人生這麼長，
總有這麼一個人，讓你傾盡一切溫柔對待。

柚昕 著

編輯的話

從《情書忘了寄》到《依然溫柔》，如果要為柚昕的故事做個定調，或許就如同這次的書名，沒有比「溫柔」更適合的形容詞了。無論是人物角色、情節走向，都能看見做為作者的柚昕，以她和煦溫暖的語調，將故事說得動人而美好。

在《依然溫柔》當中，講述了一段因為來不及說再見而留下些許遺憾的回憶。小說裡，曾經錯過的男女主角得以重逢，有機會改寫故事結局。使我們讀著，也不禁回想自己生命中曾錯過的那些人，該說卻未說的話，藉著故事，彷彿重新獲得了圓滿。

第·一·章

如果問謝品君，世界上她最討厭的人是誰，那麼她一定會毫不猶豫地回答那個人就是她的雙胞胎哥哥謝品翰！

看著手機螢幕上顯示的名稱，她的心裡只有滿滿的厭煩。她真的很不想接他的電話，可是又怕不接會給自己帶來更多的麻煩。

糾結的想法讓她的眉頭皺得更緊，掙扎了三秒鐘，她最後還是無奈拿起手機滑開螢幕。

「喂！妳這個月的薪水拿到了沒？」

果不其然，接通之後的問候又是這一句話，還真是始終如一啊。

「你不覺得一開口就問別人錢的事很沒禮貌嗎？」謝品君沒好氣地問。

當家人之間的對話只剩下錢，說起來還挺悲哀的。

「廢話少說，薪水到底拿到了沒？」謝品翰依然故我，重複同樣的問題。

「還沒。」她毫不猶豫地說，同時起身離開座位，往辦公室外頭走去。

「為什麼還沒？妳們公司在搞什麼？現在都幾號了？」電話另一端的他粗聲粗氣地吵了起來，彷彿沒拿到薪水的人是他，而她是欠員工薪水的公司負責人。

她深呼吸了一回，盡可能讓自己保持心平氣和，她實在不想在公司和他吵架，「還沒拿到薪水的人是我又不是你，你是在氣什麼？」

「妳這什麼話？我是在關心妳欸！」

是關心她的薪水吧？她忍不住翻了一個白眼。

不用他開口她也知道，他打電話來肯定是為了向她借錢。

「算了算了，還沒發就算了。」謝品翰很不耐煩，「喂，妳現在有沒有閒錢可以借我？一千塊或是幾百塊也好。」

「就跟你說薪水還沒拿到，我是哪來『多餘』的閒錢借你？」她反問，語氣堅決，還特地強調多餘這兩個字。

他嘖了一聲，低聲咕噥，「謝品君，妳真的很小氣欸！」

不是她小氣，是她太了解他的習性，如果把錢借給他，就等於錢不見了，根本就拿不回來。從以前到現在，他不知道已經欠了她多少錢，但她早就不奢望拿得回那些錢了。

「你為什麼老是要跟我借錢？有這麼缺錢嗎？」

謝品翰一聽，以為她心軟了，語氣不像剛才那樣不耐煩，懇切地說：「嗯，現在手頭是有點緊。」

「那你的薪水呢？是還沒領到還是花光了？」她接著問。

「我……」他突然支支吾吾了起來。

「你一天到晚借錢，該不會沒在工作吧？」抓住他停頓的空白，她繼續追問。

「誰、誰說我沒在工作的？」他忽然大聲了起來，反而突顯他的心虛，「我現在是在做投資，投資總是需要一些資金嘛！」

「什麼投資？」

「就……唉，反正說了妳也不懂，我也懶得跟妳說。」他含糊帶過了這個話題。

大學已經畢業多年，但她始終搞不清楚他究竟是從事什麼樣的工作。每當她問起，他總說在投資，可是深入詢問，他卻又會用「妳不懂」之類的話來敷衍她，然後再繼續過著不定期打電話來向她借錢的生活。

「算了算了，不借就算了，我再自己想辦法。」他忿忿地說，掛掉了電話。

「搞什麼啊？真是有夠沒禮貌的……」面對突然結束的通話，她只覺得莫名其妙。

她總是聽別人說雙胞胎之間有心電感應，就算不用言語也能知道彼此在想什麼。可是偏偏她不這麼覺得，她常覺得，她的雙胞胎哥哥對她而言，是一個就算溝通之後也無法理解他在想什麼的人。

中午休息時間一到，謝品君立刻把手機收進手提包裡，起身準備離開辦公室。

「品君，妳要去哪裡？不吃飯嗎？」坐在她前方的小惠一看見她拎著手提包要離開的匆忙模樣，忍不住問。

她沒停下腳步，只是回答，「晚點再吃，我要去銀行一下。」

「那我順便幫妳拿便當喔！」

「好，謝謝妳。」她轉頭趕緊加快腳步，走出辦公室。

銀行下午三點半就會關門，但是她手邊有太多工作要處理，除了中午吃飯的空檔外，她實在找不到其他時間去銀行辦事。

但願今天銀行人不要太多才好。她在心裡祈禱著，同時按下了電梯的下樓按鈕。

四月初的天氣還不是很穩定，早上出門時明明還是晴天，但天空現在卻布滿了烏雲，空氣也有些悶熱，感覺好像隨時都會下雨。直到她踏進銀行，原本環繞著身子的悶熱才被涼爽的冷空氣取代。

抽了張號碼牌，她找了一個空位坐下，從手提包中拿出一本存摺。她翻開紀錄停留的最後一頁，視線落到了最後一筆標註著薪資的收入上。

她騙了謝品翰，其實薪水早在昨天匯入了，不過要是被他知道，她這幾天肯定沒辦法平靜過生活。雖然被他知道也是遲早的事，但她還是抱持著能多拖一天算一天的鴕鳥心態。

幸好今天人不多，沒有等待太久，經過十分鐘的等待，她就處理好今天要辦的事，現在回公司吃飯，時間還很充裕。離開銀行前，她撥了一通電話給遠在屏東的媽媽。

「小君，吃飯了沒有？」

電話一接通，謝媽媽帶有台語口音的問候聲傳來，熟悉的感覺迴盪在耳邊。

自從大學到台北念書，每當身在外地的她打電話給媽媽，媽媽開口第一句說的話總是這一句，不論是什麼時間，問的永遠都是吃飯了嗎？

「還沒。不過我事情已經辦完，等等就要回公司吃飯了。」她也從來不會隱瞞，有吃就是有吃，沒吃就是沒吃。

「快去吃快去吃，一定要記得吃飯，不要只顧著工作，身體健康最重要，知道嗎？」謝媽媽催促她，開始了絮絮叨叨的叮嚀。

即使相隔了將近一個台灣的距離，但停留在耳邊的聲音仍讓她心底感到溫暖踏實，彷彿媽媽就在身邊一樣。

「知道，反正我本來也不是什麼工作狂。」她笑著說：「對了，媽，我下禮拜排休，所以下禮拜五會回家一趟。」

「好好好，那我會多煮一些妳愛吃的菜。」謝媽媽的語調微微上揚，「妳爺爺知道了一定會很高興，他老是在問妳什麼時候要回來。我等等就告訴他說妳下禮拜要回來了。」

大學畢業後，時間不再像念書的時候那樣彈性，有時候禮拜五需要加班到很晚，有時候週末公司還有活動，再加上回家的路程遙遠，回家的次數自然減少許多。

「嗯。」她笑著應聲，低下頭，視線回到手中的存摺簿上，「媽，我剛剛匯錢到妳銀行的戶頭裡，妳有空再去看一下。」

「小君啊，妳不要再匯錢給我們了啦！自己吃飽比較重要啦！」

「沒關係啦，反正我也沒什麼開銷。妳和爸就不要老是煮給別人吃了，你們自己也要多吃一點好吃的。」

謝品君家裡是經營熱炒店的小本生意，雖然規模不大，但基於長年經營下來的口碑，生意還算不錯。她從小跟著父母親在熱炒店裡幫忙，父母的辛苦她比誰都清楚，因此當自己開始有了穩定的收入，她自然希望父母不要再那麼辛苦。即使她的薪水不多，三萬多元的薪水扣掉房租、水電費和一些生活上的支出也剩不了多少，她還是固定每個月匯五千元給父母親。

「沒辦法啊，我跟妳爸做習慣了，現在一天不開店都會覺得渾身不對勁。要我們關店休息的話，就等妳和阿翰結婚生小孩，幫你們帶小孩，我就會忙到沒心思做生意了。」謝媽媽暗示她該找對象了。

她不禁跟著笑了，「如果是這樣的話，那你們也只能繼續做下去了。」

謝媽媽哈哈大笑起來，「對了，說到阿翰，小君妳最近有跟阿翰聯絡嗎？我這幾天打電話給他，他都沒接，不知道是發生什麼事了。」

「他今天早上打過電話給我。」她說，心裡很猶豫要不要把謝品翰打電話給她的理由告訴媽媽。

「真的嗎？那他說了什麼？」謝母問。

「他……」她遲疑了一下，然後說：「沒什麼，只是說了一些工作的事，他不知道是在忙什麼投資。」

她決定先暫時隱瞞謝品翰向她借錢的事，要是被媽媽知道謝品翰今天開口向她借錢，媽媽一定會像以前一樣，毫不猶豫拿出自己的辛苦錢給他。雖然謝品翰說是投資，她總覺得那肯定不是什麼正經的生意，她不希望爸爸媽媽的辛苦錢被浪費掉了。

即使天空灰濛濛的一片，沒有看見絲毫陽光，可是悶熱的氣溫還是讓向來怕熱的方承洋吃不消。

方承洋揹著後背包站在老舊公寓的門前，身旁堆了好幾個紙箱，以及一個旅行用的大手提包。他張望著四周，右手不時抹去輕蓋在額上的薄汗，直到一輛白色轎車駛進眼底，原本一臉茫然的他頓時露出笑容，雙眼明亮起來。

「老師，這裡這裡！」他高舉起雙手大喊，朝白色轎車興奮揮舞。

白色轎車緩緩駛近，最後在他面前停下，他立刻開心地湊到駕駛座的窗邊，車門打開，下車的是一名約莫三十歲的男子。

「不好意思，學校有點事耽誤，遲到了一點。」被方承洋稱做老師的男子抱歉地說。

「唉唷，允杰老師，你不要跟我說對不起啦。」方承洋搖手，「是我該說對不起才對，你要上課我還麻煩你來幫我搬家。」

「不會麻煩，反正我已經沒課了。」張允杰微笑搖頭，沒有絲毫覺得麻煩的表情展現在臉上。他打開後車廂，看向堆放在地上的紙箱，問：「你的行李只有這些嗎？」

「啊，對對對，就只有這些而已。」方承洋蹲下身，抬起了其中一個紙箱。

「好。」他點頭，彎下身抱起一個紙箱，沉甸甸的重量讓他的雙手向下一沉，但他很快就適應了這樣的重量，「那就快點搬上車吧。」

坐上副駕駛座，方承洋整個人往後一躺，車內涼爽的冷空氣讓他頓時有解脫的感覺。

「很熱吧？」張允杰見狀，連忙伸手調整冷氣的溫度，讓車內溫度更迅速降低。

「是啊，快熱死了。明明才四月，怎麼熱成這樣？我今年夏天肯定不用活了。」方承洋輕吁了一口氣，轉頭看向坐在駕駛座上的人，「老師，不好意思，這麼臨時麻煩你幫我找房子，還讓你幫我搬家。」

「都說了你不用覺得不好意思，這又沒什麼，舉手之勞而已。如果以後還需要幫忙盡管講，不用跟我客氣。」張允杰微微一笑，順手打了方向燈，看著後視鏡，確定後方沒有來車，便往馬路上開去。

「老師，你真的對我好好喔。」方承洋一臉感動地看著他。

「誰叫你一直叫我老師？每次只要聽你喊我老師，都會讓我覺得不幫忙不行。」他的視線直視著前方，嘴角微微揚起，帶著笑意。

方承洋嘿嘿笑了起來，笑得很開心。

「不過，既然身為老師，那我也該來關心你的課業狀況才行。」張允杰忽然收起笑意，一臉認真地問：「學校最近還好嗎？期中考準備得怎麼樣了？」

方承洋一聽，立刻皺起眉閉上眼，「唉唷，我們剛剛氣氛明明那麼好，你不要突然問這麼讓人不舒服的問題啦！一聽到期中考，我就頭痛！」

「這麼聽起來，你肯定還沒準備吧。」

「有啦有啦，早就已經準備好了啦。」方承洋張開眼，緊張地替自己辯解，「真的啦！老師你不要用這種懷疑的眼神看著我啦，開車要看前面！」

收回視線的同時，張允杰忍不住笑了，看著方才方承洋替自己解釋的慌張模樣，不禁想起了從前。即使上了大學，他還是老樣子，每次問他考試準備得如何的時候，他的反應總是這麼緊張，一副就是沒有讀書的樣子。

方承洋是張允杰教書第一年教到的學生，雖然不是導師班，不過因為方承洋個性很活潑，時常會利用下課或是放學時間主動找他，他對這個學生印象特別深刻。即使後來方承洋升上三年級，他不再負責方承洋班上的數學課程，方承洋依然沒有改掉這個習慣，甚至在畢業之後也繼續和他保持聯絡。

看見張允杰不再用懷疑的眼神看他，方承洋頓時鬆一口氣，但張允杰倒是提醒他期中考就快到了的事。最近都在忙著搬家找房子，根本就沒有心思好好讀書。方承洋低下頭，搓了搓手指頭，吶吶地說：「那個老師啊……」

「嗯？」

「你今天晚上有沒有空啊？」

「怎麼了？」他看了後視鏡一眼，方承洋正睜著大眼，一臉期待地看著他。這種期待的眼神讓他備感壓力，幹麼用這麼期待的眼神問他晚上有沒有空？

「我想問你統計啦。」方承洋抓了抓頭，不好意思地笑著說。

「不是說都準備好了嗎？」

方承洋遲疑了一下，然後理直氣壯地說：「就、就是因為準備好了才會有問題！」

怎麼聽起來感覺邏輯怪怪的？張允杰忍不住笑了出聲，雖然覺得奇怪，還是答應他，「好，我知道了，你先回家整理東西，我晚上再過來找你。我今天晚上的時間都給你了，看你要問多久都行。」

「真的嗎？」

「嗯。」

「耶！」方承洋開心地舉手歡呼，然而他過於興奮的響亮聲音在這樣的密閉空間讓張允杰頓時有些吃不消。

「老師，我會準備好晚餐等你來的。你想吃什麼？麥當勞好不好？」

「不用了，你回去只要好好把房間整理好，然後等我晚上過去就行了，我會順便幫你帶晚餐過去。」

方承洋驚喜大喊，「老師，我最喜歡你了！」

張允杰笑了笑，輕踩油門，車子再次往方承洋的新租屋地點前進。

悶熱的天氣就像是積壓了許久，傍晚時分忽然下起一場滂沱大雨，街上紛紛亮起的霓虹燈光都因為這場大雨而變得矇矓不清。

所幸謝品君有隨身攜帶雨傘的習慣，才沒讓這場突如其來的大雨在下班回家途中造成她的困擾。

走出捷運站，她撐著傘走在大雨中，滂沱雨滴用力地敲打在傘面上，落在地面的水珠微微浸濕了她的鞋緣。因為下著大雨，她花了比平時更多時間才回到租屋處，在昏黃燈光的照映下，她隱約看見有個人影蹲在公寓前的騎樓下。她原本以為自己看錯了，又走近了一點，發現真的有一個人動也不動地蹲在門口，不知道是在做什麼。

她納悶地走近那棟公寓，當她一到騎樓底下，原本蹲在地上的男生立刻站起身，一臉開心地看著她。

「嗨，妳好。」

「有事嗎？」她收起雨傘，疑惑地看著眼前這個對她笑的陌生男生。

男生的臉龐中還有未褪去的青澀，感覺年紀很輕，看起來應該是大學生的年紀而已。

「妳也是這裡的住戶嗎？」他興奮地問。

「嗯。」她輕輕點頭，謹慎地看著他。明明不認識，卻對她笑得這麼親切，讓她忍不住懷疑他是不是要來推銷的。

「真的是太好了！」他拍了拍胸口，頓時鬆一口氣，隨後又揚起笑，「我剛剛出門買東西忘記帶大門的鑰匙，結果在這邊蹲了快一個小時，幸好終於有人回來了。」

「你怎麼不打電話給房東？請她來幫你開門不是比較快嗎？」她問，從手提包中找出鑰匙，他的回答讓她對他已經不再像剛才那樣警戒。

「我有啊。」他用力點頭，撇撇嘴，委屈地說：「可是我打了好多通她都沒接，害我的腳都蹲到快沒知覺了。」

她笑了笑，隨後打開大門，側過身讓他先進去。

他看著敞開的大門，立刻笑起來，「謝啦。」

「你要到幾樓？」走進電梯，謝品君按下五樓按鈕的同時也順便詢問他的樓層。

「五樓。」他看了樓層鍵一眼，笑著說：「啊，跟妳一樣。沒想到這麼快就遇到同一層樓的鄰居了。」

「你也住五樓？」她感到疑惑，印象中好像沒看過眼前這個男生。

「是啊，不過我是今天才搬來的。」

「原來如此，難怪我覺得好像沒看過你。」

他笑了起來，雙眼微微瞇著，「我住5A，妳呢？」

「5A？」她微微一怔，覺得有些意外，巧合讓她不禁輕輕笑了，「這麼巧，真沒想到竟然會是鄰居。」

「真的假的？」他一臉驚喜。

這時，電梯已經緩緩升到五樓，電梯門「叮」地一聲打開了，謝品君伸手按住電梯開門按鈕，讓手上提著塑膠袋的他先離開電梯。

「謝謝。」

他快步走出電梯，旋身面向她，伸手擋住電梯門，走廊上的燈光隨著他的靠近亮了起來，他臉上的笑容變得更加明亮。

「真的很謝謝妳。」他說。

她莞爾，「不會，反正我也要進來，只是順便開個門而已。」

她走過他的身邊，直接往5B的房間走去。

「啊，等等。」

當她在門前停下，身後傳來他的聲音。她回過頭，他依舊笑著，感覺好像隨時都保持著好心情。

「既然是住在隔壁的鄰居，那麼一定要跟妳自我介紹一下。」他笑著朝她伸出手，「妳好，我叫方承洋，以後還請妳多多指教！」

「老師，你知道嗎？我隔壁住了一個好漂亮的女生喔。」

一見到張允杰，方承洋立刻迫不及待地和他分享今天遇見隔壁房客的事。

張允杰聽了，沒有太大反應，只是淡淡地說：「你可不要去騷擾人家。」

「我才不會咧！只是覺得她很漂亮而已。」方承洋喜孜孜地打開張允杰替他買的便當，「不過，我本來想問她的名字，所以我還特地叫住她，向她自我介紹呢。」

「結果呢？」張允杰拆開筷子，遞給方承洋。

「結果她只是笑著點點頭，然後就走了。我還以為她會告訴我名字。」他失望地接過筷子，隨後想起張允杰和這裡的房東有親戚關係，失望的情緒瞬間一掃而空，立刻抓緊機會，「老師，不然你去幫我問你姑姑，5B的房客叫什麼名字，好不好？」

「我怎麼可能幫你？這是個人隱私。」張允杰沒好氣地說。

「拜託啦，就名字而已，我又不是要電話。」方承洋苦苦哀求。

「知道名字之後要幹麼？」

方承洋雙眼頓時一亮，「當然是加臉書啊，先從朋友做起嘛。」

「你這樣莫名其妙突然跑去加人家臉書，只會嚇到她而已。」

方承洋撇撇嘴，夾了一口菜塞進嘴裡，一臉失望地咀嚼著。

張允杰見狀，忍不住無奈低笑，「如果她住這裡，說不定她也是你們學校的學生，搞不好哪天你就在學校遇見她了，或許也會修到同一門課。」

「可是，看穿著感覺不太像是大學生的打扮，我想應該是已經出社會了吧？」方承洋咬著筷子，想著剛才隔壁房客的模樣，「不過，年紀看起來也沒有很大，頂多大我兩、三歲而已吧？」

「那應該就是剛畢業吧？」

「應該吧。啊，既然老師你這麼好奇，我們乾脆現在去隔壁問她好了。」

「我沒有好奇，你快點吃飯。」他按住正準備起身的方承洋，「等你吃完飯，我們再開始考前複習。」

「好啦好啦……」方承洋心不甘情不願地開始吃飯。

張允杰瞥了他一眼，隨後翻閱方承洋那些滿江紅的考卷，看著考卷上答錯的題目，在空白處稍微計算，思考待會要怎麼講解。思緒在數學題目上停留了半晌，他抬起頭看向窗外，和傍晚時分相比，雨勢已經減弱許多。

洗完澡，謝品君用毛巾包住濕漉漉的頭髮，坐到梳妝台前。她拿起化妝水，擺在桌面上的手機忽然亮起，她低頭一看，手機螢幕上顯示的是一則臉書社團的通知，來自大學班代。

班級社團在畢業之後沉寂太久，上次發文的時間已經是三年前畢業典禮時，她都快忘了還有這個社團的存在。

王若琪：「大家好久不見了，這是同學會的重要通知！」

同學會？一看到這三個字，她的胸口就像被什麼東西掐住，有一種很不舒服的感覺。她抿起唇，繼續把接下來的字句讀完，內容是說明同學會的時間和地點，並且請大家在下方回覆是否要參加，以方便統計人數。

這是班上畢業之後的第一次同學會。時隔許久，能夠再見到曾經同窗的同學無非是一件令人期待的事情，可是對她而言，和那些人再次見面就只有反感和害怕，尤其是那個人。

「廢話！當然做過啦，我們早就上過好幾次床了！」

「你們都不知道品君在床上超主動的。」

「欸，就是那個女生啦！聽說她私底下都玩超開，而且私生活超亂的。」

「聽說她跟系籃的都有一腿欸。」

對她來說，那些日子就像是場惡夢。

因為那個人無謂的自尊心而引起的謊言，使不實的謠言在同學間流傳著。那些局外人總是用更多想像去填補著謊話的片段，由於他們誰都不是當事人，所以總能夠毫不在意地拼湊出更多的流言蜚語。被人議論是一件很可怕的事情，時間久了，就算知道別人不是在說自己，但每當被人盯著看，她還是會感到渾身不舒服。

儘管沒有對她做出任何有形的傷害，但他們那些所謂的聽說，他們那些戲謔的眼光和訕笑，那些事情光是想起，她就覺得快要不能呼吸。

「哈哈哈哈哈哈！」

忽然間，隔壁傳來一陣大笑聲，今天才剛搬到她隔壁的新住戶笑聲硬是打斷了她的思緒。她嚇了一大跳，猛然回過神，隔壁房客的笑聲變得更加清楚。

「哈哈哈哈，老師你快看這個啦，這個真的超智障的！」

唉，她常覺得這間套房什麼都好，房間格局好、地點好、房租合理，甚至房東人也很好，唯一的缺點就是隔音太差。她常常能聽見隔壁的說話聲音，像之前她就時常聽到隔壁房客罵男朋友的聲音。她曾經對此感到困擾，此時此刻她卻突然慶幸這樣的隔音設備，來自外界的聲音讓她得以暫時自回憶中脫離。

她直接把手機螢幕關掉，沒有回覆的打算。看著漆黑一片的手機螢幕，她只是輕嘆了一口氣。

算了，別想了，現在想再多也無濟於事，不過會增加自己的困擾而已。

再說，對於同學會的事，她完全沒有意願參加，就連時間和地點也不想知道。

持續好幾天的雨總算在今天清晨停了，走在路上，空氣中還殘留著雨的味道，地面也依舊潮濕，微微陽光自還沒完全散去的烏雲縫隙中流瀉而出。

前陣子和大學學姊約好了今天見面，而且是約在那個地方，因此謝品君特地提早出門，先到附近的早餐店吃早餐。

當年因為系上盛傳的那些關於她的謠言，比起系上的同學，她反而跟外系的同學更熟悉一點。就連課堂上需要分組的時候，她都會盡量避開班上同學，和外系的同學一組。當時雙主修的王語亭正是經常和她同組的對象，也是她畢業後的這些年來唯一還有保持聯絡的人。雖然畢業後，她們都有各自的工作要忙，尤其在王語亭結婚之後她們能見面的時間也變得更難有交集，謝品君對久違一次的碰面充滿了期待。

「鄰居，早安！」

謝品君坐在早餐店角落的位置，才咬下第一口蛋餅，忽然聽見一聲很有朝氣的問候，這聲音感覺就在身邊，而且不知道為什麼，聽起來好像還有一點熟悉。

她嘴裡還咬著蛋餅，忍不住好奇地抬頭一看，方承洋的笑臉隨即映入眼底。他突然的出現讓她頓時愣住。

方承洋見她一臉呆愣，笑得更開心，指著她停滯的動作，問：「嘴巴不會痠嗎？」

「啊？」她回過神，突然覺得有點尷尬，放下筷子，轉移話題，「你怎麼在這裡？」

「我等等要去打工，所以想說先來買早餐。我剛剛看過去，發現這間早餐店的生意最好，所以就進來了。」他拉開她對面的椅子坐下，好奇地問：「妳呢？是要去哪裡嗎？」

「我和朋友有約。」她說。

「朋友？」聽到關鍵字，他忍不住向她湊近了一些，好奇地問：「男朋友嗎？」

「不是，只是朋友而已。」她解釋，隨後看見他像是鬆了一口氣似地笑了。她覺得莫名好笑，也不禁對這個男生有點好奇，於是問：「你還在念書嗎？」

「對啊，我讀附近那所大學。」他點頭，「妳也是嗎？」

雖然覺得她的穿著不像學生，但她的年紀看起來應該跟他差不了多少，說不定她和他讀同一所學校，如果真是這樣，那就太好了。

他滿心期待地等著她的答案，然而她卻搖頭，「我早就畢業了。而且，我也不是讀那間大學，我是畢業後才搬來這裡的。」

「這樣喔。」雖然早預料到可能會是這個答案，不過聽到不是同一所學校還是讓他有點望，但失望的情緒沒有停留太久，他順這個問題，接著問：「那妳今年幾歲啊？」

「你問這個幹麼？」她喝了一口紅茶。

「因為好奇啊，我想知道我有沒有猜對妳的年紀。」

「我的年紀有什麼好好奇的？」她覺得他好奇怪。不過想了想，這似乎也沒什麼好隱瞞的，於是說：「我今年二十五。」

「二十五嗎？那我……」他立刻扳起手指，似乎正在計算他和她的年齡差。

「不用算差多少了啦，我應該大你滿多的吧？」她說，看他一臉青澀的模樣，感覺應該才剛升大學吧？

「也還好啊，我今年十九歲，啊，不對不對，是二十才對。」他連忙改口，「我奶奶交代我千萬不可以說自己十九歲，一定要說二十歲才行。」

「我爺爺也常這麼提醒我，他總是說年齡到九的時候要特別小心，很容易遇到倒楣事。」她想起了從小到大爺爺的叮嚀，不過她十九歲那一年還真的是多災多難，在學校發生了一堆煩人的事情，唯一幸運的，是能夠在充滿紛擾的那一年遇見記憶中的那個人吧。

「對啊。說真的，我覺得這還滿準的欸。」

「怎麼說？」她好奇地問。

「像我上學期就一堆課被當掉了，還被我老媽修理一頓，真是有夠倒楣的。」

「這個跟那個應該沒什麼關係吧？」她無奈失笑，會不會被當掉應該是取決於有沒有讀書，而不是流年運勢吧？

「怎麼會沒有關係？我大一的時候完全沒有被當掉欸，結果一到十九歲就被當得亂七八糟了。」他說得很認真，很堅持自己的想法。

「這應該是因為你大一的時候比較認真讀書吧？」

「不是啦，我一直都很認真。」

「真的嗎？」她依然不相信。

「當然是真的啦！妳為什麼一臉不相信的樣子？」

看他一臉認真，她沒再繼續跟他爭論下去，只是笑了笑。

「帥哥，你的火腿蛋吐司和冰紅茶好了喔！」這時，老闆娘的呼喚傳來。

「啊，來了來了。」

一聽見早餐準備好，他的雙眼頓時一亮，立刻起身往吧台走去，和她爭論的認真模樣不見，取而代之的是開朗的神情。

她的目光隨著他的身影移動，看著他向老闆娘拿了早餐，付了錢，然後拎著早餐再次走回她身邊。

他沒再繼續剛才的話題，而是笑著揮手，「我還要去打工，下次見面我們再聊。」

雖然他有些思考邏輯不太尋常，但他給人的感覺很率直，她並不討厭這個人，甚至覺得他挺可愛的，還會期待下次再見到他。

「拜拜。」揚起嘴角，她朝他點頭莞爾，換來他更燦爛的笑容。

「拜拜，鄰居！」

距離約定的時間還有半個小時左右，謝品君已經抵達了約好見面的地點。

站在和王語亭相約的咖啡廳門口，她仰頭望著新穎的招牌，可是心裡想的，卻是曾佔據她一部分回憶的老舊招牌以及熟悉的咖啡香氣。

自從大學畢業，她已經好久沒來了，儘管四周景物大多依舊，然而最讓她心繫的曾經卻早已經不在了。從大學二年級那年遇見那個人到現在，已經過了六年，這個場所不知道已經換過多少間咖啡廳經營。但隨著時光流逝，唯一真正在她心上駐足的就只有那間咖啡豆專賣店，那間店並不是一般提供甜點和飲料的咖啡廳，而是一間單純銷售咖啡豆的批發商店。

不像現在時下的咖啡廳裝潢新穎或是獨特，那間咖啡豆專賣店的內部裝潢老舊，室內有歲月留下的斑駁痕跡，她甚至還記得當年推開店門時發出的老舊木頭摩擦聲響，那種聲音給人感覺像是門快要壞了一樣。或許正是因為那樣不起眼的外表，所以才無法在這個商圈生存下去吧。

正當思緒沉浸在回憶中，眼前毫無預警陷入一片漆黑，她頓時嚇了一大跳。

「嘿，猜猜我是誰呀？」

隨後於耳邊響起的怪腔怪調聲音讓她不禁鬆一口氣。她揚起嘴角，無奈回答：「妳很幼稚欸，語亭學姊。」

「哎呀，真是的，怎麼一下就被妳猜到了？」

視線再次恢復明亮，街景也回到她眼底。她回過頭，看著身後的王語亭，沒好氣地說：「因為會這麼幼稚的人也只有妳了。」

「幹麼這樣講？」王語亭笑了笑，伸手搭上了她的肩，「妳等很久了嗎？」

她搖頭，「我才剛到一下子。」

「那就好，我還很擔心讓妳等太久。」王語亭鬆了一口氣笑著說：「我們快進去吧，今天好熱喔。」

雨後的潮濕氣息讓空氣變得更加悶熱了。

「嗯。」她抬頭又看了咖啡廳的招牌一眼，然後才跟上王語亭的腳步走進店裡。

即便已被取代多次，但曾經懸掛在那裡的老舊招牌依然在她腦海中揮之不去，使她又想起了那個他。

輕柔的鋼琴音樂在店內流淌，加上空氣中瀰漫的淡淡咖啡香氣，氣氛悠閒舒適。

「自從上次和我同事來過這裡一次，我就喜歡上這間店了。如果以前還在讀書的時候有這間店就好了，那我一定天天來。」王語亭翻著附有餐點精緻圖片的菜單，「說真的，之前開的那幾家店都不是我的菜。」

「可是，我還滿喜歡最早期那家咖啡店的。」謝品君說，想替自己心中最美好的回憶辯解。

王語亭抬起頭，笑著看她，「我看妳喜歡的不是那間店，是店裡的小老闆吧？」

雖然王語亭沒見過那間店的小老闆，但之前時常聽謝品君說起關於他的事。她很少見謝品君那麼頻繁提起一個男生，即使謝品君極力否認，她還是認為謝品君對那個男生有好感。

「才、才沒有！我是喜歡那家店的氣氛！」謝品君突然覺得臉熱了起來。她低下頭，不敢直視王語亭的笑眼，深怕洩漏自己的慌張。然而她翻菜單的速度忍不住加快，指尖動作還是洩漏了慌張的情緒。

「是嗎？那間店明明就破破舊舊的，而且還有一股奇怪的味道，哪來什麼氣氛啊？」王語亭故意這麼說，看她慌張的模樣就覺得很有趣，忍不住想和她開玩笑。

「哪有奇怪的味道？那明明就是咖啡香。」即使慌張不已，她還是要替那間店說話。

雖然她不否認那間店的咖啡香氣過於濃郁，第一次走進店內時確實也是有些不能適應，畢竟整間店都堆滿了咖啡豆。可是，那卻是她回憶中最溫暖的味道。

王語亭微微挑眉，笑得很曖昧，「妳確定那是咖啡香，不是小老闆的味道嗎？」

謝品君覺得自己的臉已經熱得不像話，她緊張地摀住發燙的臉頰，悶悶地說：「妳很變態欸。」

「好啦好啦，不鬧妳了啦！我們趕快點餐吧。」王語亭哈哈大笑，要是再繼續這麼說下去，謝品君肯定會受不了，然後直接奪門而出。

點完餐點，服務生收回了菜單，桌面上只剩下兩杯水杯。王語亭喝了一口水，「對了，我前幾天看到你們班要辦同學會的訊息，妳會參加嗎？」

「咦？妳怎麼知道我們班要辦同學會？」她很驚訝王語亭知道這件事。雖然王語亭因為雙主修的關係，會修他們班的必修課程，但她不是他們班上的同學，照理說應該不會知道他們班上的消息才對。

「當然是看到你們班代在社團裡的通知啊，妳忘了嗎？當初可是妳把我加進你們班的社團裡的欸。」王語亭沒好氣地看著她。

「啊，對喔，我都忘了。」謝品君不好意思地笑著說。那時候有很多課程的相關訊息會公布在班上的臉書社團中，她為了讓外系的王語亭也能收到這些通知，所以當初特地把王語亭加入了社團。

「所以，妳會參加同學會嗎？」王語亭又回到了原本的話題上。

「沒有，我怎麼可能參加？」謝品君毫不猶豫地說。打從她看到同學會通知，就完全沒有要參加的想法，甚至連回覆班代的意願都沒有，只想假裝沒看到通知。

王語亭微微皺起眉，「是因為李昱凱嗎？」

一聽到熟悉的名字，謝品君覺得自己的心臟頓時一緊，光是聽見這名字，她就覺得很不自在，實在無法想像見到他本人時會是什麼心情。

她抿起唇，沒有說話。

「如果是因為他，那妳更應該要去啊。」

她愣了一下，看著王語亭，不明白地問：「為什麼？」

「我知道妳因為那傢伙吃了不少苦，可是做錯事的人又不是妳，為什麼妳要躲起來？妳一定要讓李昱凱那傢伙知道妳現在過得很好。」王語亭鼓勵她。

她不禁失笑，「說不定他根本就不在意我現在過得怎麼樣。」

她想，就算是在那段交往的日子裡，李昱凱也肯定沒有在乎過她的感受，不然當初就不會毫無顧忌地說出那種話了。

「既然這樣，那妳就更該去，而且去了之後一定要先露出一臉『哼，老娘根本就沒有把你放在心上』的樣子，讓那個自以為是的傢伙知道妳才是不在意的那一個。」王語亭邊說邊撥弄著自己的長髮，然後揚起下巴，露出了她所謂的「老娘根本沒有把你放在心上」的高傲表情。

可是，看在謝品君眼裡，她只覺得王語亭的表情欠揍得很好笑。但她不想繼續這個話題，於是莞爾，淡淡地說：「學姊，我會再考慮看看的。」

雖然說會考慮，她其實仍然沒有意願。儘管她能明白王語亭希望她面對過去的心情，可是她偏偏沒有這份勇氣。不然，就不會深陷在這段只剩下回憶的過去這麼久了。

第·二·章

今天是回家的日子，一大早就下起了綿綿細雨。

「小君，妳今天幾點會到屏東？」

正在公車站牌等公車時，謝品君接到了媽媽的電話。

「大概下午一點多會到吧。」她說，看見有輛公車自遠處行駛而來，她微微瞇起眼，確認公車號碼沒錯之後連忙舉起手，朝它揮了揮。

「好好好，到時候我再去車站接妳。」

公車在站牌旁緩緩停下，車門開啟。

「不用啦，我自己再搭車回家就行了，妳在家裡等我就好。」

「沒關係啦，爺爺說他也要一起去接妳，他現在很期待，妳可不能讓爺爺失望。」

她走上公車，依然很猶豫，「可是……」

「好啦，別再可是了，我們就這樣說定了。總之妳快到的時候記得要打給我，還有，記得要去吃早餐。」謝媽媽交代完，就迅速地掛上電話，大概是怕她會再次拒絕。

拿著被結束通話的手機，她走過司機身邊，然後在司機後方的單人空位坐下。

車門緩緩闔上，公車再次往前行駛。她開始拿出手機看臉書打發時間，發現自己有一則被標記的通知。是大學班代在班級社團貼上同學會的那則貼文，班代把還沒回覆是否參加的同學都一一標記上去，提醒他們記得回覆。

她點開了貼文底下的留言，班上大部分同學都已經回覆了參加意願，她不停滑著留言串，直到自己的名字進入視線當中，她忽然停下手指動作。

熟悉的模樣、熟悉的名字，和她的名字一起映入眼底。

李昱凱：「班代，品君不會去嗎？」

王若琪：「不知道，她還沒回。」

李昱凱之後沒再繼續問下去，只是在王若琪的回應上按了讚。

謝品君不知道李昱凱為什麼這麼關心她會不會去，只是當她看見他提起自己的名字就覺得莫名刺眼，心好像是被針扎了一下。

看來，就像她所想的，他根本沒有把她的心情真正放在心上。如果他真的在意過她，就不會像這樣自然而然地問起她了。

不想再看見任何他問起自己的字句，於是她乾脆直接退出班上的社團，就像當年發生那些事情之後，她封鎖了所有關於他的聯繫一樣。誰說時間可以沖淡一切？即使過了這麼多年，她仍無法真正釋懷，只能用眼不見為淨的心態，逃避這些充滿紛擾的回憶。

只要不看到就好了。

她收起手機，轉頭望向窗外的街景。公車行駛過幾站，到了其中一站，有一名女子緩緩走上車。謝品君發現女子走得很緩慢，步伐也很小心翼翼，而且穿著寬鬆的藍色連身裙。雖然乍看之下沒有非常明顯，還是能隱約看見她微微隆起的肚子，感覺應該是懷孕了。公車正在行駛中，車身隨著前進而搖晃。這樣站著危險，謝品君連忙起身讓座給她。

「小姐，這裡有位子。」

女子轉頭看向她，輕輕莞爾，「不好意思，謝謝妳。」

「不會，小心一點。」謝品君微微一笑，側過身讓了位子給女子坐下，自己則是站到女子的旁邊，舉起手拉住公車吊環。

「小姐，真的很謝謝妳。」女子仰起頭，向她道謝。

「不會。」她莞爾點頭，再次看向窗外，隨後，一陣咖啡香氣傳來。

奇怪？是她的錯覺嗎？她總覺得自從女子坐下，她就好像一直聞到咖啡的味道。

她皺了皺眉，下意識吸了吸鼻子，想確認是不是自己太敏感了。

咖啡的香氣依然存在，而且感覺味道是來自這名女子。

就在她感到困惑時，女子忽然開口問：「是不是我身上的咖啡味太重了？」

「啊？」她嚇了一跳，這才意會到自己剛才的動作太過明顯，似乎很沒禮貌，緊張解釋，「不是，我不是這個意思。」

謝品君不是討厭那個味道，只是好奇。不過，女子的詢問也讓她恍然大悟咖啡香並不是自己的錯覺。

「不好意思，因為我整天都待在咖啡堆裡，所以不管是頭髮還是衣服都染上了咖啡的味道。」女子抱歉地笑了笑，向她解釋。

「咖啡堆裡？」謝品君不禁感到好奇。

一說到咖啡，謝品君忽然想起了一個人，他的身上也和這名女子一樣有咖啡的香氣，但不像女子身上的味道這麼明顯，而是淡淡的清香。

「嗯，我們家是開咖啡店的，不過不是那種賣蛋糕和咖啡的咖啡廳，是專門賣咖啡豆的，不知道妳有沒有看過這樣的店？」

專門賣咖啡豆的店？

就和記憶中的那間店一樣，想起了那個他的同時，謝品君輕輕點頭。

「真的嗎？」女子很驚訝。

謝品君回憶著，「我讀大學時曾經看過一間這樣的店，那間店裝潢得很有味道。」

「我們家的也很有味道啊，不過是咖啡的味道濃郁到讓人受不了就是了。」女子微微皺眉，表情很哀怨。

她看了，忍不住笑出聲，「不過，整天都能聞到咖啡香，感覺很不錯啊。」

「話是這樣說沒錯啦，但說老實話，我還真不太喜歡整天都待在咖啡味道那麼濃的空間裡。要不是因為那是我老公他們家的家業，不然我早就跑了。」女子苦笑，「我跟我老公在一起很久，但我也是一直到最近幾年才比較習慣，也比較聞不到自己身上的味道了。不過，我朋友她們都說感覺還是很像咖啡在我的身體裡面打翻了一樣，還笑說我小孩出生後身上一定全是咖啡味。」

看著她有些困擾的笑容，謝品君也想起了記憶中那個人常有的表情。每次說到咖啡，他總會露出困擾的表情，那是謝品君覺得他最可愛的模樣。當溫暖的回憶湧現於心底，謝品君嘴邊笑意更明顯，她笑著說：「這樣也很好啊，我覺得咖啡很香，我很喜歡咖啡的味道，會讓人心情穩定下來。」

只要聞到咖啡香，她就會馬上想起當年的他，他當時給予的溫柔，讓她覺得彷彿能夠逃離所有紛擾，心情總能平靜下來。現在想想，使她平靜的或許從來不是咖啡香，而是咖啡香勾起的那段溫暖回憶。

「我老公也這麼說，他說只要聞到咖啡香，心就會很自然安定下來。」女子點頭附和。

「對啊，還沒出生就被咖啡香環繞著，我想妳的孩子將來一定很乖。」謝品君笑著說。

「我現在只求他不要因為咖啡因作祟，每晚亢奮到天亮就好了，我之後一定要讓小孩跟咖啡豆暫時隔離。」女子笑了起來，隨後像是突然想到什麼的啊了一聲，低頭翻著手提包，拿出一張名片遞給她。「聽起來妳應該滿喜歡咖啡的，歡迎來我們店裡參觀，我請妳喝咖啡，而且我們店內有很多種類的咖啡豆喔。」

「好，謝謝。」她接過名片，低頭一看，名片上頭的英文斜體字讓她不禁愣住。

Grazie 咖啡館。

和記憶中的老舊招牌上的名字一模一樣。

「我們店名是 Grazie。」女子微笑解釋，「Grazie 是義大利文，意思是謝謝。」

「Grazie，義大利語的謝謝。」

這時，她忽然想起了他溫潤的聲音，也想起了他解釋時的微笑，在充滿咖啡香氣的溫暖午後。

一樣的店名，一樣是販賣咖啡豆。

這只是單純巧合嗎？但相同的店名以及相同的商品，還是讓她忍不住猜想這是不是就是她記憶中的那間店。

「請問……」她看向女子，抓著名片的手不自覺用力起來，「請問你們的店之前是不是曾經開在C大附近過？」

她突然莫名緊張，期待但又怕落空的心情緊緊懸著。

「咦？妳怎麼會知道？」女子微微睜大雙眼，表情很驚訝，「我老公他們的店以前就是開在那附近啊，不過那已經是六年前的事了欸。妳以前去過嗎？」

真的是那間店沒錯！

她一聽，懸掛許久的心突然有了著落，她立刻用力點頭，「我以前是C大的學生，回家的時候會經過那間店，也進去過店裡。」

「真的嗎？所以，妳剛才說的，就是我們的店囉？」女子驚喜地睜大眼，聲音開心地上揚，「天哪，那妳改天有空一定要來我們店裡坐坐，說不定妳也看過我老公，之前舊店都是他和他爸爸在顧。要是他知道妳是以前的客人，一會很開心的。」

「嗯。」她點頭，相較於女子變得雀躍的語氣，她反而平靜了些。她看向手中的名片，他溫柔的模樣再次浮現於腦海中。

那間咖啡店歇業後，她曾試著在台北這個城市尋找它的蹤影，說服自己它不是歇業，只是換地點而已。如今，明明找了好久的回憶就在眼前，她的心裡卻還是有些失落。

視線自名片移開，與女子的視線再次有了交會。女子依舊笑著，望著眼前的燦爛笑容，她只是微微一笑。

原來，他已經結婚了啊。

好不容易有了著落的心，感覺再次失去了什麼。

其實，她常在想自己現在對他的情感究竟剩下什麼。

曾經的暗戀，曾經的憧憬，彷彿都在歲月的流逝中變成了懷念。每當她喝咖啡或者只是聞到咖啡香，總會不經意想起他，想起了那個連名字都不知道的他。

「你到底叫什麼名字？」

她記得自己總是這麼問他。

「如果妳能在今天之內把這些題目解出來，我就告訴妳。」

但不知道為什麼，他始終不肯告訴她名字，總是拿她解不出來的數學題目來做為搪塞的藉口。

已經六年過去了，到現在她還是不知道他的名字，只知道他是那間咖啡店老闆的兒子，所以總是稱呼他「小老闆」。

雖然他只在她的青春中停留了幾個月，卻在她心中留下惦記，佔據了她剩下的青春。

明明知道是因為懷念，而不是眷戀。可是，為什麼當她知道他已經結婚時，心裡頭還是莫名失落？

她想了很久。

或許，是出於什麼都來不及留下的遺憾吧？

如果問謝品君對於「Grazie」這間咖啡豆專賣店的第一印象是什麼，她覺得，大概就是「突兀」吧。雖然外觀看起來很特別，卻是偏向奇怪的那種特別。

不知道是老闆故意這麼做，還是只是單純懶得翻修整理，在熱鬧的學生商圈裡，當它和一整排裝潢光鮮亮麗的商店並列在一起，懸掛著斑駁木頭招牌的老舊白色西式建築，總顯得特別突兀。儘管外觀很引人注意，不過也因為它過於老舊的外表，並不會特別讓人有種想進去看看的念頭，頂多只會在經過門口時，多留意一眼它的特殊外表。

當 Grazie 咖啡館的外型在她的腦海中描繪出來，思緒不禁也跟著勾起了第一次看見這間店的場景。記得那是在她大學二年級的時候，第一次看見店名的她只覺得奇怪，不明白這個單字的意思，連發音是什麼都不知道，也沒辦法從外觀裝潢知道它是賣什麼的。於是她按耐不住好奇心，停下腳步走到窗邊想一探究竟。

她站在窗邊偷偷往裡面看，才發現裡面到處都是咖啡豆，有的用麻布袋裝著，擺放在角落，有的則用玻璃罐裝著，整齊地放在架上，光是用看的，彷彿就能聞到咖啡的香氣。她頭一次看見這樣的店，覺得很新奇，視線忍不住多停留了一會兒。

「要進來看看嗎？」

她轉頭一看，問她的是一名約莫二十多歲的年輕男生。他站在店門口，看著她微笑。他的皮膚很白，染著深棕色的短髮，身穿著白色 T-shirt 以及卡其色九分褲。

他是什麼時候出現的？剛才明明沒看到店裡有人啊。她嚇了一大跳，立刻用力搖頭，然後像是逃跑一樣倉皇跑走了。

那是她第一次遇見他，那天天氣很晴朗，陽光很明亮，轉身逃走時，她聞到空氣裡還飄著咖啡清香。

雖然當下倉皇逃開，但不知道自己是哪根筋不對，隔天從學校離開準備要回家時，她還是特別繞去了那間店。可是她不敢再像昨天那樣明目張膽地趴在窗戶上看，只是假裝若無其事地慢慢走過去。經過窗邊時，連頭也不敢轉，只敢用眼角餘光偷看店內的狀況。

今天在店裡的不是昨天看到的那個男生，而是一名看起來大約五十多歲的中年男子站在櫃台。一看見陌生的身影，她忍不住停下腳步，站在窗邊往裡面看去。如果從外表和年紀來看，這名中年男子感覺應該就是這間店的老闆吧？他正低頭擦拭著杯子，認真且專注，沒有察覺到她的注視，只不過讓她比較好奇的是，昨天那個男生跑去哪裡了。

「來我們店裡參觀不會收門票，可以進去看看喔。」

這時，身後突然傳來的聲音讓她嚇了一大跳。她驚嚇地回過頭，昨天見過的年輕男子手裡提著一個大塑膠袋，嘴角微微上揚。比起昨天的微笑，此刻的笑容中彷彿還多了幾分得意，像是在說：「被我抓到了。」

她明明沒做什麼虧心事，但不知道為什麼，突然覺得很丟臉。然後，和昨天一樣，她立刻轉頭就跑。

這是她第二次遇見他，也是她第二次逃走，天空灰濛濛的，陽光有些微弱，空氣裡依舊飄著淡淡的咖啡香氣，或許是因為店門緊閉，所以味道不像昨天那樣明顯，又或者只是因為她太過慌張而已。

有了兩次逃跑經驗之後，她再也不敢靠近那間咖啡豆專賣店了。就算路過，也會加快速度走過去，深怕再遇見那個男生。

就這樣獨自懷著沒由來的丟臉情緒，單方面的躲躲藏藏了一個多月，她才再次遇見他，在咖啡店沒有營業的日子。那是一個突然下起了大雨的春日午後，她忘了帶雨傘出門，雨勢大得她沒辦法走回租屋處，只好先在商店前的騎樓處等雨停。然而，店家都在做生意，臉皮薄的她實在不好意思在店門口待太久，只好在騎樓底下四處徘徊。走著走著，腳步又不自覺走到了那間咖啡店。

本來還想若無其事地快步走過，但經過門口，卻發現店門上竟掛著休息中的木頭牌子。

今天沒有營業嗎？

她停下腳步，忍不住好奇地往裡面看去。大門緊閉，也不見那色調溫暖的室內燈光。她在原地躊躇了一會兒，決定不再繼續向前走，打算在這裡待到雨停。今天咖啡店沒有營業，站在這裡不會影響他們做生意，而且也不用擔心會遇到那個男生，然後又不自覺倉皇逃走了。

雨水沿著騎樓屋簷落至地面，稍微浸濕了她的鞋緣。她向後退一步，身子倚在牆面上。時間不知道經過多久，雨勢絲毫沒有減弱的跡象，在滂沱的雨聲中，她突然聽見了像是木頭摩擦的聲音。

循著聲音轉頭一看，那個男生正站在半掩的門前，身穿著白色襯衫和黑色長褲，臉上不像之前帶著笑容，只是面無表情地看著她。

「現在雨很大，如果不介意，要不要進來等雨停？」

大概是因為雨下得太大，滂沱雨聲幾乎要覆蓋過他的溫潤聲線，她突然覺得他今天的聲音聽起來不像前兩次那樣輕揚，明明是一樣的聲調，感覺卻比較沉穩。

這是第三次遇見他，天空下著大雨，沒有陽光，空氣中沒有咖啡香，而是瀰漫著潮濕的水氣。

或許因為下著大雨，這次她沒再像前兩次那樣倉皇逃離。

相隔將近四百公里的距離，不同於北台灣的陰雨綿綿，南台灣的天空艷陽高照，彷彿夏天提前到來了一樣。

「小君！小君！」

一走出車站，謝品君就看見爺爺戴著顯眼的紅色鴨舌帽站在出口，笑著朝她揮揮手。爺爺駝背的身形讓他看起來更加瘦小，在人群中並不顯眼，但他響亮的聲音以及紅色帽子還是讓她一眼就看見他。

「爺爺！」她快步走向爺爺，開心地拉起他的手，「爺爺，我好想你喔。」

許久沒有看見爺爺，感覺似乎又蒼老了一些，幸好他的和藹笑容依舊，身體看起來還滿健康的。

謝爺爺笑呵呵地拍了拍她的手，然後往她身後看，「阿翰沒有跟妳一起回來嗎？」

她搖頭。他收起笑容，看起來很失望。

她不知道該怎麼安慰他，畢竟不要說一起回來了，她連謝品翰人在哪裡都不知道。

「爸！」忽然間，她聽見媽媽的聲音自遠方傳來。她轉頭一看，媽媽手裡抱著一瓶瓶裝飲料，氣喘吁吁地向他們跑來。

「爸，我不是叫你在門口等我嗎？你這樣亂跑，我還以為你又不見了，嚇死我了！」謝媽媽大喘著氣，心急地說。

「我來找小君。」爺爺解釋。

「我剛剛就叫你不要緊張，我一定會帶你一起來找小君啊！」雖然說是爺爺在緊張，但不管怎麼看，比較緊張的人都是謝媽媽。她氣急敗壞地說到一半，突然發現謝品君，茫然地問：「咦？小君？妳什麼時候出現的？」

「我早就在這裡了。」謝品君無奈失笑，「媽，妳怎麼連自己的女兒都認不出來？剛才爺爺可是一下就認出我了，妳這樣我好難過喔。」

「唉唷，我不是沒認出來啦！我是快被嚇死了，剛剛緊張到只看得見妳爺爺而已，我還以為他又走丟了。」謝媽媽急忙解釋，停頓了一下，接著又說：「還說我？還不都是因為妳太久沒回來的關係！」

她笑了笑，「所以我今天不就回來了嗎？」

「還敢說？再不回來，我就真的要忘記妳的樣子了！」謝媽媽將剛買的冰綠茶放到她手裡，沁涼的溫度瞬間蔓延了整個掌心，謝媽媽接著問：「坐車很累吧？」

「嗯，太久沒坐這麼久的車，還真的是有點累了。」謝品君輕敲了敲有些痠痛的肩膀，點頭笑道。

謝媽媽笑了笑，「那我們趕快回家吧，妳爸在家裡等妳呢。」

「好。」她常覺得就算回家路程再遙遠，車程再長，但所有的疲憊都會在看見家人的同時消失不見。尤其又是許久沒有回家，這樣的感覺比以往都來得深刻。

此時，陽光明媚，宛如此刻的心情一樣。

一回到家，讓謝品君最意外的是映入眼底的竟不是印象中店內的熱鬧，也不是父親做生意的忙碌身影，所有的鍋爐都處於靜止狀態，緊閉的玻璃拉門上掛了寫著休息中的牌子。

「今天沒開店嗎？」謝品君很意外。

她知道爸爸向來把開店做生意看得比什麼都還重要，除非碰到家裡有重要的事情，不然在她的印象中，幾乎不曾看過爸爸休息。

「妳爸上禮拜一聽到妳要回來，就說今天一定要公休，要準備一頓好吃的給妳。」謝媽媽笑著說，隨後拉開店門。謝爸爸正坐在櫃台前看報紙，一聽見開門的聲音，他沒有抬頭，只是微微抬眸看向他們。

「爸，我回來了。」迎上爸爸的視線，謝品君笑著說。

「嗯，回來就好。」謝爸爸沒有多說什麼，淡淡應了一聲，隨後拿下老花眼鏡，收起報紙，「那就吃飯吧。」

下午一點半，比起平常的吃飯時間還要晚一些，儘管早上八點多吃完早餐之後到現在都還沒有再吃東西，但謝品君卻覺得此刻比任何時候的午餐時間都還要來得滿足。

「爸，你也煮太多了吧？」看著滿桌的飯菜，謝品君驚喜地睜大雙眼。

「那是因為妳難得回來，不然平常他根本懶得煮菜給我們吃。」謝媽媽拉開椅子坐下。

「對啊！」謝爺爺在一旁點頭附和，謝爸爸沒有說話，只是一臉無奈地看著正在抱怨他的兩人。

謝品君笑著坐下，「我好久沒吃到爸煮的菜了。」

「那就多吃一點吧。」謝媽媽添了一碗白飯給她。

「好。」她笑著點頭，接過熱騰騰的白飯，白飯的溫度透過碗傳至手心，直至心底。

餐桌上，她和家人說起了最近的生活，就連隔壁搬來的新房客她都說了，就是遲遲沒提起謝品翰曾打電話向她借錢的事。

「對了，阿翰這幾天還有跟妳聯絡嗎？」吃到一半，謝媽媽忽然問：「妳不是說上禮拜他打電話給妳，還說了一些投資的事，他後來還有再說什麼嗎？」

她微微一愣，沒料到媽媽會突然這麼問。

「沒有，他後來就沒有再打電話給我了。」她搖頭，說了一半的謊。

在那天之後，謝品翰確實沒再打電話給她，可是他卻說了不只投資的事，最主要是為了借錢才找她。然而，要是被媽媽知道，媽媽肯定會毫不猶豫地幫助他，她並不希望父母親賺的辛苦錢被謝品翰浪費掉了，也不希望他們為了模糊不清的借錢理由而擔心，因此還是選擇了繼續隱瞞。

「真奇怪，那孩子到底是在忙什麼？怎麼完全沒有消息？」謝媽媽咕噥。

「沒消息就是好消息，那個臭小子哪次打電話回來是有好事的？」謝爸爸夾了一塊雞肉到碗裡，淡淡地說。

「你怎麼這樣說啊？多少也關心一下你兒子吧？」

謝爸爸沒有回應，只是安靜吃著飯。

謝品君咬著筷子，靜靜聽著爸爸媽媽的對話。忽然間，她和爸爸的視線不經意有了交會，他明明沒有開口說什麼，但下一刻，她還是不自覺低下頭，莫名心虛。

她突然不知道自己這樣隱瞞他們究竟是對還是不對。

謝品君只要一想起她那個雙胞胎哥哥，她就覺得很煩、很焦躁，她不想管他，可是卻因為家人的關係不得不在意他。

說老實話，她和謝品翰一直都不是一對感情好的兄妹，雖然是雙胞胎，可是他們從小就不太合得來。除了出生年月日一樣，他們幾乎沒有任何一點相像的地方，包括外表和個性。

在外人眼中，別說是雙胞胎了，甚至常常有人誤認他們只是同學。

小時候他們常因為意見不合或是互看不順眼而吵架，長大之後兩人就漸漸疏遠，後來甚至變成只有在謝品翰需要幫助時才會主動來找她，她也根本不想和他有所接觸。

「小君，不要老是和阿翰吵架，妳就只有一個哥哥而已，如果以後爸媽不在了，哥哥就會是妳的娘家。」

她記得媽媽時常在她和謝品翰吵架之後這麼告訴她，希望他們能好好相處，也時常說謝品翰將來會成為她的依靠。可是，她只希望他不要找她麻煩就好，完全不指望未來有一天能夠依靠他。在她眼裡，比她早出生幾分鐘的哥哥根本一點就不可靠。

「喂！這個月薪水發了沒？」

「借我一些錢吧，我最近手頭有點緊。」

「知道啦，我會還妳啦，家人之間還一直說錢的事，未免也太傷感情了吧？」

雖然謝品翰總說提到錢的事很傷感情，卻忘了這個話題向來是他先提起的。曾幾何時起，他們之間的對話就只剩下錢而已。就算他們感情一向不是很好，但家人如今變成這樣想想也是挺悲哀的。

「小君，怎麼啦？怎麼突然發起呆了？」謝媽媽的聲音忽然傳來，拉回了她的思緒。

「啊？」謝品君猛然回過神，抬起頭，發現三雙眼睛都盯著自己。

「是不是有哪裡不舒服？」

「沒有，我沒事。」她連忙搖頭，然後低下頭，若無其事繼續吃飯，只是心裡那股因為隱瞞而有的罪惡感遲遲沒有消失。

如果他又打電話來借錢，那就說出來吧。

咬著筷子，她在心裡這麼告訴自己。

可是，她明明是這麼想著，但心裡同時又出現另一個質疑的聲音。

真的嗎？

即使下定決心，但她其實比誰都清楚，要是哪天謝品翰又向她借錢，她肯定還是會選擇繼續隱瞞。

謝品君常覺得回到家的時間過得特別快，感覺明明才剛回到家，但回台北的時刻一下子就到了。要是在公司上班時，對時間的認知也能像這樣就好了。

無論去了哪裡或是在外面待了多久，果然還是自己的家最讓人感到舒適溫暖。

「小君，回台北要多吃一點水果，這些都是爺爺挑的，很甜喔。」她回台北前，爺爺將今天剛從菜市場買回來的蘋果和芭樂裝進一個小型紙箱裡，打算讓她帶回台北。

看著越來越滿的紙箱，謝品君不禁笑道，「爺爺，你們自己也要留著吃啦，而且你給我這麼多，我帶不回台北啦。」

「我們要吃再買就有了。」爺爺執意把紙箱裝滿，「小君，妳順便也幫我拿一些給阿翰，記得跟他說爺爺很想他，要他有空就回來。」

她停頓了一下，緩緩應聲，「好，我會跟他說。」

待在家裡的這三天，謝爺爺不時向她問起關於謝品翰的事。她能感覺得出來他真的很想念已經多年沒回家的謝品翰，也知道他最疼的人就是謝品翰了。可是，對於謝品翰的事，她幾乎是一無所知，每當她看見爺爺失望的表情，總會感到愧疚。

謝品翰現在人住在哪裡？又是從事什麼樣的工作？畢業之後這幾年都在做什麼？除了知道他人也一樣在台北，其他的她全部都不知道。

「爸，你裝那麼多，品君沒辦法一個人抱回去。」謝爸爸從房內走了出來，一看見被裝得滿滿的紙箱，忍不住皺起眉。

「小君沒問題的啦！」爺爺很堅持。

謝爸爸本來還想說些什麼，卻被謝品君拉住。他看向女兒，只見她微微一笑，朝他比了一個OK的手勢，表示她沒問題，他才沒再多說下去。

謝品君知道爺爺會這麼堅持是因為謝品翰，不然她一個人根本吃不完這麼多水果。

為了不讓爺爺特地準備水果的心意白費，在回台北的路上，謝品君難得撥了一通電話給謝品翰。仔細想想，這應該是她第一次主動打電話給他。

聽著電話接通之後的聲響，她斂下眼，看著擺放在座椅前方的紙箱子，想起爺爺裝水果的模樣。她告訴自己，為了爺爺，等一下一定要忍住，好好跟謝品翰說完，絕對不可以一生氣就掛電話。

「天哪，妳今天是吃錯藥了嗎？謝品君竟然主動打電話給我。幹麼？該不會是因為拿不到薪水，所以要來跟我借錢吧？」

沒多久，耳邊傳來謝品翰輕佻的揶揄語氣，一聽見他這種欠揍的說話方式，她馬上想掛掉電話。

她輕吁一口氣，強迫自己忍下來，不理會他，「謝品翰，我這禮拜回家一趟了。」

「喔？所以呢？」他不以為意地反問：「妳打電話來，該不會只是想跟我報告自己的行程吧？」

她翻了個白眼，「想太多了你，我想我們的感情沒好到這種程度。」

「我想也是。」他呵呵笑著，「所以呢？妳要跟我說什麼？」

「你有空也回家一趟吧。」

「我才不要，我哪有那個美國時間回家啊？」他毫不猶豫地拒絕。

即使是預料之中的事，她還是繼續勸說：「爺爺他們說你已經很久沒跟他們聯絡了，這三天一直都在問你的事。」

「既然他們問起，那妳直接告訴他們不就好了嗎？幹麼還要我特地回家一趟？麻煩死了。」他不以為然地說。

「不然，至少打通電話回家吧。」她退了一步，繼續勸說。

就像謝品翰說的一樣，她今天肯定是吃錯藥才會這麼有耐心地跟他說話。要是平常的她，早就掛電話了。

「好啦好啦，我知道啦，有空再打。」他漫不經心地回應，明顯就是在敷衍她，「沒事的話，我要掛了，我還有事要忙。」

她連忙喊住他，「等等，我還有一件事情要說。」

「啊？還有喔？」謝品翰不耐煩地問。

「這幾天我們約個時間見面吧，我有東西要給你。」

「咦？妳有東西要給我？」謝品翰的語調上揚了起來，馬上答應，「當然好啊。」

聽他這種興奮的聲音，八成是以為她願意借錢給他了吧？

謝品君又翻了個白眼，然後說：「爺爺準備了一些水果要給你，看你哪天比較有空，我再拿給你。」

「啊？只是水果？那就算了，剛才的話當我沒說，如果不是要借我錢，我就懶得跟妳見面了。」他的聲音明顯沉了下來，「那種東西妳就自己留著吃，我不想吃。」

即使是預期中的反應，可是這些話她還是聽了一肚子火，尤其是最後一句。她忍不住發火，「喂，你怎麼可以說這種話啊？那可是爺爺他的好意，他今天……」

「為什麼不可以？他的好意我就一定要接受嗎？」謝品翰不耐煩地打斷她的話，「妳少在那邊裝好孩子了，看了就覺得噁心！」

「你……」

「我怎樣？」他挑釁地反問：「如果妳真的那麼關心他們，那妳就搬回屏東跟他們住啊，不要以為這麼久才回家一次就有多孝順，少在那邊自以為是地教訓我！說到底，妳和我根本沒什麼兩樣，好嗎？」

什麼話還來不及反駁，耳邊隨即沒了聲響，轉而陷入一片沉默。她放下手機，螢幕已經跳回了通訊錄的畫面。

他們的通話再次毫無預警結束了。

「妳和我根本沒什麼兩樣，好嗎？」

然而，他的最後一句話卻依舊迴盪在耳邊。

回到台北，已經是晚上八點多的事了。

不同於離開台北前的灰濛天空，今晚的夜空難得清澈，還能看見星點在天空中微微發光，感覺明天應該會是好天氣。

謝品君抱著裝滿水果的沉重紙箱慢慢走下公車，她本來想過搭計程車回家，可是又擔心費用太高，只好認命排隊等公車。幸好在公車上有人好心讓座給她，負擔才減輕了不少，但是從車站一路到現在，她還是覺得自己雙手已經快要沒知覺了。

下了公車，謝品君沒有馬上走回家，而是在公車站牌旁稍微休息一下。她坐在長椅上，看著眼前的車水馬龍，不時有人和腳踏車從她面前經過，沒有誰停下腳步，直到一輛腳踏車騎過之後又繞了回來，然後在她眼前停下。

「嘿，鄰居。我還以為我看錯了，沒想到真的是妳欸！」

「啊？你是……」她吃驚地看著正笑著和她打招呼的男生，一時想不起他的名字，只記得他是住在隔壁的房客。

「咦？妳忘了我嗎？我住在妳隔壁呀。」見她一臉驚訝，他的燦爛笑容瞬間垮了下來。

「我知道，只是……」她頓了頓，抱歉地說：「不好意思，我忘了你的名字了。」

「喔，沒關係呀，反正我也不知道妳的名字。」笑容再次回到他的臉上，「我叫方承洋，妳呢？」

「謝品君。」

「嗨，品君。」方承洋笑了笑，接著問：「妳現在是要搭公車去哪裡嗎？」

「沒有，我要回家了，剛才只是坐在這裡休息一下而已。」她說。

「真的嗎？我正好也要回家欸！那我們就一起走吧。」他從腳踏車上下來，打算和她一起用走的。

「嗯。」

她站起身，再次拿起了一旁的紙箱，雖然已經搬著它走了一路，但沉甸甸的重量仍讓她頓時有些吃不消。

方承洋見狀，趕緊停好腳踏車，伸出手迅速接過她手中的紙箱，儘管有她在另一邊撐著，他還是能感覺到箱子的重量。

「沒關係，我自己拿就行了。」謝品君連忙說。

「我拿都覺得重了，更何況是妳？」他硬是接過了那個紙箱，舉起右腳，用膝蓋頂住紙箱的底部，稍微調整拿的位置。

「可是……」

「沒關係，我幫妳拿。」他說。見她一臉抱歉，於是笑著提議，「不然，我們交換好了，妳幫我牽腳踏車。」

謝品君看向他的腳踏車，猶豫了一下，輕輕點頭，「不好意思，那就麻煩你了。」

「不會。」燦爛的笑容再次出現在她的視線中，他笑得好燦爛，彷彿比天空中的星點還要明亮。

走在回租屋處的路上，方承洋能感覺到手中的重量越來越沉，他忍不住咕噥。「天哪，這個裡面裝了什麼？怎麼會這麼重啊？」

「不好意思，還是我來搬吧。」謝品君停下腳步，抱歉地說。

「啊，不用不用！」方承洋立刻搖頭拒絕，他不想在謝品君面前漏氣。他可是男人欸！怎麼能因為這點重量就認輸？

莫名的自尊心讓他又加快腳步，謝品君連忙跟了上去。

方承洋不禁問：「所以，妳剛剛坐在那裡就是因為這個太重搬不動吧？」

「也不是說搬不動，只是想先休息一下再走。」

「那我把手機號碼給妳好了。以後如果需要幫忙的話，可以打電話給我。」他說，本來想馬上把手機號碼唸給她，但見他們兩人的手邊都沒有空檔，於是又笑著說：「回到家之後再給妳吧。」

他真的是一個很熱心的男孩子。她忍不住問：「你對陌生人都這麼親切嗎？」

「妳又不是陌生人，妳是鄰居，鄰居不是本來就該互相幫助的嗎？」他睜大雙眼，一副理所當然似地說。

「謝謝你。」她不禁莞爾，覺得這樣回答的他很可愛。

「不會啦，妳不用這麼客氣。」看著她的笑容，他害羞地低笑了起來，頓時覺得手中的重量根本不算什麼，甚至還覺得自己好像又充滿了力量。他笑著說：「那我們快回家吧。」

方承洋把紙箱搬到了謝品君的房間門口放下。當沉重的紙箱從手中脫離，他忍不住輕吁了一口氣，突然有種解脫的感覺。

「不好意思，這麼重還麻煩你幫我搬，真的很謝謝你。」謝品君微微彎下身，朝他輕輕點頭，再次向他道謝。

雖然雙臂早已痠痛得不像話，但礙於面子問題，方承洋還是揚起笑，一手扶著腰，一手朝她揮了揮，故作輕鬆地說：「妳不用不好意思，這對我來說只是小事一件而已。」

她看著他，想了想，然後問：「你喜歡吃蘋果和芭樂嗎？」

「喜歡啊。」他用力點頭，「只要是吃的，我都很喜歡。」

「那你在這裡等我一下。」她從包包中找出鑰匙，開門進到房間內。

他從半開的門扉好奇地往房內一看，室內格局和他的房間一模一樣，只是她的房間比他的乾淨整齊太多了。床單是深藍色的，沒有亂丟的衣服，梳妝台上擺了許多化妝用品，所有物品都整齊地擺放著，她坐在梳妝台前，低頭翻找著抽屜，不知道在找什麼東西。

第一次看見女生的房間，覺得很新奇，視線忍不住多停留了一會兒。忽然間，她轉過頭，和他的視線有了交會，他頓時一驚，看見她的手裡多了一把美工刀。

他嚇得連忙倒退半步，以為自己偷看她的房間被發現了，緊張道歉，「對不起！」

「你沒事幹麼道歉？」謝品君覺得莫名其妙，不知道他在害怕什麼。她拿著美工刀和一個塑膠袋走回門邊，然後蹲下身，劃開紙箱上的膠帶，將紙箱打開，裡頭裝著滿滿的水果。

「哇，好多！」他在紙箱另一邊蹲下，「難怪這麼重。」

「這是我爺爺準備的。」她放下美工刀，打開塑膠袋。

「妳爺爺對妳好好喔，幫妳準備這麼多水果。」他雙手托著下巴，羨慕地說。

她笑了笑，然後從箱子裡拿了幾個蘋果和芭樂，放進塑膠袋裡，「你比較喜歡蘋果還是芭樂？」

「我都喜歡。不過，這是妳爺爺幫妳準備的，分給我沒關係嗎？」

「沒關係，反正有很多。」

「那妳下次要提醒妳爺爺不要準備這麼多，不然會被隔壁鄰居吃掉。」他笑著說，看著塑膠袋裡的水果，「啊，這樣就好了，跟妳拿這麼多水果真的很不好意思欸。」

「不會。」她抿了抿唇，想了想，「其實，這有一半原本是要給我哥的，不過因為他最近很忙，沒時間來跟我拿，所以你就當作是幫我吃好了。」

「咦？妳有哥哥？」他驚訝地問。

「嗯，我有個雙胞胎哥哥。」

「雙胞胎欸，那不就是長得跟妳很像？」他微微偏過頭，想像著她變成男生的時候會是什麼模樣。

「我們一點都不像。」她搖頭，「別人看到我們，從來不會覺得我們是兄妹。」

「是喔，那還真是可惜。」

「什麼可惜？」她納悶地問。

他放下手，雙手平放在膝蓋上，笑咪咪地看著她，「我在想啊，如果有跟妳長得很像的男生，一定會很好看吧？」

她愣了一下，隨後笑出了聲，又拿起一顆蘋果，「嘴巴這麼甜。好吧，那只好再多給你一顆了。」

「我不是嘴巴甜，我說的都是實話。第一次看到妳，我就覺得妳很漂亮。」他歪著頭，一手撐著下巴，望著她笑。

被他這樣直直地盯著看，她頓時感到很害羞，覺得耳朵微微發燙了起來。她連忙低下頭，避開他過於直接的視線，假裝在整理袋子中的水果，「好了啦，你要是再繼續誇下去，我看我這整箱都會被你拖走。」

他的輕笑聲停留在耳邊，即使她沒抬頭，彷彿也能看見他的笑臉。

方承洋手捧著水果，一進到房間立刻關上門。他轉身，背倚著房門，看著手中的水果，他忍不住握拳，開心地歡呼了一聲，但隨後嚇得趕緊摀住嘴巴，深怕被隔壁的她聽見。

開心的情緒滿溢著他整個胸口，他小心翼翼地放下那袋水果，然後拿出手機，撥了一通電話。

「喂？」

一聽見張允杰的聲音，方承洋立刻興高采烈地和他分享，「老師，我終於問到她的名字了！」

沒頭沒腦的一句話，讓張允杰完全摸不著頭緒，納悶地問：「誰的名字？」

「老師，你真的很沒默契欸，當然是隔壁的房客啊。」

「隔壁的房客？」張允杰愣了一下，隨後才想起方承洋曾經說過隔壁房客很漂亮的事，恍然大悟地說：「就是你說過的那個很漂亮的鄰居吧。」

「對對對，就是她，而且我問得超自然的，完全沒有任何很刻意的感覺，她絕對不會把我當變態。」

「嗯，那很好啊。」張允杰應聲，可是聽在方承洋耳裡卻有種言不由衷的感覺。

「老師，你現在在幹麼？怎麼感覺起來你好像在敷衍我的樣子？」

「我在改考卷。」

「唉唷，是改考卷重要還是我重要？」

「現在當然是改考卷。」

方承洋嘖了一聲，撇撇嘴，覺得張允杰沒有專心聽他說話讓他不太開心，但他現在又有好多話想找人分享。沒辦法，他只好將就一下了，於是心不甘情不願地說：「好啦好啦，不然老師你邊改考卷邊聽我講啦。」

「嗯。」

即使心裡有點不甘願，但一說起謝品君的事，方承洋的精神馬上都來了。和張允杰分享的同時，方承洋打開筆電，連上臉書，在搜尋欄上打上了她的名字。

雖然不知道怎麼寫，但他還是憑直覺打上了謝品君三個字，沒想到還真的在搜尋欄位中看見她的照片。

他又驚又喜，忍不住大喊，「找到了！」

方承洋突然大聲一喊讓張允杰嚇了一大跳，正在書寫的數字也不小心寫歪。他緊張地問：「你找到什麼？」

「她的臉書啊。欸，老師，你要不要看？我拍給你看。」

看著打歪的分數，張允杰無奈一嘆，「沒關係，不用麻煩了。」

「老師，你真的是很無趣欸。」方承洋悶悶地說，瀏覽著謝品君的臉書頁面，「咦？她怎麼都沒有發文啊？就連照片也只有大頭照而已。」

「那應該是設定只有好友才能看得到吧？」

「應該是吧。」方承洋失望地應了一聲，「老師，你覺得我要不要加她為好友啊？」

張允杰還來不及回答，方承洋就自問自答了起來，「唉，老師你一定會說什麼一問到名字就馬上加臉書會嚇到人家之類的，對不對？」

「你怎麼知道？」張允杰很意外，沒想到方承洋會說出他本來想說的答案。

「我就知道，我要是都聽你的，這輩子肯定追不到女生。」

張允杰一聽，不禁輕輕一笑，「如果是追女生，我應該比你有經驗吧？」

「哪有比我有經驗？你也只追過一個女生啊，而且跟老師在一起的那個女生還劈腿了那麼多次，最後還跑掉了，那種失敗的經驗不能算啦。」

電話另一端的張允杰沒有說話，迴盪在方承洋耳邊的只有空白的沉默。

方承洋沒有意識自己話中的傷人之處，現在他的思緒全都放在謝品君的臉書上。當他發現張允杰沒有回應他，以為張允杰在專心改考卷，於是說：「好啦，老師，我也講夠久了，我就不要再打擾你了，拜拜囉。」

張允杰停頓了幾秒鐘，淡淡應聲，「嗯，拜拜。」

結束通話之後，方承洋放下手機，轉而盯著電腦螢幕看，很苦惱到底該不該送出好友邀請，猶豫了好久，他才終於移動滑鼠，然後向謝品君發送出了邀請。

讓他驚喜的是，不到幾分鐘的時間，他就收到了她的好友確認。

第・三・章

Grazie 咖啡館，白色招牌上大大地印上了和名片上相同字體的店名。

猶豫了好久，謝品君還是鼓起勇氣循著名片上的地址來到這個地方。不過，要不是地址和名片上所印的相同，她真的不會相信眼前這間店家，和記憶中的那間咖啡豆販賣店是同一間店，除了名字，其餘的地方和記憶中的感覺完全不一樣了。

支撐著招牌的鐵架看起來是特別設計過的，不規則的造型上還用了幾朵鐵花從旁點綴，但並不會讓人覺得繁複，反而多了幾分風味。而店家的建築外型是以原木為基礎設計，映入眼底的復古裝潢雖然比不上時下咖啡廳的新穎設計，卻不失它的味道，佇立在這條街上有種獨樹一格的感覺。

然而，外觀變漂亮了，熟悉的感覺卻不在了，也讓她不禁在想，那麼他呢？是不是也變得和以前不一樣了？

拿著名片的右手不自覺用力了起來，她看著 Grazie 咖啡館全新的模樣，思緒卻掉進了那段回憶中，當店面仍是老舊斑駁模樣的那段時光。這瞬間，她彷彿聽見了那道木頭店門開啟的熟悉聲響……

老舊木頭的摩擦聲響於耳畔響起，聽起來感覺門好像要壞了一樣。

謝品君小心翼翼地跟在男子的後方，走進店裡。店內沒有其他人，除了她和他的腳步聲之外，她幾乎聽不見其他聲音，屋內一片靜悄悄的，也因為身邊過於寧靜，屋外的大雨聲顯得更加清晰。

果然是咖啡豆專賣店，店裡面除了咖啡豆，什麼都沒有，就好像掉入一片咖啡豆形成的海洋。

或許是為了保存咖啡豆的品質，在這個還不太需要開冷氣的日子裡，屋內開著空調，相較於外頭因為下著雨的悶熱潮濕，裡面溫度舒適涼爽。只不過，讓她比較不能適應的是瀰漫在整個空間裡的濃郁咖啡香氣，再加上緊閉的門窗，感覺好像所有的味道都被鎖在屋子裡面一樣。

儘管她不討厭咖啡的味道，但這還是她第一次聞到這麼濃烈的咖啡味，她一時之間不太能適應這樣強烈的味道，忍不住皺起眉。但隨後意識到自己這樣的表現不太有禮貌，於是立刻又鬆開眉頭。

即使只有短短幾秒鐘，但還是被男子捕捉在眼裡，他抱歉地說：「不好意思，因為外面下大雨，我不方便開窗通風，所以可能要請妳稍微忍耐一下。」

謝品君頓時一驚，連忙用力搖頭，「你別這樣說啦，是我才不好意思，還跑進來躲雨打擾你們做生意。」

「沒關係，今天本來就沒有要營業。」他關上店門，牌子上寫著營業中的那一面依舊是朝內。

「今天是固定公休嗎？」她好奇地問。

「沒有。」他拿起遙控器，讓空調又降低一些溫度，溫潤的聲音始終平靜，「今天是我擅自決定公休的。老闆不在，要是有客人來就麻煩了，我不會介紹咖啡豆。」

謝品君不知道是不是自己想太多了，他今天給人的感覺，怎麼好像跟前兩次遇見他時不太一樣？她總覺得他現在的說話方式，和一個多月前聽到的不太一樣，似乎沒有原先那麼活潑，而是比較沉穩一點。

「要不要喝咖啡？」他走到櫃台後方坐下，低著頭問。

不過，大概是自己想太多了吧，再怎麼說，這只是她第三次遇見他，也是第一次真正有接觸，對他還不熟悉。

「好啊，謝……啊，等等。」才剛點頭答應，她馬上想到一件事，迎上他困惑的眼神，小心翼翼地向他確認，「不好意思，請問一杯咖啡要多少錢？」

她向來只喝超市買來的那種三合一即溶咖啡，一般咖啡廳裡賣的咖啡她都嫌貴了，更何況是在這種專門販賣咖啡豆的店裡，價錢不知道又會貴上多少。

「妳放心。」他知道她是擔心價錢，嘴角微微揚起，「今天老闆不在，喝咖啡不用錢。」

「真的嗎？」她驚喜地睜大眼，隨後又忍不住擔心。「可是，你這樣不會被罵嗎？」

「沒關係，反正他不會知道。」

他微微一笑，視線再次回到吧台桌上。

咖啡機研磨的聲音充斥在空氣中，儘管已經身處充滿咖啡味道的空間裡，她還是能隱約聞到淡淡的咖啡香氣自他所在的位子傳來。

不同於咖啡豆最原始的味道，感覺是一種帶著溫度的溫暖味道。

「哈囉，是客人嗎？」

當思緒正沉浸在回憶當中，一道聲音忽然闖了進來，謝品君的思緒也頓時從過去回到了現在。回過神的下一秒，出現在眼前的不再是在吧台後方忙碌的身影，而是煥然一新的全新店門。

「我們店裡不收門票，歡迎進來試喝咖啡喔。」

她還來不及回頭，身後又傳來了說話的聲音，一聽見這聲音，她不禁怔住，喉嚨間忽然湧上一陣乾澀。

是他嗎？當她在心裡這麼問自己的同時，她聽見身後的人繼續推薦。「要進來看看嗎？我們的咖啡都很好喝喔。」

這道聲音離她很近，聽起來像是在對她說話，心跳聲越來越震耳，她能清楚感受到來自左胸口的跳動痕跡。她嚥下一口口水，緊張地轉頭一看，隨後映入眼底的人和深刻停留在她記憶中多年的那個他有了重疊。

真的是他沒錯。

她驚愕地睜大雙眼，不敢相信自己思念多年的他竟然就在她眼前。他的樣貌沒什麼改變，和當年幾乎一模一樣，彷彿時間向前移動了，他卻依舊停留在那個曾經一樣。

視線交會的瞬間，他微微睜大了眼，表情變得驚訝。

這瞬間，緊張的情緒就像在胸口爆發似的，她不再只是感到緊張，還有不安，她很擔心他已經忘了她。

然後，只見他輕輕笑了，就像當年他坐在櫃台後方看著她一樣。

「嗨，妳好。」他說。

不是像店家招呼客人的制式問候，而是像在招呼朋友。看著懷念不已的笑容，即使依舊緊張，不過懸在心上的不安感頓時有了著落，她開始期待他會再跟自己多說些什麼。

會是好久不見嗎？還是妳怎麼知道這個地方？

「咦？怎麼都不說話？該不會是我嚇到妳了吧？」看她遲遲沒有反應，他皺起眉，在她眼前揮了揮手，試圖拉回她的注意力，「哈囉，妳還在嗎？」

見到許久不見的他，她很想說些什麼，甚至只是回答他的問題也好，可是偏偏喉嚨間卻乾澀得連一點聲音都發不出來。她只能朝他搖頭，隨後想起了他的最後一個問題，於是又用力點頭。

一下子搖頭又忽然猛點頭，連她都覺得自己很莫名其妙，她可不想再次見面的時候被他當作是怪人，正想開口解釋自己的意思時，他鬆開眉頭，輕輕笑了起來。

「啊，我懂妳的意思，妳是想說我沒嚇到妳，而且妳人還在對吧？」他笑著問。

她立刻點頭。

「那就好。」他拍了拍胸口，鬆了一口氣，「幸好沒有嚇到妳，要是又把人嚇跑的話就不好了。」

說完，他走過她身邊，然後推開店門，側過身，抵著店門望著她笑。

懷念在心底流淌，她的眼眶忽然微微發熱了起來，從剛才見到面的這幾分鐘，一切感覺都好熟悉，好像回到當年剛認識他的時候。

「進來看看吧。」他稍微偏過頭，示意她進去，「我們店裡有很多種類的咖啡豆，如果有喜歡的都歡迎試喝看看。」

她頓時怔住。突然感覺好像回到第一次遇見他的時刻，只是相遇還不相識的時候。

這時，店內傳來說話的聲音。他回過頭，朝店內說：「沒有啦，有客人來了。」

一聽到客人兩個字，她才意識到，原來剛才的熟悉感都只是她單方面的感覺而已，他說的那些話都不是出自於對朋友的招呼，只是以比較親切的方式招呼客人。

「唉唷，別吵啦，就跟妳說有客人嘛！」他不耐煩地說，隨後轉過頭看向她，笑容再次回到他的臉上，「別一直站在門口了，快進來吧。」

他是沒認出她嗎？還是已經不記得她了？

當他轉過身走進店內，她連忙跟了上去，視線緊緊跟著他的身影，心裡被好多疑問填滿。她好想直接問他還記不記得她，也很想知道為什麼那年會一聲不響的突然不見。

可是，她怎樣都問不出口，只能欲言又止看著他走向正站在吧台後方的女子，謝品君一眼就認出女子是上星期在公車上遇見的那個她。

「咦？妳來啦。」女子同樣也認出她，親切地笑著說：「我前幾天還在想，妳什麼時候會來呢。」

「我……」謝品君不太好意思坦白說自己是特地跑來的，「我剛好去辦事情順路經過，所以就想說過來看看，我應該沒有打擾到你們做生意吧？」

「怎麼會打擾？當然歡迎啊。」女子笑著說。

「怡萱，原來妳們認識啊。」他問，好奇地轉頭看向她。

他眼底的好奇讓謝品君完全明白他已經不記得自己了。

「對啊，她就是上禮拜我跟你說過在公車上讓座給我的那位小姐。」

「真的嗎？」他回過頭，驚喜地看著她，笑著說：「那天真的是謝謝妳了。」

謝品君微微一怔，悄悄移開了和他交會的視線，吶吶地說：「不會，那沒什麼……」

「對了，我還聽怡萱說妳也喜歡咖啡，對吧？」

她看向他，輕輕點頭。

即使有好多問題想問，但其實她的心底都有了答案，他的態度早已經解答了她所有的疑問。現在的她對他而言，只不過是一個喜歡咖啡的客人罷了。

「那妳一定要喝喝看我煮的咖啡，不是我在自誇，我煮的咖啡真的是超級好喝。」

「你少自以為是了，明明就是因為咖啡豆的品質好。」女子笑著吐槽他。

他輕哼了一聲，一臉得意，「那也要煮的人技術好，才能夠把咖啡豆的好襯托出來。」

「是是是。」女子沒好氣地翻了一個白眼。

「知道的話就快點到旁邊去坐好，不要在這邊亂。」他走進了櫃台後方，朝女子揮了揮手，示意她到旁邊去。

「好吧，那就讓你一個人去忙吧。」女子從櫃台後方走出來，慢慢地往一旁的座位區走去，招呼她坐下，「我們就不要一直站著了，來這邊坐著等吧。」

直到坐下之後，謝品君才真正看清楚室內的裝潢。室內燈光明亮，幾組圓桌和高腳椅擺放在寬敞的空間裡，牆上還掛了幾幅風景畫以及一個復古風的時鐘，裝潢不像過去老舊斑駁，也不再像過去一樣到處堆放著咖啡豆，那些凌亂不再，取而代之的是清新舒適。和回憶中的那些畫面相比，整體感覺都變得煥然一新，就連瀰漫在空氣中的香氣，都不再是記憶中的濃郁味道，而是淡淡的清香，就像一般咖啡廳會有的味道。

除了店名和咖啡豆之外，她看不見其他任何熟悉的地方，她甚至開始忍不住懷疑自己是不是走錯地方了。

「對了，我該怎麼稱呼妳啊？妳都進來這麼久了，我還不知道該怎麼稱呼妳才好。」女子笑著問。

「我嗎？」謝品君的雙手緊握在膝蓋上，不知道為什麼，和女子這樣面對面坐著，讓她突然緊張了起來，「我叫品君，謝品君。」

緊張的情緒在謝品君臉上清楚地表現出來，女子見狀，不禁更是笑了，「唉，不用這麼緊張啦，現在又不是在面試。」

「誰叫妳長得一副很凶的樣子？妳這樣盯著她看，難怪人家會緊張。」一旁的他忍不住幫腔。

「安靜煮你的咖啡啦！」女子白了他一眼。

他聳聳肩，在嘴前做了一個拉上拉鍊的動作，表示自己會安靜。

「不要理他。」女子朝她笑了笑，然後指著自己，說：「我叫趙怡萱，妳直接叫我怡萱就可以了，然後那個傢伙叫張子賢。」

「張子賢……」她默唸了一遍，這還是她第一次聽見他的名字。原來，他叫張子賢，如果這個名字可以更早記錄在她的心上就好了。

「如果覺得叫名字很繞口的話，叫我老闆也可以喔。」張子賢抬起頭，笑咪咪地說。

「什麼老闆啊？明明就是爸的員工。」趙怡萱吐槽他。

「有什麼關係嘛！反正這間店都是我在顧。」

「那頂多也只能算是店長而已吧？」

看著正在鬥嘴的他們，謝品君忽然覺得他變得不太一樣了。

或許是因為老婆在身邊，又或者因為有了開店做生意的經歷，他整個人變得比較活潑，就算面對不熟悉的她，也不會像以前那樣容易陷入沉默，而能輕鬆熱絡地說著話。

究竟是他改變了？還是這才是真正的他？

心裡頭忽然覺得有點悶悶的，這種感覺是落寞吧？感覺好像只有她一個人停留在那段回憶中一樣。

「品君，妳怎麼啦？」趙怡萱的聲音拉回她的思緒。

謝品君回過神，看著同樣望著她的兩人，想了想，然後問：「請問你們之前怎麼會突然把店收起來？就是開在C大附近的那間店。」

比起是不是還記得她的問題，這個問題就相對比較容易說出口，這是她一直很納悶的事情。在認識他的那一年暑假結束之後，當她從屏東回到台北要去咖啡館找他的時候，卻發現咖啡館並沒有掛上營業中或是休息中的牌子，卻是張貼了一張已經結束營業的公告。事先沒有任何預兆，就這樣突然的結束營業。看見公告的當下，她覺得很驚愕，也很不明白，為什麼經營得好好的要突然結束營業？可是，她找不到他，也不知道該怎麼聯絡他，只能看著那個地方被不同店家接連取代。

「喔，妳說那個舊店喔？其實，是因為我爸啦。」張子賢端著兩杯咖啡和一杯水走過來，放到她前方的圓桌上，向她解釋，「那陣子我爸的身體突然變得很不好，我不想讓他太累，再加上房東又要漲我們房租，所以就乾脆先暫時把店收起來。不過，店收起來也好啦，這樣我們才有機會可以換新地點還有換新店面，我老覺得舊店的裝潢太破舊了，就好像鬼屋一樣。」

「原來是這樣啊……」聽到他這樣形容舊店，謝品君有點失落。

「這麼說起來，妳之前去過我們舊店對吧？」張子賢好奇地問。

「啊，對對對，品君上次跟我說過她以前常去舊店那裡。」趙怡萱替她回答。

「原來也是我們店裡以前的客人，真是的，這麼重要的事妳怎麼不早點跟我說啊？」張子賢沒好氣地問。

「我現在是孕婦，本來就容易忘東忘西的嘛！」趙怡萱不好意思地笑了笑，「我現在腦袋還要分給孩子用。」

「迷糊就迷糊，不要把責任推到我們的孩子身上。」張子賢白了趙怡萱一眼，然後看向謝品君，揚起了笑，「既然是老客戶，那我一定要加碼給妳看看我最拿手的拉花。」

「那個……」見他又要轉身離開，謝品君忍不住叫住他。當他停下腳步回過頭時，她鼓起勇氣問：「請問你對我有印象嗎？」

即使他的行為都已經明顯有了答案，但她還是想親耳聽到他說。如果不是親耳聽到，她想，那份對過去的眷戀而有的期待心情是不會輕易消失的。

「這個嘛……」張子賢歪著頭，一臉納悶地看著她，明明只有幾秒鐘的時間，她卻覺得過了很久。

他沒有思考太久，抓了抓頭，笑著說：「不好意思，因為見過的客人實在是太多了，所以我真的沒什麼印象了。」

她微微一愣，但這次很快就反應過來，朝他微微一笑。

「我想也是。再怎麼說，都已經是好幾年前的事了。」她輕輕笑著說，說得淡然。

可是，在她心裡卻不是如此。

倘若今天不是在咖啡館相遇，而是走在路上，恰巧遇見了他的話，別說是講話了，就連視線或許都不可能交會，她對他而言，恐怕只會成了擦肩而過的陌生人吧。

曾經以為再次相遇時，他們還能像之前在老舊的咖啡館裡那樣聊天，像朋友一樣自在地說著話。可是等到再次見面，她的期盼卻落空。儘管他現在說話的模樣依然從容自在，卻不記得她了。至於她自己，就算還記得他，可是她再也找不回曾經的熟悉感覺了。

她喝了一口熱咖啡，不論是咖啡的香氣、咖啡的苦澀，還有一點點的微甘滋味都在嘴裡擴散開來。然而，當她把咖啡吞下，最後停留在口中的只剩下苦澀。今天的咖啡似乎比以往都更加濃郁，就連苦澀的滋味好像也特別明顯。

她向來很喜歡咖啡的味道，可是卻覺得今天的咖啡格外難以下嚥。

看著張子賢的笑容，她突然覺得一直惦記著那些曾經的自己像個傻瓜。

❀

晚上九點多，Grazie 咖啡館外頭的招牌依然亮著，但門口已經掛上休息中的牌子。

本該是一片寂靜的店裡忽然被一道開門聲響打破了寧靜，正在櫃台做最後整理的張子賢一聽見開門的聲音，立刻抬起頭向前方看去。當他看見開門進來的人時，笑容頓時在他的臉上綻開。

「嘿，允杰，好久不見啦。」張子賢開心地笑著說。

「什麼好久不見？我們不是前幾天才見過面嗎？」張允杰沒好氣地看著他，右手拎著一個保溫壺。關上門之後，張允杰走到櫃台前，拉了一張椅子在張子賢面前坐下。

「沒辦法啊，我太思念我的弟弟了，所謂『一日不見，如隔三秋』嘛！」張子賢甩掉手上的水漬，朝他眨了眨眼，「我說的沒錯吧？張老師。」

「我又不是教國文的，你問我這個幹麼？」張允杰看著自己的雙胞胎哥哥，無奈地問。

「教什麼還不都一樣？反正一樣是老師。」張子賢笑著說，視線落到他的頭髮上，驚喜地說：「喔，你剪頭髮了欸！你剪這樣還滿好看的欸，我看我也去剪這個髮型好了，等等頭髮借我拍一下。」

「拜託你不要再學我了，我就是為了跟你有區分，才特地把頭髮剪短染黑的。」

因為是長得一模一樣的雙胞胎，他們經常被誤認成對方。所以，張允杰總想藉由髮型的不同來和張子賢有所區別，可是每當他剪完頭髮沒多久，張子賢就會以同樣的髮型出現在他的面前。

「因為很好看啊。」

「那我下次一定要去剪一個你不敢出門的頭髮。」

「拜託，我都不敢出門了，你怎麼可能敢剪？我看你應該會先在髮廊崩潰吧？」張子賢哈哈大笑。

張允杰白了他一眼，語帶威脅，「你要是再繼續學我，小心以後你小孩把我當爸爸。」

「這樣很好啊，那小孩就麻煩你幫我帶囉！」張子賢不以為意地笑了。

張允杰沒有說話，知道自己根本說不過他。

「我開玩笑的啦。話又說回來，你今天怎麼有空過來？你不是說最近學校要模擬考還是什麼的，會比較忙嗎？」

「是啊，不過因為外婆交代有東西要給大嫂，所以才過來。」張允杰把一起帶進店裡的保溫壺放到桌上，「這是外婆特地煮給大嫂喝的雞湯，你不要偷喝。」

「外婆煮的？」張子賢驚喜地睜大雙眼，笑著說：「哇，那味道一定很棒！你放心，我不會偷喝，而且還會負責監督怡萱喝光光的，那就麻煩你幫我謝謝外婆囉。對了，你有沒有想喝什麼？水？還是茶？啊，我今天買了果汁喔。」

「不用麻煩了。」他看見一旁的咖啡壺中還剩下一點咖啡，「我喝這個就行了，給我一個杯子吧。」

「真的假的？你不是最討厭咖啡了嗎？以前爸叫你幫忙試喝，還死都不肯喝，什麼時候開始喝咖啡的啊？」張子賢拿了一個馬克杯，沖洗擦乾之後交給他。

「大概五、六年前開始的吧。不過，還是不怎麼喝，只是沒有像以前那麼排斥就是了。」他將剩餘的咖啡全都倒進馬克杯裡，咖啡大約停留在杯子六分滿的高度。

「五、六年前？」張子賢吸了吸鼻子，彷彿嗅到了八卦的味道，笑著問：「那不就是你跟蕙琦還在一起的時候嗎？該不會是因為她吧？我記得她好像滿喜歡喝咖啡的。」

張允杰的眼神一沉，淡淡地說：「跟她沒關係。」

見他似乎不太樂意提起，張子賢也很識相地沒再追問下去，低下頭繼續清洗流理槽裡的器具。

「爸最近身體有沒有好一點？」張允杰問。

「唉，還是老樣子。年紀大了，一堆毛病就一直跑出來。」張子賢嘆了一口氣，關上水龍頭，「不過，也沒什麼大毛病啦。」

「是嗎？」

「那媽呢？最近還好嗎？」張子賢拿起晾在一旁的乾毛巾，擦拭著沖洗完畢的器具。

張允杰聳聳肩，「不知道，很久沒聯絡了。」

「她都沒打給你嗎？」

「嗯，就算我打過去她也不接，所以最近就沒什麼聯絡了。」

張子賢深深地嘆了一口氣，「她還真的是把我們兩個當成麻煩了呢。」

「無所謂，反正我們也不是小孩子，早就可以自己照顧自己了，不是嗎？」張允杰放下馬克杯，說得淡然。

「話是這樣說沒錯啦，可是再怎麼說，我們——」張子賢的話還沒說完，後頭忽然傳來趙怡萱喊他的聲音，他停下手邊的動作，「我去後面看一下怡萱她要幹麼。」

「嗯。」張允杰喝了一口咖啡，苦澀在嘴裡擴散開來。他抿了抿唇，想嚥下口中的那口苦味，偏偏一點效果都沒有。

都已經這麼久了，他果然還是不太喜歡咖啡的滋味。

斂下眼，看著杯中的深褐色液體，他又喝了一口咖啡，嘴裡的苦澀變得更加濃烈。

要不是因為她，咖啡這種東西他連嘗試一口都不願意。

「每次見到你都會聞到咖啡香，我想以後只要聞到咖啡的味道，一定就會想到你。」

像是習慣一樣，他想起了記憶中的那個連名字都不知道的女孩曾經說過的話。其實，他也一樣，如同她所說的，只要聞到咖啡的味道，他就會不由自主想起關於她的事。

第一次遇見她已經是六年前了，但或許是因為記憶時常在腦中翻騰，他直到現在都還清楚記得每一次遇見她的事。

第一次見到她，是在一個下著滂沱大雨的春日下午，那時候她看起來像是忘了帶傘，正躲在店門口的騎樓下躲雨。張允杰本來想裝作沒看見，但她縮著身子躲雨的背影看起來很可憐，平常不會主動向人搭訕的他猶豫了很久，最後還是忍不住為她打開店門。

「現在雨很大，如果不介意的話，要不要進來等雨停？」

記得這是他第一次對她說的話。隨著記憶的湧現，他的思緒也跟著一同掉了那段充滿咖啡香的濃郁時光……

滂沱雨聲隔著木頭門扉傳了進來，外面的大雨依舊下個不停，絲毫沒有減弱的跡象。空氣中瀰漫著咖啡的濃郁味道，對張允杰而言，這樣的味道太過濃烈，就算已經在這個空間待上一段時間，他仍然難以適應，甚至還覺得腦袋被咖啡的味道薰得昏沉沉的。

「你不喝咖啡嗎？」

聞聲，張允杰抬起頭，坐在櫃台前方的女孩問他，手裡捧著他剛剛給她的熱咖啡。剛剛倒咖啡時，他只替她倒了一杯，並沒有幫自己也倒一杯。

「我不喜歡咖啡的味道。」他搖搖頭，拿了一個白色馬克杯，稍微沖洗了一下。

「不喜歡咖啡的味道？」女孩睜大眼，表情很訝異，「那你怎麼會在這裡上班？」

按照一般邏輯來想，通常不喜歡咖啡味道的人，自然也不會想來咖啡店上班，而且還是在這種咖啡味道過於濃郁的空間裡。

張允杰沒有回答，但表情相當不情願。

要不是因為張子賢不斷苦苦哀求他幫忙顧店，說要去車站接去外縣市讀書的趙怡萱，而且還哀怨地說這是他們難得相聚的時間，讓他難以拒絕，不然他根本不會想踏進店裡。他真的不明白，為什麼爸爸和哥哥都能在這樣充滿咖啡味道的空間待上一整天？

他很討厭咖啡的味道，不論是聞起來的氣味還是嚐起來的滋味，那種苦澀中帶了一點微酸的口感總會讓他皺起眉，難以嚥下。

他替自己倒了一杯溫開水，然後拉開櫃台後方的高腳椅坐下，與女孩面對面相望。直到此時，他才終於看清楚她的長相。他發現她長得很漂亮，給人一種鄰家女孩的清新氣質，在被雨微微淋濕的劉海底下有一雙明亮的雙眼皮大眼睛，從剛剛就一直好奇地盯著他看，像是有什麼話想說一樣，右臉頰上總會因為她的表情變化，不時浮現出一個淺淺的小酒渦。

「妳應該是大學生吧？」他好奇地問。

「嗯，我讀C大。」她點頭，雙眼直直地盯著他，雙眼底下彷彿也充滿了對他的好奇。

他沒再多問，只是應了一聲，隨後斂下眼，視線落到了杯中的透明溫開水上。

「你也是嗎？」她突然問，他愣了一、兩秒才反應過來她在問自己是不是也是學生。

他抬眸，視線再次有了交會，「嗯，我現在在讀研究所。」

「研究所喔？」她點點頭，接著又問：「也是唸C大的嗎？」

「不是。」

「喔。」

第一次這樣面對面坐著，他們兩個人沒什麼話能說，很快就陷入了一片沉默，只剩下咖啡香氣瀰漫在空氣中。於是他打開廣播，音樂聲響起，填補了這片空白。

當她的聲音再次傳來，已是雨停時分，也是他們第一次說再見。

叮咚。

手機忽然傳來了一聲訊息通知，張允杰的思緒自回憶當中抽回。

他回過神，感覺彷彿從過去回到了現在，瀰漫在周遭的是一樣的咖啡香氣，卻是不一樣的氛圍。

他放下馬克杯，拿出口袋裡的手機。然而，當他一看見手機螢幕上顯示的字句時，眼神頓時黯淡下來，他沒有點開訊息回應，只是又關掉了手機螢幕。

王蕙琦：「好久不見了，我很有重要的事要跟你說，我們這幾天找個時間見面好嗎？」

對於王蕙琦的要求，他直接選擇不讀不回，反正他也沒有意願和她見面，至於她所說的重要的事，他更沒興趣知道。

這些年來，他和王蕙琦已經分分合合了很多次，他和她早就沒什麼好說的了。

「真討厭，沒事辦什麼聚餐啊？與其跟經理一起吃飯，我還寧願留在公司加班。」

晚上六點多，謝品君和同事小惠一起走出公司。辦公室裡的事務已經暫時告了一段落，但今天的工作卻還沒真正結束。

每個月都會有一天像今天晚上一樣，即使離開了公司仍讓人厭煩。今天晚上是謝品君部門裡的固定聚餐，她向來很不喜歡參加這類型的聚會，可是偏偏部門主管以凝聚部門向心力為理由，規定他們若不是有情非得已的理由，不然一定要參加。

「沒辦法，就當作是在餐廳裡開會吧。」謝品君安慰她。就像小惠說的，與其要和主管同桌吃飯，她還寧願留在公司裡加班，至少耳朵清靜一些。表面上說是吃飯，但她覺得實際上只是換個地方開會而已。

小惠大嘆了一口氣，大喊，「天哪，我好想加班喔。」

雖然她的表情很誇張，仍讓謝品君覺得心有戚戚焉，不禁笑出了聲。

「慘了！我竟然忘了帶手機。」走到一半，正想打電話跟男朋友抱怨的小惠，突然發現自己竟然把手機遺忘在辦公室裡。身邊沒有了手機讓她頓時慌張起來，「品君，妳先過去好了，我回去拿一下手機。」

「妳應該不會趁機跑回家吧？」看著她慌張失措的模樣，謝品君忍不住笑著問。

「才不會咧！我要是臨時不去，明天肯定會被經理唸到耳朵長繭，長痛不如短痛，我寧可選擇痛苦吃完一頓飯，也不想在煩人的上班時間還要被唸。」

謝品君點點頭，「嗯，那我先過去了，我會幫妳跟他們說一聲。」

「謝啦。」

她們在半路上暫時分開。看著小惠匆忙離開的背影逐漸遠去，謝品君轉身繼續前往餐廳。大部分的同事都已經先出發了，現在還沒到餐廳的大概只剩下她跟小惠吧。今天聚餐的地點就在公司附近，是步行就能抵達的距離。雖然公司美其名是說要讓沒有交通工具的員工方便一些，但謝品君卻覺得，這只是不讓他們像往常一樣，以交通不方便做為遲到的藉口。

獨自走了五分鐘左右的路程，她終於抵達餐廳。當她看著燈光明亮的餐廳內部，就忍不住想起往常經理喝醉酒之後對他們瘋狂精神喊話的模樣，光是用想的，她就覺得頭痛，剛才走來的路上所有的平靜心情全都消失。

就當作是換個地方開會吧。她在心裡這麼告訴自己，伸手推開了餐廳大門，誰知道餐廳裡正好也有幾個人要走出來，她沒有注意到，不偏不倚地撞上了迎面走來的人。她突然有點站不穩，幸好其中一人及時抓住了她的手，穩住腳步之後她鬆了一口氣，抬起頭，看向前方，「不好意思！」

一看清眼前的三個人，她頓時怔住。視線中的其中一個人表情從驚愕逐漸變成了驚訝，最後臉上出現了笑容。下一秒，曾有的不安和恐懼忽然湧上心頭，比起平時在臉書上看見他時更加強烈。那些回憶排山倒海的向她侵襲而來，胸口感覺像被什麼力量緊緊抓住似的，空氣彷彿也跟著變得稀薄，讓她難以呼吸。

「怎麼會不可能？廢話！當然做過啦，我們早就上過好幾次床了！」

「當然是真的，你們都不知道品君在床上超主動的。」

「拜託，妳未免也太誇張了吧？這到底有什麼好哭的啊？」

「既然這樣，如果妳覺得不高興的話，我們就分手吧。反正我對妳也有點膩了。」

「品君？」

李昱凱的聲音將她從回憶的片段拉回到現在。可是事情發生得太過突然，她遲遲還沒辦法反應過來，唯一有反應的似乎只有她越來越快的心跳聲。

此時站在她眼前的人是她好久不見的初戀，也曾經是她最喜歡的人。可是，如今卻是她再也不想見到的人。

「天哪，真的是妳欸，我剛剛還以為是我眼花看錯了。」他又驚又喜地看著她，表情開心得像是見到了多年不見的好朋友。

可是，她一點也開心不起來，尤其是他這樣自然的態度讓她覺得很討厭。

李昱凱彷彿忘了他們曾經的關係，興奮地說：「看到妳來參加同學會真的讓我好開心，畢業之後我就一直聯絡不上妳，終於有機會可以見到妳了。」

同學會？

她愣了一下，幾秒鐘後才會意過來。

不會吧？怎麼可能有這麼巧的事？

她錯愕地看著李昱凱，又看向他身後的餐廳，開始後悔當初為什麼沒有把同學會舉辦的地點和時間好好記下來。要是她知道今天晚上的公司聚餐和同學會撞期，又辦在同一個地方，她一定會想盡辦法找理由不參加。

「我不是……」她正想開口解釋自己不是來參加同學會，卻被另一個聲音打斷。

「哇，真的是謝品君欸，看妳都沒有回應，我還以為妳不來了。」站在李昱凱身後的另一位同學表情很意外，面對昔日的同學，她不知道該說什麼才好。她看見他手中拿著香菸盒，看來他們出來是為了要抽菸吧？早知道剛才就陪小惠一起回去拿手機了。

「是啊，我本來也是這麼以為。不過，話說回來，品君妳變得越來越漂亮了欸。」李昱凱上下打量她，他的目光讓她渾身不舒服，她下意識瑟縮著身體，隨後只見他笑了起來，「害我突然有點後悔，當初沒事幹麼那麼輕易跟妳分手。」

「反正我對妳也有點膩了。」

他曾經說過的傷人話語再度在耳邊響起，當他一說完，他身後的兩人突然笑鬧了起來，其中一人用手肘推了推他，笑著揶揄，「既然這樣，那你就好好道歉，把人家追回來啊。你前一陣子不是還說過很想她嗎？」

男同學說完還用一種戲謔的眼光撇了她一眼，不論是他的目光還是他訕笑的表情都讓她想起了從前的遭遇，她突然覺得很反胃。

「在說什麼啊你？」李昱凱回頭笑著瞪了那個同學一眼，轉過頭看向她，向她解釋，「品君，我們只是在開玩笑，妳不要在意他講的話。」

「那只是我們男生之間的無聊玩笑話而已，妳就別太在意了。」

刺耳的笑聲夾雜著過往的回憶在她耳邊迴盪，她的心跳越來越快，可是心跳聲卻變得越來越小。當回憶的聲音越來越大聲，她的聲音越來越小，小到讓她開始害怕，她發現自己再也沒辦法繼續忍受和他們待在一起，也沒辦法像他們一樣若無其事地說起從前的事。

看著眼前正在笑鬧地說著從前的三人，她覺得自己好像被當成笑話一樣看待，就像當年他們用不實的謠言議論著她一樣。鼻頭頓時傳來一陣酸楚，眼前的畫面也逐漸模糊了起來，反胃不舒服的感覺越來越強烈。

因為會在意的人從來只有她自己，因為被人閒言閒語的人一直都只是她，所以她沒辦法裝作沒事繼續待在這裡，即使再多待一秒鐘也無法忍受。

思緒至此，她立刻轉過身，朝剛才走來的方向跑去。

她突然轉身跑開，李昱凱感到錯愕，連忙喊住她，「品君！妳要去哪裡？同學會就要開始了欸！」

一聽見李昱凱喊她的聲音，她摀住耳朵，更是加快了腳步，不想再聽見。然而，就算她逃離了這個地方，她也始終逃不出那段充滿紛擾的回憶。

那是發生在謝品君和李昱凱交往時的事。那一年，她大學二年級，原本平靜的大學生活就是從那時候開始有了變化。

李昱凱是系籃的隊員，平時晚上經常需要練習，只要謝品君有空，她幾乎都會去籃球場，待在場邊看他練習，然後再和他一起回家。雖然等待的過程中只能自己一個人待著，但只要看見他打球的認真模樣，她就不會覺得無聊，和每個戀愛中的少女一樣，彷彿她的世界都繞著他轉，對那時候的她而言，能夠和喜歡的他在一起，可以說是最幸福的事了。

直到那一天晚上。

那天，因為選修課程有報告需要和組員討論，剛好和李昱凱的練習時間有了衝突，因此她沒辦法像平時那樣去看他練球。不過，大概因為已經成了習慣，她總覺得沒去看他練球感覺怪怪的，於是結束討論後，即使已接近練習結束的時間，她還是決定去學校籃球場一趟，就算看不到他練球，也可以和他一起回家。

學校的籃球場位於體育館後方，要到籃球場就必須要先經過體育館才行。她才剛走出體育館的後門，就看見穿著球衣的李昱凱正和其他同學在洗手台旁邊喝水聊天。

看樣子練習應該結束了吧？她看著渾身都是汗的李昱凱心想。

他們一群人笑著聊天，沒有人發現她的存在。他們不知道在聊什麼，正當她要上前打招呼時，她忽然聽見了自己的名字。

「奇怪？謝品君今天怎麼沒來啊？她不是每次都會來看你練球嗎？」

一聽見他們在說她的事，她立刻停下腳步，躲到門邊，忍不住想偷聽。雖然知道偷聽是不好的行為，她還是好奇李昱凱平常是怎麼和朋友說起她的。

「她說今天要討論報告，沒辦法過來。」李昱凱說。

「是喔，女朋友沒來陪你練球，今天應該打得很不起勁吧？」

「沒差啦，反正只是少了一個人盯著我看而已。」李昱凱不以為意地說。

「你怎麼這樣說啊？小心女朋友聽到會傷心喔。」

「無所謂啊，反正我不說，她也不會知道。」

他們大笑了起來。

其實，聽到這種話，謝品君心裡很難過，原來對他而言，她的存在只是多了一個來看他打球的人而已。

「欸，話說回來，你跟謝品君都交往這麼久了，到底是上過床了沒啊？」其中一個男同學忽然問。

她聽了，頓時愣住，隨後緊張了起來，即使不是當著她的面問，但她仍覺得很難為情。

「拜託，怎麼可能做過啊？看他們平常的互動，就知道他們兩個一定還像小學生一樣只是牽牽手啦。」另一個男生笑著說，一群人隨後便哈哈大笑了起來，還有人笑說李昱凱根本不是男人。

謝品君現在只覺得自己的臉熱得不像話，緊緊抓住後背包背帶的手顫抖著。

她知道這種話題在男生之間很稀鬆平常，可是當自己成了被討論的對象，她就覺得很不自在，甚至不知所措。然而，讓她更傻眼的是李昱凱的回答。

面對眾人的笑鬧，李昱凱面不改色地說：「怎麼會不可能？廢話！當然做過啦，我們早就上過好幾次床了！」

她傻住。等等，他知道自己現在是在說什麼嗎？明明沒發生過的事，他怎麼可以無中生有亂說話？

他們根本連一次上床的經驗都沒有。

雖然牽手、擁抱還有接吻，情侶之間會做的事他們都做過了，但唯有最後一道防線，她說什麼也不願意突破。無論李昱凱向她提過多少次，她都遲遲沒答應。

「好幾次？真的假的？那感覺怎麼樣啊？」他的回答讓其他人紛紛感興趣了起來，想探討根本就不存在的過程。

「當然是真的，你們都不知道品君在床上超主動的。」李昱凱繼續大言不慚地說，謝品君完全無法想像他到底是以什麼樣子的心態說出這種話。

「哇靠，真的還假的啊？看不出來！」

「我還以為她只有臉漂亮而已，想說像她那種看起來很文靜的乖乖牌女生應該會很無趣，真沒想到這方面竟然這麼主動，唉，早知道我就追她了。」

「你以為你想追就追得到喔？品君她可是很喜歡我的欸。」李昱凱得意地說。

耳邊又傳來一陣笑鬧，只不過後來他們說了什麼，她根本就聽不進去，腦中迴盪的都是李昱凱剛才所說的那些謊話。

就算只是玩笑話，但未免也太過分了吧？

後來，她沒有向李昱凱質問為什麼要說這種話，而是直接轉身回家。在這種情況下，她根本沒有勇氣出現在他們面前，她不敢想像他們會用什麼樣的眼光看她。然而，李昱凱的話依然在她的腦海中揮之不去，她越想越覺得不對，決定還是要找李昱凱問清楚。

等到她決定打電話給他時，已經晚上十一點多了，從李昱凱的聲音聽起來，他應該是在睡覺了，對於她說要碰面的事情本來不是很情願。直到她重複了很多次說有很重要的事要跟他說，才勉強答應和她約在他家樓下碰面。

即使是約在他家樓下，謝品君還是等了二十分鐘左右，才看見他帶著睡意從樓上慢慢走下來。

因為吵著突然要見面的人是她，所以她也不好意思抱怨什麼。再說，她現在只想快點得到答案。

「品君，這麼晚了妳來找我幹麼？妳不是說今天討論報告嗎？怎麼不早點回家休息？」李昱凱打了一個哈欠，語氣有點不耐煩，聽起來感覺不是希望她早點回家休息，而是比較希望她不要打擾他。

面對這樣的他，她突然覺得緊張，欲言又止地開了口，「其實我……」

他睡眼惺忪地看著她，一臉要她有話快說，他還要睡覺的表情。

謝品君抿了抿唇，輕吁了一口氣，然後說：「其實我今天有去找你。」

「咦？妳來過？」李昱凱睜大眼，臉上的睡意褪去了一些，多了一點驚訝，「我怎麼沒看到妳？」

「我有在體育館那邊的洗手台看到你……」她停頓了一下，老實向他坦承自己偷聽的事，「也聽到你和其他人說的話。」

他的臉色頓時沉了下來，表情的明顯變化讓她的喉嚨間湧起了一陣酸澀。

「你怎麼可以隨便跟別人說那種謊話？明明就是沒做過的事，你為什麼要那樣說？」她問，現在只要一想起他說的那些話，還有其他人的起鬨聲，她就覺得很難為情。

「唉，真是的。」他低下頭，懊惱地抓了抓頭，低聲嘆了一口氣，「怎麼這麼剛好就被妳聽到了？」

看到他一臉懊惱的樣子，她不禁有點心軟。如果他待會跟她道歉，她就原諒他好了，反正只要明天再叫他去把誤會解開就行了。

「不過，那只是我們男生之間的無聊玩笑話而已，妳就別太在意了。」他聳聳肩，不以為意地說。

她期待著他的道歉，然而意料之外的回答讓她感到錯愕。

玩笑話？別太在意？她本來還沒有覺得很生氣，只是想來找他把話問清楚而已。可是當她聽見他用這樣的字眼來敷衍她時，她就覺得一肚子火。

「什麼玩笑話？這種事情怎麼可以隨便拿來當作玩笑話？」她生氣地大聲質問，聲音微微顫抖著。

「妳這麼生氣幹麼？」他不以為然地看著她，「現在都什麼年代了，男女朋友有上床的經驗不是很正常的事嗎？就算我那樣說，別人也不會覺得妳怎樣啊，大家鬧一下之後很快就會忘了。」

正是因為他覺得這是理所當然的事，所以同學在起鬨時，他覺得如果沒有順應這所謂的「正常的情況」，就會讓他很沒面子，情急之下便說了謊。

可是，謝品君並不這麼認為。

「你這樣真的很不尊重我欸！明明是沒做的事，為什麼要無中生有？」

明明是沒有的事，他怎麼可以隨便毀她的清白？而且，還是一副理所當然的樣子。

他看著她，面無表情地問：「所以，妳的意思是，只要把我說的話變成真的就沒關係了嗎？」

「咦？」她愣住。

「既然這樣，那我們把它變成真的不就好了嗎？」他抓住她的手腕，「我家就在這裡，現在就去怎麼樣？」

她嚇得用力甩他的手，不可置信地看著他，「你……你知道你現在說什麼嗎？」

她不知道他這句話究竟是認真的還只是玩笑話，但不論他是以什麼心態說出口，她都覺得很不舒服，非常不舒服。

真的很不舒服。

「這不就是妳想要的嗎？」他反問。

不想再去面對他不以為意的表情，謝品君移開視線，低下頭看著地面，眼眶漸漸發熱了起來。

這不只是不尊重她，而是根本沒有顧慮她的心情。就算價值觀不同，但她已經清楚表示成這樣了，一句道歉或是一個解釋也好，可是他不以為意，彷彿都是她太過小題大作一樣。

「你真的很過分，怎麼可以說出這種話？」她委屈地說，說完的同時，她看見了柏油路上出現了幾點水滴留下的圓點痕跡，她才發現自己的眼淚早就潰堤。

「什麼過分？這又沒什麼。」他的語氣依舊很不以為然，同時也發現了她的眼淚，無奈地嘆了一口氣，「拜託，妳未免太誇張了吧？這到底有什麼好哭的啊？」

她仍低著頭，不願意看他，「那是你覺得沒什麼，可是我真的很在意啊。」

「既然這樣，如果妳不高興的話，我們就分手吧。反正我對妳也有點膩了。」

膩了？她怔住。

他不耐煩地翻了個白眼，「當初還不是因為妳長得很漂亮，不然誰能忍受跟妳這種無聊的女生在一起這麼久啊？都什麼年代了，還在那邊裝清純。」

丟下了這句話，他就直接轉身離開。他過於乾脆的態度，還讓她忍不住懷疑真的是自己反應過度才讓他這麼受不了嗎？她只不過想問清楚而已，為什麼莫名其妙分手了？

她沒想到他們竟然就這樣莫名其妙地結束。然而更讓她料想不到的是，分手，才是她惡夢的開始。

隔天，她走進教室時，她就感受到班上一些男同學戲謔的眼光。他們的目光，讓她馬上聯想到昨晚李昱凱說的話。無論是李昱凱說的那些話、男同學向她投來的目光，還是他們的訕笑表情，都讓她覺得很不舒服。她知道他們在想什麼，可是他們什麼事也沒做，只是笑著看了她幾眼而已，即使感到不舒服，她也不能直接跟他們說什麼，更不可能主動去解釋李昱凱無中生有的事情，只是隱忍下來，假裝沒有看見。

後來，不知道是從誰先開始散播的，李昱凱說的那些不實言論漸漸在班上傳開了。再加上班對的互動本來就比較容易引起注意，她有時候會不經意聽到班上同學在議論他們分手的事情，猜測他們分手的各種可能。

她不想再去問什麼，也不想再去解釋什麼，以為只要時間久了，就能沖淡一切。然而她怎樣也沒想到，關於她的不實謠言竟然會變得越來越誇張，還在系上傳得沸沸揚揚的。起初，只是謠傳她跟李昱凱上過床而已，到了後來，變成跟系籃的所有人都發生過關係，甚至最後，連她和李昱凱分手的原因，都被說成是她的行為不檢點才會導致分手。

「聽說她跟系籃的都有一腿欸。」

「欸，就是那個女生啦！聽說她私底下都玩超開，而且私生活超亂的。」

「難怪會分手，誰會想被戴綠帽啊？」

她不知道為什麼事情變成這樣，是李昱凱說的嗎？還是有人擅自加油添醋，胡亂造謠？議論她的那些人平時明明和她沒什麼交集，可是卻用一副很了解的語氣說著關於她的事。不過，或許正是因為沒有交集，所以才能那樣隨意地說，因為他們誰都不是當事人，自然就不會放在心上。就像當時李昱凱和隊友說起她一樣，就是因為沒有顧慮到她的心情，才會表現得那樣不以為意。

當謠言越來越盛，她就覺得自己越來越渺小。

漸漸地，她開始害怕有人看她，很多時候就算知道不是在說她，只是不經意的一瞥，都能讓她感到渾身不自在。而且她也開始害怕面對班上同學，甚至開始害怕去上課，尤其是班上的必修課程。

王語亭：「今天有點名，我已經幫妳簽到了喔。」

看著王語亭傳來的訊息，她只回了一句謝謝。

本來該去上課的時間，她卻在學校外頭遊蕩，她不想回家，但也不知道該去哪裡才好。

她在學校附近漫無目的地四處走著，不知不覺走到了 Grazie 咖啡館門前，店門上依舊掛上休息中的牌子。

不知道是真的在休息中，還是他擅自掛上了這個牌子？

「好久不見。」

她盯著牌子看了許久，木頭磨擦的聲音忽然自一旁響起。一道淡然的嗓音隨即傳來，她驚訝轉頭一看，看見在咖啡館工作的那個男生站在開啟的窗邊看著她。

「今天一樣也沒有營業。」他看著她，問：「要進來坐一下嗎？」

她愣了一下，「可以嗎？」

「嗯，老闆今天也不在。」他離開窗邊，將店門打開。

她走進店裡，接著迎面而來的依舊是那過於濃郁的咖啡香味。

「今天不用上課嗎？」

看著他走到櫃台後方的背影，她想了想，老實向他坦承，「蹺掉了。」

「是嗎？」他沒繼續問下去，隨後傳來了水聲，然後是咖啡豆研磨的聲音。

「最近學校很忙嗎？」他忽然開口，打破沉默。

「咦？」她愣住，不明白他為什麼會突然這樣問她。

「我只是猜的。」他轉頭看向她，用手指描繪著她的輪廓，淡淡地說：「因為妳的臉看起來很沒有精神的樣子。」

她怔住，沒有說話，只是愣愣看著他煮咖啡的模樣，直到一杯熱咖啡放到她的面前，咖啡的香氣才讓她恍然回過神。

「雖然攝取太多咖啡因對身體不太好，不過這種時候還是咖啡最有用了。」他說，嘴角邊勾起了一點淺淺笑意。

他明明沒做什麼特別的事，別說是安慰她的話了，他甚至連她發生什麼事都不知道。可是，不知道為什麼，看著咖啡上方冒著熱氣白煙，她彷彿能感受到這股溫度悄悄地傳進了她的心底。

那段最不堪的回憶最後是停留在咖啡的溫暖上，急促的呼吸頻率迫使回憶中斷。當思緒隨著記憶來到了 Grazie 咖啡館時，謝品君也從過去回到了現在，一瞬間從溫暖的咖啡館來到了被黑夜籠罩的大街上，她喘著氣獨自一人站在街上，盈在眼眶中的水氣讓她的視線變得模糊，眼中的所有光亮都因此變得矇矓。她趕緊抹掉眼淚，視線漸漸恢復了清晰，可是沒多久，眼前的景物再次被模糊覆蓋，就像身陷在一陣薄霧中，她看不清楚前方的畫面，也看不清楚自己的情緒起伏。

她的情緒怎麼會變得這麼難控制，究竟是因為遇見李昱凱的關係，還是回憶在作祟？

這時，她的手機忽然響了起來。她趕緊抹了抹眼淚，深呼吸好幾遍，讓呼吸頻率稍微和緩一些才接起電話。

「品君，妳現在人在哪裡？我都已經到餐廳了妳怎麼還沒來？是不是迷路了？」一接起電話，小惠的慌張聲音就傳來。

她輕吁了一口氣，盡可能讓聲音維持平靜，「對不起，我臨時有事，所以沒辦法過去了，幫我跟經理說一聲好不好？」

大學同學會就辦在同一間餐廳，李昱凱還有以前的大學同學都在那裡，她可不想再見到他們。

「這樣喔，好吧，我待會跟經理說妳人突然很不舒服，免得明天他又唸妳了。」

「嗯，謝謝妳。」謝品君說，很謝謝小惠幫她想了一個比較好的理由。不過，事實上的確就像小惠說的，她人突然很不舒服，只要看見那些人，她就不舒服，她比自己想像中的還要排斥。

結束了和小惠的通話，她突然失去方向，不知道自己現在該去哪裡。就像當年她蹺課之後，總是漫無目的地獨自一人在學校附近遊蕩。然後，她又想起了那個地方，剛才回憶最後停留的地方。

她好想見到他。

她的心裡突然冒出了這個念頭，就和那時候一樣，每次學校裡發生什麼事，她總是第一個就想到 Grazie 咖啡館。在那個充滿咖啡香氣的地方，是她那時候唯一的避風港，也是讓她逃離那些紛擾的最溫柔的地方。

此刻，她突然有了一個方向，有了一個想去的地方。

她看了一下時間。現在時間還不到晚上七點，Grazie 咖啡館應該還在營業吧？於是，她馬上跑到馬路旁，攔了一輛計程車，然後把 Grazie 咖啡館的地址報給計程車司機。

當她抵達的時候，Grazie 咖啡館的燈光還亮著，但她仍不敢完全放心。下車之後她連忙走近一看，看見門上仍掛著營業中的牌子，她才終於鬆一口氣，懸在心上的緊張情緒終於有了著落。要是特地趕來這裡他卻不在，她一定會很失望。

正當她要推門走進去時，突然想起了張子賢之前說過的話。

「不好意思，因爲見過的客人實在是太多了，所以我眞的沒什麼印象了。」

觸碰到門把的手瞬間收了回來。剛才迫切見到他的心情隨即沉澱下來。明明剛才是那麼想見到他，現在來到門外卻忍不住臨陣退縮。

直到現在，她才意識到，當六年的時間過去，離開的不只是時光而已，同時也一併帶走了當年那種熟悉的感覺，如今她已經不敢再像以前一樣直接推開門走進去。

張子賢已經忘了她是事實，如果她還像個老朋友一樣進去打擾他，這樣真的好嗎？

就在她猶豫不已時，明亮的室內出現了一個身影。謝品君嚇了一跳，連忙躲到門邊，隨即又在心裡罵著自己下意識的舉動。她明明沒做什麼虧心事，幹麼要作賊心虛，把自己弄得好像小偷一樣？不過，在室內走動的身影一下子就拉住了她的注意力。張子賢拿著一本筆記簿站在一座櫃子前，他一下看著筆記本，一下又抬頭看向櫃子唸唸有詞，看起來像在清點什麼東西似的。他很專注認真，並沒有察覺到她的存在。

看著他認真的側臉，她心裡頓時一陣蕩漾，胸口傳來了微微躁動。宛如心動一樣的情緒波動，像是一股促使她的力量，她的手又不自覺放到門把上。

這時，趙怡萱從後方走了出來，她不知道是要跟張子賢說什麼，笑得很開心，腳步也比之前看見的輕快很多。趙怡萱開心地走向張子賢，但雀躍的腳步卻忽然踉蹌，站在門外偷看的謝品君嚇得忍不住小小尖叫了一聲，所幸張子賢及時扶住了她，才沒讓有身孕的趙怡萱發生意外。

謝品君看了，不禁鬆一口氣，店內的兩人同樣如此。張子賢隨後皺起眉，用筆記本輕輕敲了敲趙怡萱的頭，即使臉上寫滿無奈，但是看著趙怡萱的眼神盡是滿滿的溫柔。就算謝品君知道他的溫柔不是給她的，可是看見他這樣的溫柔表情時，還是觸動了她的心。同時，卻也感覺心裡好像失去了什麼似的。

眷戀地看著他柔和的目光半晌，謝品君慢慢收回了門把上的手，然後轉身離開。

她到底在想什麼？她突然覺得今天臨時起意跑來這裡的自己好蠢，到底要什麼時候才能真正認清事實，不再糾結在回不去的回憶當中？

明明已經知道他不記得她，也知道他已經結婚了，她卻還是因為過去對他的依賴而跑來這裡。要是剛剛趙怡萱沒有出現，她想她大概就會直接走進去了吧。

她討厭李昱凱藉著過去和她搭話，可是現在這樣的她，跟李昱凱又有什麼不一樣？

離開 Grazie 咖啡館，謝品君的情緒已經不再像剛才趕來時那樣迫切期待，現在整個人提不起勁。她搭公車回家，回去那個她唯一能去的地方。

小惠：「還好妳沒來，那個老頭又喝醉了，現在已經開始精神喊話了，我現在好想念我辦公室裡的椅子和電腦喔。」

回家路上，還在聚餐的小惠突然傳來訊息，在小惠的抱怨下方還附了一張現場的照片。照片上的經理滿臉通紅地站著，高舉著酒杯，看起來很亢奮，和旁邊低頭吃飯的同事成了強烈對比。

小惠的抱怨和同事哀怨的模樣讓她不禁莞爾，但笑意在臉上只停留了一秒，心裡的空虛感一下子就覆蓋過這一瞬間的感覺，看著照片，她忍不住嘆了一口氣。

早知道今天就陪小惠回公司拿手機了，只要錯過了碰到李昱凱的時間點，她就不會那麼衝動跑去找張子賢了。

她放下手機，看向窗外的街景。街道上的店家燈光絢爛明亮，可是她心裡所想的全都是剛才不小心撞見的溫柔表情。張子賢溫柔地看著趙怡萱的模樣，在她腦海中揮之不去。

關於他的回憶又多了一個，可是這次的溫柔卻不再是給她的。

不知道是不是受到心情低落的影響，感覺今天回家的路途變得好漫長，時間變慢了，就連電梯的上升速度也是。電梯樓層來到了五樓，謝品君一走出電梯，走廊上的感應式電燈全亮了起來，黑暗瞬間被明亮取代。

她走到房間門口，這時，方承洋的房間那邊忽然傳來了一點聲響，隨後門被打開。謝品君原本以為是方承洋要出門，她轉過頭正要開口打招呼時，發現走出來的人身形明顯不是方承洋。

是朋友吧？她暗自猜測，同時和那人的視線有了交會，整個人隨後愣在原地。

張子賢？

她不敢相信自己看到了什麼。她揉了揉眼睛，再度往前方看去，確定自己沒有看錯。此時，張子賢正站在方承洋的房間門口，而他臉上也明顯出現了驚訝。

他……他怎麼會在這裡？

她不可置信地看著他，遲遲無法平復。

剛才她明明看到張子賢還在咖啡館裡，怎麼現在突然出現在這裡？難不成在她離開之後，他也跟著過來？不可能呀，這種邏輯怎麼想都說不通，可是眼前這個人怎麼看都是張子賢。啊，還是說張子賢其實會瞬間移動？該不會是會分身術吧？

「等等，手機手機！」

直到方承洋的聲音闖入他們之間，她才恍然回過神。方承洋拿著一支手機從房間裡頭跑了出來，張子賢移開視線，轉頭看向方承洋。看著張子賢的側臉，她不禁想起了剛才在咖啡館外面看到的一切，不知道是不是因為偷看的關係，現在看到他的臉，她突然感到羞愧。

「謝謝。」張子賢接過手機，低聲地說。

相同的聲線，讓謝品君更確定這個人是張子賢沒錯，可是，他為什麼看到她都沒有反應？難不成他又忘了她嗎？

「真是的，你竟然也會忘記手機，小心裡面的祕密被我看光光喔。」方承洋一臉無奈地看著張子賢，隨後發現了她，換上了笑容，「喔？品君，妳回來啦。咦？妳怎麼啦？怎麼在哭？」

「咦？」謝品君愣了一下，接著意識到自己眼眶中的溫熱，她突然感到很不知所措，不知道該怎麼回答方承洋，連她都不知道自己現在怎麼了。

當張子賢轉頭看向她時，她更是驚慌了起來，嚇得說了一聲對不起之後，就趕緊開門躲了進去。

房間門被用力關上，方承洋立刻對著身旁的人哇哇大叫了起來，「老師，你對品君做了什麼？幹麼把人家弄哭啊？」

張允杰沒有說話，只是看著緊閉的房門，心裡只有一個疑問。

是她嗎？

短短幾秒鐘的四目交會，也不敢讓他肯定是不是就是那個她。雖然長得很像，但是穿著打扮和記憶中的感覺不太一樣了。不過，從那個時候到現在也已經過了六年了，算一算，她應該也畢業三年了吧？就算外貌改變了也不奇怪，畢竟六年的時間能改變的事情太多了。

思緒至此，張允杰腦海中隨即浮現出最讓他懷念的曾經，是那個女孩坐在吧台前望著他微笑的模樣。

「欸老師，這樣真的好嗎？你把人家弄哭之後馬上跑來敲人家的門，你這樣會當成變態欸。」方承洋遲疑地看著謝品君的房門。

「所以我才會帶你一起過來。」張允杰面無表情地說。雖然他也很納悶為什麼她一看見自己就突然哭了起來，但是比起這件事，他更想確認這個女生是不是他記憶中那個女孩。只要是和她有關的事，他就會特別在意，例如咖啡，例如和她神似的這個女生。

方承洋奇怪地看著緊盯房門的張允杰，覺得張允杰有點反常，感覺這不太像是張允杰會做的事情，張允杰怎麼會突然對謝品君有興趣？方承洋記得平時提到謝品君的時候，張允杰都沒什麼太大反應，還會叮嚀他不要騷擾人家，今天怎麼會……

啊！他知道了！

他頓時恍然大悟，看著張允杰低笑了起來。

他這個老師一定是看到謝品君之後，發現謝品君根本就是自己的菜，所以才會想認識她吧。

「唉唷，老師，你這樣不行欸。」方承洋用手肘推了推張允杰，笑得很曖昧。

「什麼不行？」張允杰莫名其妙地看著方承洋，不知道他又在發什麼神經。

「想認識品君也不要利用我嘛！」方承洋竊笑，「不過，看在你平常對我這麼好的分上，我甘願被你利用。」

張允杰一聽，急忙解釋：「你不要誤會了，我只是……」

「不用害羞啦，雖然我也喜歡品君，但我一定會幫你的。」方承洋打斷他的話，然後轉頭敲了敲謝品君的房門，朝裡面大喊，「品君，我是承洋，可以開門一下嗎？我有個東西要給妳看。」

什麼叫有個東西？他是東西嗎？張允杰想糾正方承洋的用詞，卻被房間裡傳來的細碎腳步聲打斷，房門輕輕地被打開了，她探出頭，好奇地問：「承洋，你要給我看什麼東西？」

「就是這個啊。」方承洋笑嘻嘻地指著張允杰，像在介紹一件商品似的。

謝品君一看見方承洋身邊的人，驚呼了一聲，嚇得又用力關上門。

事情發生得太突然，張允杰覺得莫名其妙，方承洋拍了拍他的肩，惋惜地說：「老師，真可惜，看來品君不太喜歡你喔。」

就在方承洋說完的同時，房門再次被輕輕打開，接著只見她悄悄探出頭來，此時她的臉變得有點紅，表情也有點緊張，看著他幾秒鐘，然後小心翼翼地問：「老闆，你怎麼會在這裡？」

張允杰愣了一下。

「啊？老闆？」方承洋納悶地問：「什麼老闆？」

老師明明就是老師，什麼時候變成老闆了？

「咦？不是嗎？就是那個……那個賣咖啡豆的店啊。」謝品君錯愕地說，看方承洋一臉困惑的樣子，她忍不住懷疑自己是不是認錯人了？

「喔，妳說的那個是老師的雙胞胎哥哥啦！」一聽見關鍵字，方承洋頓時恍然大悟，終於弄清楚她所謂的老闆是誰。

「雙胞胎哥哥？」謝品君愣住，不知道原來張子賢還有雙胞胎弟弟。

她愣愣地看向站在一旁面無表情的張允杰，他同樣看著自己。知道他不是張子賢，她反而不覺得緊張，細細端詳著他的輪廓，雖然外表相同，不過仔細一看就會發現眼前的他給人的感覺和張子賢確實不太一樣。

原來是認錯人了。謝品君不禁為了剛才不知道在緊張什麼的自己感到好笑，但也因此鬆了一口氣。她本來還以為張子賢是因為發現她躲在店外偷看，所以找上門來，幸好只是自己想太多了。

「對啊。」方承洋點點頭，笑著解釋，「老師有個雙胞胎哥哥在經營咖啡館，就是妳說的那個賣咖啡豆的店，叫那個什麼Gra……呃……Gra……」

「Grazie。」張允杰開口出聲，替他完成了未完成的發音，「是Grazie咖啡館。」

「喔，對對對，就是Grazie啦！」方承洋拍了手一下，隨後忍不住抱怨，「真是的，你們沒事幹麼取那麼難發音的店名啊？都已經聽了這麼多遍，但我還是記不起來。」

「你跟我說也沒用，名字又不是我取的。」張允杰沒好氣地說。

「那就換個名字吧，這個名字實在是太難唸了啦，而且真的很沒有記憶點欸。」方承洋很嫌棄這個店名。

「這又不是我能決定的。」張允杰直接駁回方承洋的提議。

看著一臉無奈的張允杰，謝品君忍不住說：「其實，我還滿喜歡這個名字的。」

方承洋驚訝地問：「真的嗎？我倒覺得取這種意義不明的英文店名很做作。」

方承洋的表情和語氣依然很嫌棄，她笑了笑，「Grazie，是義大利語的謝謝。」

「咦？真的假的？品君，妳怎麼會知道啊？」方承洋驚呼，「好厲害喔，我到現在都還不知道它的意思欸。」

「這是我之前聽老闆說過的。」她說。

「原來是這樣喔，我一直以為只是故意取一個看起來很難的單字而已。」

張允杰沒有說話，只是看著她。

至此，讓張允杰確定眼前的這個女生果然就是記憶中的那個她沒錯。

「Grazie 是義大利語，就是謝謝的意思。」

張允杰記得那是張子賢從前常掛在嘴上的話，以前還在舊店時，他時常聽見張子賢這麼告訴他，也經常看見張子賢和來店裡的客人這麼介紹。

在那些客人當中，應該也包括她吧？

「不過，我都不知道原來老闆有雙胞胎弟弟，剛才還想說奇怪，他怎麼會突然出現在這裡，嚇了我一跳。」她看向和張子賢有著相同外表的他，即使已經知道答案，她心裡還是很吃驚。

看到他的當下，她真的嚇了一大跳，甚至還很緊張。不過，當她知道眼前的這個男生是張子賢的雙胞胎弟弟，感受到的就只剩下驚訝。而且，她也更深刻體會到她對於張子賢的事根本一點都不了解，無論名字或是家庭背景，她什麼都不知道。

「老師跟他哥哥真的是長得一模一樣，我第一次看到也嚇了一大跳呢，他們大概是我看過最像的雙胞胎了吧。」方承洋笑著說，然後向謝品君湊近了一點，刻意壓低聲音說：「不過，老師的哥哥親切多了。」

即使他壓低音量，還是被張允杰聽到了，真不知道他是故意的還是沒有控制好音量。

「哪有人當著別人的面講對方的壞話？」張允杰沒好氣地說。

方承洋笑了起來，而她也是。

張允杰無奈地瞥了方承洋一眼，隨後看向謝品君。看著她的笑臉，熟悉感湧上心頭。然而她剛剛看到自己時的那一聲老闆讓他很猶豫，不知道該不該說出自己曾經見過她的事，從剛才的對話中，他感覺得出來她對張子賢的印象比較深。

儘管他仍記得她，但他也沒有把握現在停留在她記憶中的那個人是自己，又或者是說在那些記憶中究竟有沒有他的存在。畢竟，他出現在那間咖啡館的時間實在太少了，一個禮拜頂多一次，她遇見張子賢的次數肯定比他還要多。再加上方承洋也在這裡，他要是說錯什麼或是不小心搞錯什麼，在方承洋起鬨之下，不只會造成尷尬，恐怕還會造成她的困擾。

察覺到他的注視，她忽然朝他看來。在四目交會的瞬間，他不疾不徐地移開了視線。

他想，還是暫時先不要說出口好了。

第・四・章

晚上八點多接近九點時，謝品君疲憊地走出捷運站，直到走出捷運站的這一刻，她才真正有下班的感覺。走在人來人往的捷運站裡，對歷經了一整天精神轟炸的她而言，也算是某種程度上的疲勞轟炸。

「品君，妳之前是不是去參加你們班的同學會了？」

走出捷運站沒多久，她接到了王語亭的來電。一接起電話，王語亭劈頭就問起同學會的事情。她不禁納悶地停下腳步，問：「怎麼突然問這個？」

「因為李昱凱啦。」王語亭無奈地嘆了一口氣，「他最近好像到處在問妳的聯絡方式，他剛剛用臉書問到我這邊來了，他問了妳的手機號碼，還問我知不知道妳在哪裡上班。」

謝品君緊張了起來，「那妳有跟她說嗎？」

「當然沒有啊，我又不知道他想幹麼，怎麼可能告訴他？」

王語亭的話讓她不禁鬆一口氣，隨後開始覺得奇怪。這些年來，李昱凱對她明明一直都是不聞不問的，怎麼突然問起她的聯絡方式？

「我突然有點後悔當初沒事幹麼那麼輕易就跟妳分手。」

她忽然想起了他那天說過的話，頓時感到一陣惡寒。

不可能，絕對不可能。

她用力搖頭，甩掉腦中這種讓人不舒服的念頭。

「學姊，那他還有說什麼嗎？」

「沒有欸，就問我知不知道妳在哪裡而已。不過，因為他實在問得太突然了，所以我就想，妳是不是在同學會上跟他發生了什麼事。而且，我剛剛發現妳退出社團了欸，還好嗎？沒事吧？」王語亭關心地問。

「我沒事。」謝品君想了一下，把那天參加公司聚餐無意間巧遇他的事告訴王語亭。

「原來是這樣喔，我還想說妳終於想開了，所以去參加同學會。」

「我要是想不開了才會去參加同學會。」謝品君無奈一笑，那種聚會，她打從一開始就沒有打算參加，她根本不想跟那些人有牽連。

「品君，過去的事情就讓它過去吧，不要再想了。」王語亭語重心長地勸說。

這些道理謝品君都明白，可是那些事情她怎麼可能說不想就不想？那段宛如噩夢般的日子，早就已經在她心上留下了深刻的傷痕。然而，這樣的話她並沒有打算告訴王語亭，只是說：「學姊，如果他以後再聯絡妳，問起我的事，妳假裝沒看到就好了。」

畢業之後，她就換掉原本的手機號碼，其他能和大學同學有聯繫的通訊方式也都被她封鎖掉了。除了王語亭，她沒有再跟任何人連絡過，所以她相信只要她不想，班上沒有人能找得到她，除非像同學會那天一樣巧遇。

「妳放心，我不會跟他說的。不過，妳自己再注意一下，我不知道他會不會用其他方式找到妳那邊去。」王語亭提醒她。

「嗯，我會的。謝謝妳，學姊。」

「不會啦，小事而已，那妳早點休息，我先掛了喔。」

儘管有了王語亭的提醒，讓謝品君多了一點警戒，但是她還是想不通李昱凱到處找她到底要幹麼？在謠言傳開後，他不是都假裝無視她嗎？為什麼在畢業多年後，會因為一次的巧遇而開始到處找她，但願他不是一時興起要做什麼無聊事才好。

「嘿！」

看著漸漸暗下來的手機螢幕，忽然有人從身後拍了她一下，謝品君頓時嚇了一跳，回頭一看，方承洋正笑咪咪地看著她。一看見是他，她鬆了一口氣，「原來是你。」

「妳剛下班嗎？怎麼這麼晚？」方承洋笑著問。

「今天事情比較多。」她輕嘆一口氣，揉了揉有些緊繃的肩膀，「你呢？剛下課嗎？」

「沒有，我中午就沒課了，我剛剛是跟朋友去吃飯。」

「當學生真好。」她羨慕地看著他，然後語重心長地說：「你可要好好把握現在，等你開始工作，就算同事約你去吃飯喝酒也都會懶得去了。」

「喔？是嗎？」他微微挑眉，「這可是妳說的喔，那我現在要好好把握每個可以出去玩的機會。」

「我不是要你整天都去玩啦，學生該做的事還是要做。」

他笑了起來，看著他的笑容，她不禁也跟著笑了。

如果自己大學的時候能像他一樣有活力就好了。

方承洋真的是一個很有活力的男孩子，他總是笑著，感覺好像沒有煩惱一樣。每次跟他在一起，心情都會不知不覺被他的笑容感染，跟他相處，讓她覺得很輕鬆，沒有壓力，也很愉快。

回家的路上，他們閒聊著，謝品君忽然想起昨天晚上的事，好奇地問張允杰，「對了，我昨天就一直很好奇，那個老闆的弟弟是你的誰？我看你好像都叫他老師的樣子。」

「妳說老師喔？他是我高中時候的數學老師啦。」

「高中老師？」她很驚訝，「我本來還以為他只是你的家教而已，他很年輕欸。」

「哪有年輕啊？他都已經三十了，年紀也不小了啦！」方承洋揮揮手，不以為然地說。

「那是對你來說。」她輕笑，「如果跟你系上的那些教授比應該年輕多了吧？」

對年僅十九歲的他而言，三十歲當然會被歸類到年紀大的範圍。

方承洋一聽，哈哈大笑了起來，「如果真的要這樣比也對啦，不過拿老師跟那些老教授比年紀，他知道了肯定會很崩潰。」

她笑了笑，「昨天我看你們的互動，你感覺跟你老師很親欸，你們感情應該很好吧？」

「我個人是覺得還不錯啦，他本人倒是一直積極否認就是了。」

「那是在害羞吧。」她笑著說。雖然昨天她和張允杰沒有說上什麼話，但她感覺得出來他的個性沉穩，好像比較不會那麼明顯地表達出自己的情緒，和以前認識的張子賢還滿像的。

「一定是！」方承洋點頭附和，說起張允杰時，他的雙眼明亮了起來，「雖然他總是這個樣子，不過我是真的很喜歡老師，我高中開始就離開家裡來台北念書，那時候老師就一直很照顧我，就算現在我已經畢業了，他也還是一樣很照顧我。光這一陣子我就麻煩他好多事了，明明他學校有很多事要忙，但還是幫我找房子，又幫我搬家，還常常教我功課，不過只有數學而已啦，老師其他科目都超爛的。」

「應該是因為對他來說，你永遠都是他的學生。」

「是啊，所以我現在還是一直叫他老師。」他笑著說：「不過，好像讓他很有負擔就是了，他說每次只要聽到我叫他老師，他就沒辦法拒絕我的要求。」

兩人笑著聊天，不知不覺已經回到了租屋處。

他們的租屋處位於巷子裡面，雖然地點還不至於偏僻，但也稱不上熱鬧。這個地方到了晚上就會變得很安靜，而且住戶不多，就連路過的人也不是很多。不過，當初謝品君就是看中這一點才會選擇租這裡，她不喜歡太過熱鬧的夜晚。

他們才走進巷子，一道身影忽然擋去了她的去路，她被突然出現在眼前的人嚇了一跳。

「謝品君，妳終於回來了，我等妳好久了。」

她立刻從聲音認出這個人，是謝品翰。

然而，在她看清楚他的臉時，她還是被他嚇了一跳，她幾乎快要認不出眼前的人是她的哥哥。

許久未見，他的面容變得消瘦憔悴，鬍子也沒刮乾淨，而且他像是好幾天沒睡覺一樣，雙眼有明顯的血絲。除此之外，她還聞到自他身上傳來的明顯酒味，他肯定是喝了不少酒。

他應該不會是來這裡找她發酒瘋的吧？

「你怎麼知道我住這裡？」她警戒地問，為了避免不必要的麻煩，她從沒對他提過自己住的地方。

「白痴，這種事情只要打電話問媽他們不就知道了嗎？」謝品翰輕哼了一聲，然後瞥了模樣青澀的方承洋一眼，不屑地說：「這妳男朋友喔？靠，未免也太嫩了吧？有二十歲嗎？」

「我……」方承洋本來想說些什麼，卻被謝品君制止。

「承洋，你不用理他，我們快點進去。」

說完，她就拉著方承洋，直接走過謝品翰的身邊。對於謝品翰這個人，她只想裝作沒看見，她根本不想知道謝品翰是來做什麼的，反正絕對不會是什麼好事。

「喂，妳給我站住！我有說妳可以走嗎？」謝品翰猛然抓住她的手。

「放手啦，你到底要幹麼？」她想甩開他，可是偏偏他的力氣大得不像話，她根本沒辦法從他手中掙脫開來。

他越抓越緊，「我沒有要幹麼，只要拿到錢我自然就會走了。」

一聽到又是關於錢的事，她舊覺得火大，「我不是已經跟你說過很多次我沒錢了嗎？」

他來找她的目的果然還是跟錢脫不了關係，她和謝品翰之間真的就只剩下錢而已。

「少騙人了，妳沒錢的話，還有辦法養這種年紀小的男朋友？」謝品翰不相信，死命地抓著她不放。

「你到底是在說什麼東西啊？」

她快被謝品翰氣到說不出話來，她完全搞不懂他的思緒邏輯，也無法和他溝通。反正，不管她說了什麼，他就是認定她身上一定有錢。

「快點放開品君！」

方承洋抓住謝品翰緊抓不放的右手，想幫助謝品君從他的手中掙脫開來。

「關你什麼事啊？閃啦！」謝品翰直接就是往方承洋的臉上用力揮一拳。

「呃！」方承洋頓時一陣暈眩，感覺眼冒金星，他痛得鬆開手，摀住臉彎下身，疼痛自鼻梁的位置迅速擴散開來，不斷蔓延。

這個人的力氣怎麼這麼大？被打中的那一瞬間，他覺得自己好像沒辦法呼吸一樣。

「承洋，你沒事吧？」

看見方承洋被謝品翰那麼用力揮了一拳，謝品君立刻嚇得要去看他的狀況，可是她的手卻被謝品翰緊抓著不放。這時，謝品翰忽然動手去搶她的手提包。她頓時一驚，連忙緊緊抓住手提包，她一方面很擔心方承洋的狀況，另一方面又不想讓手提包被他搶走。

心一急，她放聲大喊，「搶劫！有人要搶劫！」

「幹！」謝品翰沒想到她會突然這樣大喊，立刻鬆開手，嚇得轉身逃跑。

拉扯的力量突然消失，謝品君頓時失去重心。穿著高跟鞋的腳更是沒辦法維持平衡，右腳向外一拐，整個人往後仰，用力跌坐在地上。劇烈的疼痛自臀部的位置擴散開來，然後沿著脊椎，蔓延至整個背部。

痛死了……

她吃痛地扶著腰，隨即想起了方承洋。她忍住疼痛，連忙站起身，一拐一拐地跑到蹲在地上的方承洋身邊，著急地問：「承洋，你有沒有怎樣？」

他蜷縮著身子，動也不動地蹲在地上。

「承洋？」她更是心急，輕拍著他的背，「承洋，你還好嗎？站得起來嗎？我們去一趟醫院好不好？」

「不用去醫院啦。」方承洋的聲音微弱地傳來，「品君，我……」

「怎麼了？」

他緩緩抬起頭，但手依然護著方才被打到的地方，小聲地說：「我好像流鼻血了。」

「我這樣看起來好蠢喔。」坐在謝品君房間裡的梳妝台前，鼻孔中塞了衛生紙條的方承洋，對著鏡中的自己傻笑個不停。

謝品君看著鼻子紅腫的他，心裡很抱歉，「承洋，剛剛真的……」

她的話還沒說完，方承洋忽然轉過頭，打斷了她的話，擔心地問：「品君，剛才那個男生應該不是妳的前男友吧？」

她微微一怔，搖搖頭，「他是我哥。」

「咦？」他怔住，睜大眼睛，驚訝地問：「就是妳的雙胞胎哥哥？」

她不明白他為什麼那麼驚訝，只是點頭，「嗯。」

「你們完全不像！」他驚訝大喊，剛才那個男生和謝品君沒有任何一點相像的地方。然後，他拍了拍胸口，一副鬆了一口氣的樣子，「還好一點都不像，我實在無法想像女生版的他，實在太可怕了。」

「什麼跟什麼啊。」謝品君無奈失笑，覺得方承洋在意的點很奇怪，怎麼反而是因為她和謝品翰不像，才讓他鬆了一口氣呢？

「不過，他怎麼可以這樣對妳？妳可是他妹妹欸。」他心疼地伸出手，輕輕地拉起她的右手，紅腫的抓痕依然停留在上頭，手掌上還有不少擦傷。

他的觸碰讓疼痛再次傳來，她低下頭，看著受傷的手腕，剛才摔到的地方還在隱隱作痛，她淡淡地說：「我們兩個從小感情就不是很好，再加上他本來就是那副德性，所以他會這樣我也不意外啦。」

即使如此，她仍心有餘悸，她從來沒有想過謝品翰會來她住的地方找她，而且竟然還直接動手搶她的包包。就算是有血緣關係的家人，也依然讓她很害怕。

她抬起頭，看向方承洋。

而且，更讓她害怕的是竟然還波及到她身邊的人。

「承洋，對不起，害你受傷了。」她抱歉地說。

「妳不用跟我說對不起啦，這又不是妳打的。」他揮揮手，沒有放在心上，「而且，我已經沒事了啦，鼻血止住就好了。」

「可是，如果不是因為我，你就不會受傷了。」她仍覺得過意不去，「而且，他打得那麼大力，萬一你的鼻子受傷怎麼辦？我看我們還是去醫院檢查一下好了。」

「不用啦，我沒事，我的身體可是很強壯的。」

「可是……」

「啊，妳看一下這個。」他突然撥開他的劉海，右額上有一道淺淺的疤痕，「這是我之前打籃球的時候撞到的。」

「咦？」她愣住。

「還有這個這個。」他接著把袖子拉起來，手臂上有一道比方才那道疤痕還要明顯的傷疤，「這是我前一陣子騎車的時候不小心摔車撞到的。」

她納悶地看著不斷向她展現傷口的他，不明白他為什麼突然和她說起他身上的傷口，還這麼仔細地介紹每一個傷口發生的原因。

「我常常受傷，身體早就被鍛鍊得很強壯了，我的骨頭可是超級硬的。」

「笨蛋，你在說什麼啊？這有什麼好炫耀的？」她沒好氣地說，總算明白他說了這麼多的用意。

他不想讓她擔心，所以就用看起來有些笨拙卻最直接的方式，想讓她知道他就算受了傷也會沒事。

「我說的都是真的呀，我覺得妳可能還要去關心一下妳哥的手有沒有受傷。啊不用不用，妳還是離妳哥遠一點比較好。」

她無奈地看著他，她知道他想讓她放心，可是她就是放不下心，「我現在真的不知道該怎麼說你才好。」

「所以，妳不用再說什麼啦，只要放心聽我說就行了。」他指著紅腫的鼻子，「根據我的經驗，這個頂多只會瘀青而已，很快就退了。」

看著他傻呼呼的笑臉，她仍覺得歉疚。

她當然知道瘀青很快就會退，可是比起那些會自然消失的傷痕，害他受傷的愧疚卻還像是一道不會消失的疤痕停留在她的心上。

「好啦，我們不要再說傷口的事了。現在比較重要的是，妳要不要考慮報警啊？妳人都受傷了。」方承洋問。

「不用，沒關係，我想他今天只是借酒裝瘋而已。」她搖頭，畢竟是家人，她還是不想驚動警察。

「可是，我很擔心他會再來找妳欸。」

「沒關係，我……」她頓了頓，「我晚點會再跟我媽他們說的。」

見她這麼堅持，方承洋只能妥協，「好吧，既然妳都這麼說，那也只能這樣了。」

雖然他還是很擔心，但她畢竟還是有自己的顧慮，身為外人的他也不方便再多說什麼，只希望她不要再受傷了。

「不過，如果以後真的發生什麼事的話，妳一定要馬上打電話給我喔。」

「嗯。」望著他，她揚起嘴角，由衷地說：「承洋，謝謝妳。」

看著她此刻的笑容，他頓時有些愣住，愣了幾秒鐘，隨後笑了起來，「不會啦。」

「小君啊，吃飯了沒？」

媽媽的聲音自電話的另一端傳來，問的第一句話一如往常。在歷經驚嚇之後，聽見媽媽的聲音讓她感覺特別安心，也特別踏實。

「已經吃過了。」謝品君說，卻不知道該怎麼開口和媽媽說起謝品翰的事情。

「吃過飯就好，不要只顧著工作，飯還是要記得吃。」

「嗯……」她低應了一聲。

「喔對了，阿翰昨天打過電話回家欸，還要了妳的地址。」謝媽媽說，一說到許久未聯絡的兒子突然來電，她的語氣中藏不住笑意。

儘管媽媽字句中的笑意明顯，但一聽見媽媽主動提起謝品翰的事，謝品君卻無法感受到字裡行間的笑意，而是緊張了起來。

「阿翰說他有很重要的事要找妳，他跟妳連絡了嗎？」謝媽媽問。

原本已經下定決心說出口的話，在聽見媽媽的聲音後卻開始動搖。

媽媽，今天謝品翰喝了酒來找我麻煩，然後還要搶我的錢包。

這種話要她怎麼說出口？

如果她老實說了，人遠在屏東的媽媽肯定會很著急，也會很擔心，然後一定會馬上打電話給謝品翰。而他之後又會做出什麼事，又會說出什麼樣子的話，她完全不敢想像，她真的很怕今天發生在她身上的事，會同樣發生在媽媽身上。

握住手機的手不自覺用力緊握，她斂下眼，看向謝品翰今天在她右手腕留下的傷痕。

「小君？小君！妳聽到了嗎？」

她在內心掙扎了好久，直到媽媽的聲音再度傳來，她才恍然回過神，她又猶豫了一下，然後說：「沒有，我還沒見到他……」

「是嗎？那還真奇怪，他一直說有很重要的急事要找妳，我還以為他會馬上去找妳。」謝媽媽感到不解，「不過，我想他這幾天應該就會跟妳聯絡了吧？小君，妳再多注意一下手機的來電。」

謝品君抿了抿唇，「好。」

「小君，妳現在一個人住在外面，要注意安全和照顧身體，如果真的發生什麼事的話，要記得聯絡阿翰，雖然他有時候會給妳惹麻煩，但你們兄妹倆出門在外，還是要互相照顧，知道嗎？」

她沉默了一下，用著近似氣音的音量應聲：「……嗯，知道。」

「這樣媽媽就放心多了。」謝媽媽笑著說：「啊，妳打電話來是不是有事要跟我說？」

「沒什麼，就只是想打個電話而已。」

說完，謝品君原本緊握著手機的手稍微放鬆了一些，她還是決定把今天晚上發生的事情當成一個秘密。

「沒事就好。」謝媽媽輕笑著，「現在時間也不早了，妳明天還要上班，早點休息。」

「好。媽，晚安。」

「晚安。」

看著跳回通訊紀錄的螢幕畫面半晌，她的視線又移到了右手腕上的傷痕上，然後深深嘆了一口氣。

「品君！」

一走出捷運驗票匣，謝品君聽見了方承洋喊她的聲音，她循著聲音向前一看，方承洋站在不遠處，笑著和她揮手。

謝品君驚訝地走向他，「承洋，你怎麼會在這裡？」

「我喔？剛下課啊。」方承洋笑了笑，表情同樣很驚訝，「好巧喔，真沒想到會在這裡碰到妳，我們一起回家吧。」

說完，他轉身就要走。

「承洋。」她連忙叫住他。

他回過頭，「嗯？」

「其實，你不用特地在這裡等我，我沒事的，真的。」

雖然他說是巧合，但她總覺得他是特地在這裡等她，因為昨天晚上的事。

「我沒有特地在這裡等妳啊，我只是剛好路過，然後又剛好碰到妳而已。」他笑著解釋，說這一切都只是巧合，「不過，既然碰到了，我們就一起回家吧。」

「我……」

「真的只是剛好啦，不然我哪可能知道妳的回家時間。」他揮揮手，把話題帶開，「對了，品君，妳吃過飯了嗎？」

她搖搖頭。

「那我們先去吃個飯再回家吧，我肚子好餓喔。」他摸了摸肚子，笑著說：「去吃我們家附近那間麵攤好不好？突然好想吃他們的滷味喔。」

望著他的笑容，她沒再多說什麼，只是點頭，「好。」

在這天之後，謝品君每天回家時，都會在捷運站碰到方承洋。雖然他總說只是剛好而已，但她每天回家的時間都不一定，有時候八點多，有時候七點多，哪可能每天都那麼剛好，能夠在不同的時間在捷運站遇見？可是，就算她和方承洋說起，他也都只笑著說：「真的是剛好而已啦。」

她覺得不管是誰，肯定都不會相信這只是巧合。

雖然和方承洋一起回家確實會讓她安心不少，也很謝謝他的好意，但她真的覺得對他很不好意思，不想繼續這樣麻煩他。然而，卻不知道該怎麼和方承洋說才好。

直到星期五晚上還在搭乘捷運時，謝品君忽然接到方承洋的電話。一接通，她就聽到方承洋抱歉地說：「品君，對不起，我今天因為臨時有報告要討論，所以今天沒辦法去捷運站接妳了。」

「你不用說對不起啦，是我要說對不起才對，這幾天一直麻煩你。」她說，心底總算鬆一口氣，自己不會再造成他的麻煩，「承洋，這幾天真的很謝謝你，我沒事了。」

「怎麼會麻煩？」他語帶笑意，「不過，妳放心，雖然我沒辦法過去，但我請另一個人去接妳了。」

「咦？」她愣住。

「他剛剛跟我說他已經到了，妳出捷運站之後就會看到他了。啊，我同學再叫我了，先這樣了，拜拜。」方承洋說完之後就逕自掛掉電話，也沒說是誰。

當她回撥給方承洋時無人接聽，最後轉入語音信箱。

本來鬆了一口氣，又因為方承洋的話再次緊張起來。她懷著不安的心情走出捷運站，捷運站人來人往，她緊張地四處張望。

「謝小姐。」

身後傳來一道溫潤嗓音，語調淡淡的，她不禁有些愣住，在看見叫住她的人的瞬間，她更是嚇了一跳。

老闆？

等等，不對，如果是跟方承洋認識的話，那他應該是方承洋的老師、老闆的弟弟才對。

他走到她的面前，「是承洋叫我過來的。」

可是，她不知道該怎麼稱呼他，只好學著方承洋叫他老師。

「老師，你好。」她下意識立正站好，一說起老師這個稱呼，她的語氣就不自覺變得畢恭畢敬了起來。

他一臉莫名其妙地看著她，不只是他，連謝品君也覺得自己緊張到很莫名其妙。

「不用叫我老師沒關係。」

她緊張的表情全都顯露在臉上，他知道自己肯定是嚇到她了。

「因為我都聽承洋這麼叫你，所以很自然就、就叫出來了。」她傻笑。

「是嗎？」他微微揚起嘴角，臉上的笑容淺淺的，「我送妳回家吧。」

她一聽，連忙搖頭拒絕，「不用麻煩了，我自己回家就可以。」

麻煩方承洋這麼多天就已經讓她覺得很抱歉了，怎麼可能還麻煩他的老師？

「如果我覺得麻煩的話，剛才就會直接拒絕承洋了。」

「咦？」她愣了一下。

「妳哥哥的事我都聽承洋說了，這陣子還是稍微注意一點比較好。」張允杰說。

「承洋都跟你說了？」謝品君很驚訝方承洋連這種事都對他的老師說。

「嗯，他很擔心妳哥哥會再來找妳，所以打電話要我來送妳回家。」他指了指停在路邊的其中一輛白色轎車，「我的車停在那裡。」

「老師，不用了啦。」

他看著她，沒有說話。

見他沒再多說什麼，她不禁鬆一口氣，笑著朝他點點頭，「真的很謝謝你，不過我一個人真的沒問題。老師，你回家路上也要小心喔。」

她轉身離開，誰知道他竟然也跟了過來，走在她的身後。

她嚇了一跳，驚訝地問：「怎、怎麼了嗎？」

「如果不想坐車沒關係，那我跟妳一起用走的，等看見妳進屋之後我再離開。」

「你……」她沒想到他會這樣，轉過身面向他，慌張向他搖手，「真的不用麻煩了啦，我一個人也沒問題。」

「可是，我已經答應承洋了，我一定要說到做到才行。」他的語氣堅定。

「承洋那邊我會再跟他說，所以，老師你就不用再跟我跑一趟了。」

「就算是這樣，但身為老師卻沒有做到答應學生的事，感覺不太好。」他輕嘆了一口氣，皺起眉的模樣感覺很為難。

他的話讓她很掙扎，明明不想麻煩他的。

「那……」她猶豫了一會兒，「如果是這樣的話，我們還是開車回去好了。」

再怎麼說，就算真的要麻煩他，也不能讓他跟著自己用走的回家。

說起來，謝品君從沒有想過自己會坐在這裡。

就算是方承洋的老師，但她和他也只見過兩次面而已，這樣隨便搭上了別人的車感覺還是怪怪的。

她悄悄看向坐在駕駛座的張允杰，他的視線專注地盯著前方。

雖然知道是雙胞胎，但張允杰和張子賢長得真的很像，甚至可以說是一模一樣了，就像方承洋說的，他們大概是她看過長得最像的雙胞胎了吧。

透過後照鏡，張允杰察覺到了她的視線，他看著後照鏡裡的她問：「怎麼了？是不是空調太強了？」

她嚇了一跳，緊張地移開視線，不太敢和他對視，「沒有啦，我只是覺得你跟老闆真的長得好像。」

要不是說話方式不一樣，不然光看外表她真的分不出來誰是誰。

說完，她又悄悄移回視線，此時張允杰的視線已經回到了前方，接著只聽她說：「因為我們是雙胞胎。」

「可是，也是有長得很不像的雙胞胎啊。」例如，她和謝品翰。

就像是聽到了她心裡的聲音，張允杰問：「妳是說妳和妳哥哥嗎？」

「承洋連這個都跟你說啦？」她驚訝地問。

「嗯。」他應了一聲，「他還說如果妳跟妳哥哥一模一樣的話，他一定會馬上搬家。」

「別說是他了，如果是我隔壁住那種人，就算是我哥哥，我一定也會馬上搬。」她無奈地嘆了一口氣，只要一想到謝品翰她就頭痛。

「傷口好點了嗎？」張允杰關心詢問。

「嗯，好多了。」

這幾天，謝品翰沒有再出現過，也沒有再打電話給她。本該是覺得慶幸的平靜生活，但為什麼她的心裡卻莫名不安？感覺就好像暴風雨來臨前的寧靜，不安的情緒像是烏雲密布的天空，黑壓壓的一片很沉悶，隨時有可能像滂沱大雨一樣爆發。

沉默在車內流轉了一會兒，張允杰開口問：「妳常去 Grazie 那裡嗎？」

「你是說新店還是舊店？」

他想了一下，然後說：「舊店。」

「舊店的話，以前念書的時候是還滿常去的。」

「是嗎？」他又好奇地問：「妳怎麼會知道新店的位置？是剛好路過嗎？」

「不是，是我在公車上遇見怡萱。一開始是因為聞到了她身上的咖啡味，然後我們就聊起來，之後她跟我介紹他們的店，我那時候才發現，原來她所說的咖啡館就是以前在C大附近的Grazie。」她回想當時在公車上遇見趙怡萱的情形，「不過，現在想想還真的很巧，沒想到六年後竟然會透過這種方式再找到，讀書時我最喜歡的就是那間店了。」

儘管最讓她惦記的那個人已經不記得她了。

「這應該就是所謂的是緣分吧？」張允杰說，就像他從來沒有想過讓他懷念的她竟然會變成方承洋的鄰居，儘管她只記得張子賢。

「緣分嗎？」她默唸這兩個字，然後輕輕地笑了，「也可以這麼說吧。不過，老闆他好像對我沒什麼印象就是了。」

他看了後照鏡中的她，即使她笑著，表情看起來卻感覺莫名失落。他看了，忍不住說：「說不定多聊一些，他就會想起來了。」

「有可能喔。」她笑著說，心裡也這麼希望著。

「既然這樣，妳等等有事嗎？」

「沒有，怎麼了嗎？」她說，發現他把車子開到內車道，準備轉彎，問：「你要去哪裡？」

「Grazie 咖啡館。」他說。就和當年一樣，他不想看到她失落的模樣，他一定要想辦法幫她讓張子賢想起來才行，不然獨自一人惦記著曾經，這種心情實在是太寂寞了，如同他現在所感受到的一樣。

「Grazie 咖啡館？現在嗎？」她驚訝地問，沒有想到他竟然會突然提出這樣的提議，一度還以為自己聽錯了。

「嗯，反正妳也沒事，就去子賢那邊坐坐吧。」他說，把車開向與租屋處相反的方向。

「呃，其實，我也不是非要他想起我啦，硬要人家想起來感覺很奇怪欸。」她拒絕他的提議，「而且，現在應該已經不是營業時間了吧？」

「沒關係，有我在。」他說。

聽見這句話的當下，她有些怔住。

「沒關係，有我在。」

相同的字句，幾乎一模一樣的聲線，記憶中的某個片段再次清晰起來，這瞬間，她怎麼突然有一種他就在身邊的感覺？

「就算他關店了，一樣會讓我們進去。所以，妳不用擔心營業時間的問題。」他說，前方紅燈亮起，他逐漸放慢車速，緩緩停下。

她沒說話，只是愣愣地看著和記憶中一模一樣的側臉。察覺到了她的視線，他轉過頭，看著她問：「怎麼了嗎？還是妳真的很不想去？」

她微微一愣，然後搖搖頭，輕輕地笑了，「沒有啦，我只是突然覺得你剛剛講話的感覺跟老闆好像喔。」

「是嗎？」他移回視線，看著前方，停頓了一下，然後說：「因為我們是雙胞胎啊。」

儘管店門口已經掛上了休息中的牌子，張允杰還是直接推開門走進去，門被打開的聲響，瞬間打破了所有的寧靜。

「不好意思，我們現在已經休息了喔。」一聽見開門聲，張子賢從後頭走了出來，告知已經打烊的事情，但一看見進來的人是張允杰，立刻揚起了笑。

「嘿，是允杰啊！今天怎麼有空過來？」張子賢笑著問，然後看見了張允杰身後跟著一個女生，更是驚訝地睜大了雙眼，「哇，你還帶女生來喔？該不會是你女朋友吧？」

「你想太多了。」張允杰回頭看向一直小心翼翼躲在他後頭的謝品君，「不要理他，快進來吧。」

一看見謝品君，張子賢立刻認出來她是上禮拜才來過店裡的客人，驚喜地問：「咦？妳不是上次那位小姐嗎？就是怡萱在公車上遇到的那位對吧？」

「嗯。」謝品君緊張地點點頭，「不好意思，這麼晚還來打擾你們。」

「不會啦，怎麼會打擾？不過，我真沒想到你們兩個人原來認識欸。」

「因為承洋認識的，她是承洋的鄰居。」張允杰解釋，「剛才和她剛好聊到你們，想說沒事就帶她過來這邊坐一下。」

張允杰拉開吧台邊的高腳椅，讓一直杵在門邊的謝品君能夠先坐下。

「看到你帶女生過來，做哥哥的我實在是好開心，也好欣慰喔。」張子賢佯裝拭淚，一臉感動地說：「你上次帶蕙琦來都已經是多久以前的事了？」

停下動作，張允杰轉頭瞪了他一眼，「你不要在別人面前講那些有的沒的。」

張子賢意識到自己又不小心踩到了他的地雷，於是很識相地乖乖閉上嘴。趁張允杰回過頭時，張子賢馬上朝他的背影扮了一個鬼臉。這一幕正巧被謝品君看見，張子賢連忙朝她比了一個噓的手勢，要她不要說，謝品君頓時一驚，立刻用力點頭。

張允杰覺得奇怪，看了看謝品君，又回頭看向張子賢，納悶地問：「你們在幹麼？」

「沒事喔。」張子賢低下頭，假裝什麼事都沒發生一樣，但過於自然的反應反而讓張允杰覺得更不對勁。

「子賢，你是在跟誰說話啊？」聽見了說話的聲音，趙怡萱好奇地從後方走了出來。

「晚安。」謝品君立刻站起身，向她點頭問好。

一看見謝品君，趙怡萱驚呼，「咦？這不是品君嗎？」

「妳好，又突然來打擾你們了。」謝品君說。

「不會啦，別這麼說。快坐下快坐下，不用看到我就起立立正啦。」

「誰叫妳長得這麼凶？嚇得人家一看到妳就要立正站好。」張子賢揶揄笑著。

「你很煩欸。」趙怡萱白了張子賢一眼，然後看向她旁邊的張允杰，驚訝地問：「你們兩個認識啊？」

「嗯。」張允杰看著已經空了的咖啡壺，問：「大嫂，你們還有咖啡嗎？」

「有是有，不過都已經這麼晚了，不要喝咖啡啦，萬一睡不著怎麼辦？我下午買了柳橙汁，喝果汁好不好？」趙怡萱說。

「大嫂，謝謝妳，那就麻煩妳了。」

趙怡萱笑了笑，「不會。」

這時，張允杰的手機忽然響了起來，看見來電顯示，他皺了皺眉，然後接起。下一秒，方承洋的聲音從手機裡大聲傳出。

「老師，你接到品君了嗎？」

他的大嗓門讓張允杰立刻皺起眉，馬上把手機一開耳邊，不只是張允杰，在場的所有人都聽見方承洋的聲音了。

「這孩子還是一樣這麼有活力啊。」手裡拿著一瓶柳橙汁，剛從後頭走出來的趙怡萱也聽見了方承洋的嗓音。

「是聒噪吧？都快二十歲了，還像個小孩子一樣。」張允杰沒好氣地說，然後把手機放回耳邊，低聲地說：「承洋，小聲一點，你是要全世界都聽見你的聲音是不是？」

另一端的方承洋大聲嚷嚷著，但他的聲音變得有些含糊，謝品君聽不懂他究竟在說什麼，只隱約聽見了自己的名字。

「你說現在嗎？我們在 Grazie 這裡。」

話才剛說完，方承洋的音量又突然提高，嚇得張允杰又趕緊把手機拿遠。

「為什麼不帶我一起去？」

「你不是要討論報告嗎？」張允杰問，方承洋又大吼大叫了一會兒，張允杰無奈地說：「好好好，不然你現在過來總可以了吧？啊？什麼？你放心，我一定會等你過來。」

結束通話，張允杰放下手機，告訴在場的所有人，「承洋說他現在要過來。」

張子賢笑了起來，「唉，看來我今天肯定是要通宵營業了。」

「你放心，時間到了我會把他帶回家。」

「有什麼關係？這樣店裡才比較熱鬧啊。」趙怡萱笑著說，但隨後擔心地問：「不過，他要怎麼過來？我記得他好像沒有機車。」

「別擔心，他自己會有辦法的，一定很快就會到了。」張允杰接過趙怡萱遞過來的果汁，沒有絲毫擔心。

通話結束後過了二十分鐘左右，開門的碰撞聲響忽然傳來，伴隨一道清亮的招呼聲，方承洋走進店裡。

「大家晚安！」

看著興高采烈走進來的方承洋，張允杰問：「你怎麼這麼快？搭計程車嗎？」

「怎麼可能？計程車那麼貴，我怎麼可能搭得下去？是我同學載我來的。」方承洋笑著說，很自動地坐到謝品君的旁邊，朝她笑了笑，然後向張子賢還有趙怡萱打了聲招呼，「大哥，大嫂，我又來打擾你們了。」

「每次只要看到你來，我就有心理準備要通宵了。」張子賢無奈笑著，倒了一杯果汁給方承洋。

「這樣很好啊！這麼一來，別人就會覺得你們店裡生意很好，都這麼晚了還有客人。」方承洋接過他遞來的飲料，說了一聲謝謝。

「我拜託你待會小聲一點，每次只要你來我都會很擔心會被鄰居投訴。」張允杰提醒他要注意說話的音量。

方承洋扁起嘴，「什麼投訴？我明明就很安靜，對吧？品君。」

「呃……」謝品君有些遲疑，看了方承洋一眼，又看了看張允杰，然後低下頭，小聲控訴：「我常常聽到你在玩遊戲的聲音。」

「咦？怎麼連妳都這麼說啊？」

除了方承洋，另外三人皆紛紛笑了起來。

方承洋來了之後，店裡的氣氛變得更加熱鬧。謝品君第一次來時還覺得坐立不安。但這次或許因為有方承洋在，又或者是因為對環境比較熟悉了一點，她不再像上次一樣坐立難安，也意外發現自己和趙怡萱竟然很聊得來。只不過，即使聊了很多，但誰也沒有提起關於舊店的事。不管是她還是自己，甚至是張子賢也沒有。

「今天難得店裡這麼熱鬧，我們來拍張照好了。」趙怡萱提議。

「什麼叫難得這麼熱鬧？說得好像我們平常都沒客人一樣，我們平時生意也是很好的好嗎？」張子賢沒好氣地糾正她。

「這我當然知道，你就一定要這樣抓我的語病嗎？」她白了他一眼，然後揮揮手，指使他，「你快去把我的拍立得拿來。」

「是是是。」

看著他們兩個人的互動，謝品君覺得心裡有點悶悶的，她突然有點羨慕趙怡萱。

張子賢拿了拍立得出來，張允杰主動說他要替大家拍照，但馬上被張子賢拒絕。

「你是老闆，不是應該要一起拍嗎？」張允杰說。

「沒關係啦，你是客人，過去過去。」張子賢揮揮手，示意張允杰回到他們的旁邊，「再說，我的部分只要後製一下就行了。」

「你是說要把我複製貼上嗎？」張允杰沒好氣地問。

「答對了！」張子賢朝他比了一個大拇指，「不愧是老師，真聰明！」

方承洋和趙怡萱哈哈大笑了起來。

雖然說是複製貼上，但就算他們有著一模一樣的外表，謝品君還是覺得他們兩個人的表情和說話方式很不一樣。乍看之下分不出來誰是誰，但只要一講話就馬上能發現他們的不同，有時候，她甚至還會覺得給人感覺較沉穩的張允杰比較像記憶中的他。不過，這應該只是她的錯覺吧，畢竟，張允杰是高中老師，經營咖啡館的人一直都是張子賢。

「品君，不是看允杰，是要看鏡頭喔。」

張子賢語帶笑意的聲音傳來，謝品君的臉頓時一熱，在和張允杰視線接觸的瞬間，立刻移開視線。

喀擦！快門按下，讓這一瞬間停留在照片上。

「大嫂，我可以跟品君拍一張嗎？」方承洋問。

趙怡萱聽了，立刻點頭，「當然可以啊。」

張允杰睨著他，「你不要浪費別人的底片。」

「什麼浪費？底片買了本來就是要拍照，不然要供起來嗎？」趙怡萱笑著說。

「就是說嘛！」方承洋低笑了起來，然後朝張允杰靠上去，「喔，我知道了，你一定是因為我只找品君，沒有找你，所以在吃醋了對吧？」

「想太多了你。」張允杰使勁地想推開黏在他身上的方承洋，無奈方承洋始終拉著他的手臂不放。

「好啦好啦，不要害羞了，我們就一起拍吧。」方承洋勾著他的手，像個黏人的女朋友一樣緊貼在他身上。

快門再次按下，逐漸浮現在底片上的，是方承洋燦笑地拉著一臉不情願的張允杰，還有一旁微笑的謝品君。

晚上十點多，張允杰載謝品君和方承洋回到租屋處。車子一停下，方承洋就說他想去便利商店買個東西，要謝品君先上樓。

「沒關係，我在這裡等你。」謝品君說。

「那我快去快回喔。」

在方承洋離開之後，謝品君轉頭看著站在一旁的張允杰，向他道謝，「老師，今天真的很謝謝你，還特地帶我到那邊去。」

「不好意思，本來是想讓妳跟子賢多聊一點，看能不能讓他想起什麼，後來卻變成這樣。」他覺得有點不好意思，畢竟後來的發展和他原先想的已經完全不一樣了。本來是想讓謝品君和張子賢多聊一點過去的事，結果方承洋來之後現場氣氛完全變成了同樂會。

「你別這樣說啦，我覺得大家這樣聚在一起很熱鬧，很好啊。」她笑了笑，「如果照你原本說的跟他多聊一點，氣氛恐怕會變得很尷尬吧。」

或許是太久沒見面了，時間不只是沖淡了他的記憶，也在她心中漸漸推疊起一道隔閡，看到他，無法像從前那樣自在，想說什麼就說什麼。再說，他現在都已經是有老婆的人了，還一直和他提起過去的事情也不太妥當。

「不過，看到他現在這樣，其實我覺得很高興。」她由衷地這麼想。

「怎麼說？」他不太明白她的意思。

「我記得以前我曾經問過他喜歡什麼類型的女生，那時候他告訴我什麼類型都可以，只要是不會劈腿的女生就好了。」

他怔住，記憶中的某一個片段浮現在腦海中，記憶中有個女孩捧著馬克杯，也曾經這麼問過他。

「你喜歡什麼類型的女生？」

「所以，現在看到他和怡萱在一起時笑得那麼幸福，而且再過幾個月孩子就要出生了，我是真的很替他感到開心。」她笑著說：「真的很開心。」

雖然還是多少有點羨慕趙怡萱，但是能看到從前喜歡的人現在這麼幸福，也是一件讓人感到很幸福的事。

「品君，你們在說什麼啊？什麼東西很開心？」剛從便利商店回來的方承洋恰巧聽見了隻字片語，忍不住好奇地問。

「啊，沒什麼啦，只是說今天晚上很開心而已。」她笑著對方承洋搖頭，然後看向張允杰，「老師，謝謝你送我們回來。」

恍然回過神，他莞爾搖頭，「嗯，不會。」

方承洋朝他揮揮手，「老師，那我們就上去囉，你快回家休息吧，開車要小心喔。」

「嗯，拜拜。」

望著和方承洋一起離開的謝品君，他心裡很掙扎該不該告訴她，其實那句話並不是張子賢說的，是他說過的話才對。

「什麼類型都好，只要不會劈腿就好了。」

這一刻，他聽見了自己在回憶中的聲音。

第·五·章

晚上七點多，張允杰結束了一天的工作，開車回到家。

才剛鎖好車門，他聽見身後傳來一道急促的狗叫聲，他回頭一看，一隻戴著紅色項圈的黑色土狗正拖著狗鍊朝他奔來，後面還跟著一個氣喘吁吁的老人，追著黑狗大喊，「小黑！不要再跑了啦！」

「外公！」張允杰喊了一聲，黑色土狗跑到他的腳邊停下，仰著頭看他。

外公隨後趕過來，喘著氣，「原來是你回來了，我還在想牠怎麼會突然跑起來了。」

「外公，你還好嗎？」他輕輕拍了拍外公的背，看外公喘到上氣不接下氣讓他很擔心。

「沒、沒事……」

等到外公的呼吸頻率漸漸緩和下來，張允杰蹲下身，摸了摸小黑的頭，笑著問：「你怎麼這麼厲害？竟然知道我回來了。」

小黑搖搖尾巴，吠了幾聲。

「不過，以後別這樣了。」張允杰收起笑容，表情變得認真，「你看外公都累壞了，他年紀都這麼大了不能這樣跑。」

「呸呸呸，什麼叫做累壞？只跑這一點點路對我來說根本就不算什麼。」外公一聽，立刻替自己平反，即便自己跑到氣喘吁吁是事實，但他還是硬說自己不會累。

「別逞強了，等等要是被外婆知道的話，你肯定會被她罵。」張允杰無奈地說。

「哼，罵就罵啊，我才不怕她呢。」

「既然這樣，那我待會就跟外婆講了喔。」

外公頓時一驚，大喊，「不可以！」

張允杰無奈一笑，隨後站起身，叮嚀，「外公，以後要是小黑又突然跑起來，你就不要追了，讓牠自己去跑吧，反正牠最後一定會回去找你的。」

外公應了一聲，不情願地看向小黑，悶悶地說：「都是你啦，害我又被唸了。」

小黑依舊搖著尾巴，吠了一聲，看起來還是很開心的樣子。

張允杰笑了笑，拾起繫著小黑的繩子，「外公，我們回家吧。」

回到家之後，張允杰發現門口竟然多出了三雙陌生的鞋子，是一雙高跟鞋和兩雙學生式的皮鞋。

張允杰納悶地看著三雙鞋子，問：「外公，是誰來了？」

「是淑惠她們回來了。」

一聽見這個名字，張允杰怔住。外公口中的淑惠就是他的媽媽，那麼另外兩雙皮鞋肯定就是媽媽再婚之後生的兩個女兒的吧。

「她們來幹麼？」

「沒什麼，只是來吃個飯而已。不過，今天早上接到淑惠說要回來吃飯的電話，我也嚇了一跳，太久沒回來了突然要回來反而有點嚇到。」外公解釋，脫掉鞋子之後忍不住抱怨，「不過，說到這個我就氣，淑惠難得回來吃飯，結果小黑還一直吵著要出去散步。本來想說等淑惠他們吃完飯再去的，真是受不了牠。」

「小黑大概是因為已經習慣這個時間點出門了吧。」

這時，廚房那邊傳來了說話的聲音，除了外婆的聲音，他還聽見了媽媽的聲音。明明聽起來很熟悉，感覺卻又很陌生。

媽媽究竟有多久沒回這個家了？

他小學六年級那年，父母簽字離婚，哥哥子賢跟著爸爸生活，他則是跟著媽媽回到同樣位在台北的娘家住。然而隔年，媽媽很快就再嫁了，把他一個人留在外婆家。媽媽另組新家庭的那年之後，他們見面的次數就逐年減少，到了後來，別說是見面，就連電話聯絡的次數也幾乎沒有了。媽媽不會打電話給他，而那些撥出去的電話最後都轉入了語音信箱。

「允杰，你先去吃飯，我去洗個手。」外公走過他的身邊，往廁所走去。

當張允杰走進廚房，第一個發現他的人是外婆。一看見張允杰回來，外婆立刻笑著說：「允杰，媽媽和妹妹今天都回來了喔，快來一起吃飯吧。」

除了媽媽，他另外兩個同母異父的妹妹皆轉頭過來，好奇地看著他。他從來沒見過她們兩個，對她們自然很陌生，只知道她們大約是國中生的年紀。而她們也是如此，她們看著他，然後低聲說起話來。

張允杰聽不清楚她們說了什麼，只是看著始終低著頭吃飯的媽媽，說：「我在學校已經先吃過了，妳們吃就好。」

「這樣喔。」外婆看了默不作聲的女兒一眼，又看向張允杰，即使笑容仍在臉上，但表情還是難掩失望，「那好吧，你先去洗澡好了。」

「嗯。」他點點頭，看了始終沒有抬頭看他的媽媽一眼，撇過頭，直接轉身回房間。

當他回到房間，隔著房門，隱約聽見了媽媽說話的聲音。他一離開，她就不再沉默，雖然被媽媽當成空氣對待並不會讓他感到難受，只是，這樣的差別待遇讓他覺得有點諷刺，同樣是她的孩子，待遇怎麼會差這麼多？

他剛剛應該坐下來和她一起吃飯，讓她吃得很痛苦才對。

思緒至此，他不禁對於自己幼稚的想法感到無奈。

還是算了，會覺得痛苦的又不是只有媽媽一個人，他自己也會吃得消化不良。

玻璃牆上貼滿了照片，讓原本平凡無奇的玻璃牆添了色彩。照片上頭有著形形色色的客人。在 Grazie 咖啡館重新開始經營之後，張子賢很喜歡將來店參觀購買的客人拍下來，然後把照片黏貼在這片牆上。他說除了可以布置店裡，也是為了這間店留下紀念。

「子賢。」

張允杰一邊喝著茶一邊看著照片，視線最後在其中一張照片上停留了一會兒。他轉頭喊了正在整理咖啡豆的張子賢一聲，張子賢沒有看他，只是應了一聲。張允杰指著那張照片，問：「這張照片可以給我嗎？」

「你說哪張？」張子賢好奇地走了過來，一看見他指的照片，隨即笑了起來，「喔，你說這張喔？」

那是謝品君和他一起來的那天晚上拍的照片。

照片上的他因為張子賢的出聲提醒而讓他的視線停留在謝品君身上，比起方承洋的燦爛笑臉，謝品君在照片上的笑容多了一點害羞和緊張。雖然外表比起當年的青澀感覺成熟了不少，但她這樣害羞望著鏡頭笑的模樣仍和當年一樣，一看見她這樣的笑容，就會讓他想起當年坐在吧台前方望著他笑的女孩，以及在那個寂寞的歲月中給了他溫暖的笑容。

「嗯，可以嗎？」張允杰問，一看到這張照片，就很想把它留在身邊。不過，他知道自己並不是因為喜歡她才想留著這張照片，只是喜歡那段回憶帶給他的溫暖感覺。

直到現在，他仍懷念著那段短暫的相處時光。

「這個嘛……」張子賢輕輕撕下那張照片，把它護在懷裡，「當然不可以，上面有我老婆欸，怎麼可以隨便給你？」

張允杰白了他一眼，「你跟怡萱的照片，我那邊多得都可以堆成山了。」

張子賢哈哈大笑，隨後把照片遞給他，「開玩笑的啦，你想要的話就給你吧，不過你要回答我一個問題。」

張允杰接過照片，納悶地問：「什麼問題？」

「你想要這張照片是因為承洋？」張子賢湊近他，「還是因為品君？」

張允杰頓時一怔，視線停留在照片中的謝品君身上，平靜地說：「是為了我自己。」

「少騙人了你！你要自己的照片幹麼？」張子賢大笑，不相信他的話，不過張允杰也懶得解釋，反正說越多也只會越描越黑而已。他拿出皮夾，把這張照片放到了最前方的透明夾層中。

看著照片上的笑容，他不禁想起那段往事。只不過在她對他露出這樣的笑容之前，她都是愁眉苦臉地來到咖啡館，臉上寫滿了心事重重的樣子。

記得第二次遇見她，是在一個晴朗的星期四下午，依舊是他心不甘情不願地幫張子賢顧店的日子。那天，他待在 Grazie 咖啡館裡寫論文，他寫得很痛苦，不但要思考繁複的數學公式，還要忍受著過於濃郁刺鼻的咖啡味道，誰說咖啡可以提神的？現在他只覺得咖啡根本才是降低思考效率的最大凶手。

當他正在論文和咖啡味道之間來回掙扎時，他忽然瞥見了門口有個人影。

是客人嗎？

他看了一眼，很快又低下頭，不打算理會外面的人，反正他都已經掛上休息中的牌子，現在不是營業時間。不過，那個人似乎沒有打算離開，一直動也不動地站在門前。他覺得奇怪，於是又抬頭朝門外看去，外面的人他越看越覺得眼熟，忽然想起她就是他第一次幫張子賢顧店時，進來店裡躲雨的女孩。

她是不是想進來？一看見是她，他對於招呼客人的抗拒就消失了，他起身走到窗邊，打開窗戶，看著站在店門前的她問：「今天一樣也沒有營業。要進來坐一下嗎？」

大概是他出現得太過突然，她的表情明顯嚇了一跳，而他同時也因為她的臉愣了一下，她的雙眼紅腫，臉色也很差，看起來很沒有精神。

他問她是不是沒有課，她說她蹺掉了。他問她是不是學校最近很忙，不然怎麼看起來這麼沒精神。可是對於他這個問題，她沒有回答，只是沉默坐著。

他感覺得出來她不想回答這個問題，所以也沒有多問什麼，只是泡了一杯咖啡給她，然後就把心思重新放到論文上。

此時，張允杰的情緒不再像剛剛那樣焦躁。時間悄悄流逝，直到一直盯著電腦螢幕看的雙眼有些酸澀，他才從論文上暫時移開視線，看向坐在吧台前的她。她低著頭動也不動地坐在那裡，看起來像是在發呆，但皺著眉頭的表情卻又像是在想著什麼似的，愁眉苦臉的表情中寫滿了心事，感覺不是只是單純的精神不好而已。他的視線往下一移，轉而落到了她面前的那杯咖啡上，才發現這段時間她都沒有去動那杯咖啡，原本咖啡上冒著的熱氣白煙已經消失了。

看來咖啡應該是冷掉了。

於是，他伸手去拿馬克杯，想重新倒一杯熱的給她。觸碰到杯子的瞬間，她就像恍然回過神一樣，忽然抬頭看著他，緊張地問：「怎麼了嗎？」

「沒什麼。」他握住馬克杯的把手，「我看咖啡好像涼掉了，我重新倒一杯給妳。」

「沒關係，不用麻煩了。」她連忙伸出手，想移回馬克杯，指尖輕輕觸碰到他的手，和已經失去溫熱的咖啡杯傳來的溫度相比，她的手指更顯得冰冷。

「可是，冷掉的咖啡很苦喔。」他提醒。

她不好意思再麻煩他，搖搖頭，「沒關係，我不喜歡喝太燙的東西。」

「好吧。」

他收回手，接著只見她端起馬克杯，低頭喝了一口，下一秒眉頭頓時緊緊皺起，苦澀的滋味全都表現在臉上。

他不是說冷掉的咖啡很苦了嗎？他不禁笑了，轉身去拿牛奶和糖粉給她，「如果真的覺得很苦，可以加一點這個。」

她愣了一下，隨後點點頭，嘴角微微上揚。她笑得很不好意思，小聲地說：「謝謝。」

這是她進到店裡來之後露出的第一個笑容，她淺淺的靦腆笑容看起來有點害羞。不知道是因為她終於露出了笑容，還是因為這樣的笑容很好看，他不禁莞爾。

「被我抓到了，你看著品君在偷笑！」

張子賢的驚聲尖叫將張允杰的思緒從回憶中猛然抽離。張允杰嚇了一大跳，嚇得遮住嘴巴，緊張地說：「我是在我看自己！」

「看著自己笑未免也太噁了吧？」張子賢大笑，一把勾住了他的肩膀，摸了摸他的下巴，「張老師，我看你還是老實承認吧。我身為哥哥呢，就給你一個良心建議，現在不管你改口說是在看怡萱還是承洋都一樣很噁心，我想品君會是最好的答案喔。」

「你比較噁心，走開。」張允杰並不領情，沒有接受的他所謂的良心建議，直接把張子賢的臉推開。

即使被他嫌棄，張子賢絲毫沒有受到影響，依舊笑個不停。張允杰趕緊收起皮夾，故作鎮定地喝了一口熱茶，免得情緒再次被回憶牽引住。

每次只要看到張允杰明明就很緊張還要故作鎮定的樣子，張子賢就覺得好笑。張子賢走回吧台前，拿起茶壺，往茶已經喝完的馬克杯裡又倒了一些，「說到品君，我覺得承洋也還滿喜歡她的欸，我看那天他都一直黏著她說話。唉，張老師要失寵囉。」

「什麼失寵啊？看到漂亮女生本來就會比較積極，尤其是他這個年紀的男生。大學生不都是這樣嗎？」張允杰看著馬克杯中的熱茶，然後抬眸看向張子賢，「你那時候不是也這樣？你大概也是在承洋這個年紀遇見大嫂的吧？」

「嗯……是差不多這個年紀沒錯啦，不過我喜歡的可不是怡萱的臉，而是她的內在。」張子賢對於他的說法很不以為然，「我可是很有深度的一個人，才不像你們這些人那麼膚淺只看外表。」

「你少來。」

「本來就是嘛，你看怡萱那個樣子你會想去搭訕她嗎？」張子賢理直氣壯地說。

「喂，所以你現在的意思是說我很醜囉？」

話才剛說完，趙怡萱的聲音忽然傳來，張子賢嚇了一大跳，慌張地問：「妳幹麼偷聽我們講話啊？」

「我哪有偷聽？明明就是你講得太大聲了好嗎？」

「我明明……啊啊，不要拉我耳朵啦，很痛欸！」

看著正被趙怡萱拉著耳朵而痛得哇哇大叫的張子賢，張允杰忽然想起了前幾天謝品君說過的話。

「我記得以前我曾經問過他喜歡什麼類型的女生，那時候他告訴我什麼類型都可以，只要是不會劈腿的女生就好了。」

聽到她說這些話的當下，其實他很想告訴她，她口中的那個他是自己才對，並不是張子賢。趙怡萱是張子賢的初戀，他們打從交往開始，雖然會吵架，但感情一直都很穩定，從來沒有劈腿這種問題存在。

不過，換個角度想，幸好他當下沒有衝動說出口，不然她肯定只會覺得很莫名其妙而已，畢竟在她的心中，早已認定那個人就是張子賢了。再說，她所說的那些話也只是一個片段，不能代表所有的回憶，而他究竟佔了那段時光的幾分之幾？他沒有答案。

「媽呀，她真的是很狠心欸，竟然這麼用力，我覺得我的耳朵都快掉了。」張子賢揉著紅腫的右耳，看著趙怡萱離開的方向小聲埋怨。

「你不就是喜歡她這點嗎？我看每次大嫂修理你，你好像都很開心的樣子。」張允杰說，雖然張子賢嘴上都是在抱怨，但張允杰總覺得他根本就是樂在其中。

「什麼開心啊？這樣講得我好像有被虐傾向一樣。」張子賢立刻反駁，瞥了後方一眼，然後小聲地說：「不過，好像真的也是這樣沒錯啦。」

張允杰覺得肉麻，「你真的很噁心。」

「什麼？這不是你說的嗎？」

不理會他的抗議，張允杰只是低頭喝茶，忽然想起了昨晚的事。

「對了，昨天媽來家裡了。」張允杰說。

「媽？」張子賢驚呼，「真的假的？」

「嗯，昨天她帶她那兩個女兒來家裡吃飯。」

「她有住下來嗎？」

張允杰搖頭，「沒有，大概待到快十點的時候就走了，也不知道是來幹麼的？」

「會不會是跟她老公吵架了啊？」張子賢猜測，「你記不記得，以前她跟爸吵架的時候，她不是都會帶我們兩個回外婆家嗎？那時候我都快覺得外婆家就是我家了。」

「誰知道？」張允杰聳聳肩，不過聽張子賢這麼一說，確實是有這個可能。

「那她說了什麼嗎？」

「沒有，連看我一眼都不肯。」他想起了昨晚媽媽冷漠的樣子。

「她果然還是很討厭我們呢。」張子賢無奈一笑。

「是啊。」張允杰嘆了一口氣。

他以前曾聽外婆說過，父母的婚姻是因為他和張子賢的出現。媽媽在大學四年級的時候不小心懷了他們，所以他們才會因此結婚。然而那時父母都還很年輕，感情基礎也還不能說是很穩定，兩人在婚後經常吵架，家庭的裂痕越來越大，最後還是在他們小學六年級那年結束了婚姻。

或許，在媽媽的心裡，他們兄弟就是絆住她多年幸福的麻煩，所以後來她才把他們當成空氣一樣對待。

不過，誰知道呢？畢竟他和媽媽的感情也不是很好，更不可能知道她在想什麼。

張允杰把杯中的最後一口茶喝掉，已經涼掉的茶變得有點苦澀。他抿了抿唇，然後站起身，把馬克杯推向張子賢，「好了，時間不早了，我也差不多該回家了，杯子給你收。」

「沒問題，你開車小心。」

夜幕一片深沉，微涼的夜風迎面吹來，周遭一片寂靜。

把車停在家附近之後，張允杰慢慢走回家。才走進家所在的那條巷子，張允杰就遠遠看見有個人影站在他家門前。燈光昏暗，他看不清楚那人的長相，只覺得她的身形、她的輪廓好熟悉。

「允杰。」

在他還沒有看清楚對方是誰之前，對方已經先認出了他。一聽見這熟悉的聲音，張允杰頓時愣住。沒想到連續兩天回家都有驚喜在等著他，不對，對現在的他而言，眼前的人應該要說是驚嚇才對。

「妳來這裡做什麼？」張允杰看著不知道是為了什麼而來的王蕙琦，低聲地問。

早知道她會出現在這裡，剛才就應該在張子賢那邊多待一下才對。

「允杰，你為什麼都不回我訊息？連看都不看。我不是說有很重要的事要跟你說嗎？」

王蕙琦的眼眶泛紅，聲音哽咽。

以前只要看到她快哭出來的模樣，他總是會心軟，所以當初才會忍受她一次又一次的劈腿，但如今，他看見這樣的她就只覺得心煩而已。

「我跟妳早就沒什麼好說的了，現在時間很晚了，快點回家。」他沒有要理會她的意思，只想快點把她趕回家。

「允杰，對不起，我知道以前是我不對，但你先聽我說好不好？」王蕙琦淚眼婆娑地伸手拉住他。

對不起。一聽到這句話，他就覺得煩躁，用力抽回自己的手。

很多話說久了，無論說話的人當下再怎麼真心誠意，卻也只會讓那些話聽起來越來越沒有價值。

尤其是對不起這三個字。

「允杰，對不起，眞的很對不起。」

「我眞的很對不起你，我保證下次絕對不會再犯了，再給我一次機會好不好？」

這樣的話，他究竟已經重複聽了多少次了？

以前他常聽別人說花心劈腿是本性，是怎樣也改不掉的壞毛病，但很多時候都還是因為另一半的縱容吧。

這些年來，他常常在想王蕙琦之所以會這樣一而再、再而三和別的男生曖昧劈腿，甚至到上床，是不是都是因為他一次又一次的原諒？

每次只要一看到她哭的樣子，他就沒轍。就算當下再怎麼生氣，但只要她哭著求他原諒，保證自己不會再犯，他就會心軟妥協。

她劈腿，然後被他發現，最後哭著請求他原諒，這些彷彿已經成了他們交往的公式。他們分分合合了太多次，到後來他已經對她的道歉麻痺，甚至對她的情感也麻痺了，可是他就是難以割捨掉這段感情。

他們這樣的關係一直持續到四年前的某一天晚上，他直接撞見王蕙琦在床上出軌的模樣，直到那時候他才真正死心。

到了現在，他仍記得王蕙琦當初給他的難堪，所以他更無法理解王蕙琦事隔多年後又突然來找他的理由。這次，不管她說了幾次對不起，他絕對都不能心軟。

然而，他狠下心來甩開的手又被王蕙琦拉住，她哽咽地說：「允杰，你不要這樣啦……」

一聽到她帶著哭腔的嗓音，決心又再次動搖，他實在沒辦法就這樣不理會正在哭的她。明明已經不喜歡她了，可是他的身體彷彿習慣了這樣的模式一樣，接連地影響到他的心。

他無奈地嘆了一口氣，輕輕拉開她的手，「先跟妳說清楚，我是不可能跟妳重新開始的，我對妳已經……」

「你放心。」不等他說完，王蕙琦急迫地打斷了他的話，深怕他再次離開。

你放心。這三個字一瞬間打散了他所有的顧慮。

王蕙琦緊張解釋，「我今天來不是要來找你復合的，我只是要來跟你說，我要結婚了，我希望你能來參加我的婚禮。」

結婚？婚禮？

張允杰愣了一下，隨後啞然失笑。他突然有一種被打了一巴掌的感覺。

「妳現在是糟蹋我嗎？」他問，看著紅著眼眶的王蕙琦，他真的很希望時間可以回到五分鐘前遇見她的時候。不對，只要回到自己心軟的那一瞬間就好了。如果可以重來，他一定會毫不猶豫地轉頭走人，而不是停下腳步讓她來糟蹋他了。

「妳以前那樣對我，現在又跑來跟我妳要結婚了，還要我去參加婚禮？妳覺得這樣捉弄我很好玩嗎？」

他不明白她特地跑來邀請前男友參加婚禮的用意是什麼。是想讓別人知道他已經不計前嫌，能和她繼續做朋友，甚至還能祝福她了嗎？

王蕙琦微微一怔，連忙替自己解釋，「你不要誤會了，我不是這個意思，我只是希望能得到你的祝福而已。」

祝福？他幾乎笑出聲，突然不知道是該對她生氣還是替自己感到難過，「妳到底把我當成什麼了？」

是不是因為她都沒有把他的感受好好放在心上，所以才能理所當然對他提出這種傷人的要求？

「我……」王蕙琦低下頭，支支吾吾地說：「對不起，雖然我們分開了這麼久的時間，但我還是把你當成我很重要的人，所以……」

張允杰聽不下去，直接打斷她的話，問：「對現在已經要結婚的妳而言，我不應該是妳重要的人吧？」

被他這麼一問，她頓時啞口無言，不知道該怎麼回應他。

看著她，他深嘆了一口氣，語重心長地說：「希望妳能把妳的結婚對象好好放在心上，別再像之前對我那樣，不當一回事了。」

說完，他直接轉身離開，告訴自己絕對不再為了她停下腳步。

張允杰進屋之後沒多久，王蕙琦又傳了一則訊息給他，她沒有再提到婚禮的事，只傳了三個字，對不起。

她的這句對不起是為了什麼而說的，他不知道，也不想知道。這三個字對他而言早已失去了重量，不足夠停留在心上。

他點開她的訊息，不再像過去一樣不讀不回。他把之前她傳給他但沒有被他點開的訊息全都看了一遍，最後刪掉了所有和她的對話紀錄。

看著少了王蕙琦名字的聊天室列表，好像連心都跟著少了什麼似的，明明剛才還在因為她生氣，現在卻怎麼反而心裡空蕩蕩的？

你還喜歡她嗎？

他在心裡這麼問自己，但很快就給了自己否定的答案，他早就已經不喜歡王蕙琦了，不然以他的個性，他是絕對不會放著王蕙琦不管。

他關掉手機，看著映照在手機螢幕上的自己半晌，隨後嘆了一口氣。

之所以會感到這麼空虛，只是他因為再次感受到不被放在心上的感覺吧？

這時，手機忽然響了起來，他嚇了一跳，心跳聲跟著變大聲，他定睛一看，亮起的手機螢幕上顯示著方承洋的名字。

真是的，怎麼突然在這個時候打電話來？害他嚇了一大跳。

他接起方承洋的電話，「喂？」

方承洋興高采烈的聲音傳來，「老師老師，我跟你說喔，我之前參加學校的抽獎，然後抽到了電影的優惠券欸。」

「恭喜你。」張允杰說。

「唉唷，老師，你怎麼這麼冷淡啊？你不覺得你還要多問我什麼？」方承洋對於他的回答很不滿意。

「我要問什麼？」

「當然是問我要怎麼用這些優惠券啊。」方承洋輕快地問：「難道你都不好奇嗎？」

張允杰笑了笑，順著他的意思問：「那你打算要怎麼用這些優惠券？」

方承洋嘿嘿地笑了起來，「當然是找老師一起去看電影啊，我們約這個禮拜日好不好？你有空嗎？」

看電影嗎？

張允杰想了一下，雖然現在沒什麼心情，但利用休假去看場電影，應該還是能讓他稍微轉換一下心情吧。

「好，那我們禮拜日見，我再去接你。」

方承洋歡呼了一聲，「啊，對了，因為我有三張票，所以也約了品君一起。要是被別人看到我和老師單獨去看電影，害我被誤會的話就糟糕了，這樣我就交不到女朋友了。」

方承洋興奮地說了一大串，可是張允杰卻只聽見了品君兩個字。不知道是不是因為剛才的空虛感作祟，他突然很想聽到謝品君的聲音。

「承洋，你現在……」張允杰遲疑了一下，「跟品君在一起嗎？」

「品君嗎？有啊，她在我旁邊，你等一下喔。」方承洋以為張允杰問起謝品君是要跟她說話，立刻說要將電話交給謝品君。張允杰頓時一驚，剛才一瞬間的衝動讓他後悔了，他想叫住方承洋，可是卻聽見方承洋說：「品君，老師要跟妳說話。」

「老師？他要跟我說什麼？」謝品君納悶的聲音隨後傳進耳邊，一聽見她的聲音，他突然很不知所措，心一急，馬上掛掉電話。

他到底是在幹麼？怎麼今天一直做出很不像自己會做的事？

他懊惱地看著手機，越想越覺得焦躁，他索性將手機塞回背包裡，打算要把今天晚上發生的一切暫時放下。反正也想不出個所以然，就別想了，還是先去洗澡好了。

他從衣櫃拿出換洗衣服，進浴室之前，先把褲子口袋裡的皮夾和一些零錢拿了出來。拿出皮夾的同時，他不經意看見了今天才剛放進去的照片一角，他打開皮夾，照片上的四人隨即映入眼底，他的視線最後是落在其中一張害羞的笑臉上。

「你今天是怎麼了？」

然後，他似乎聽見了記憶中那個女孩的聲音。

「你今天是怎麼了？」

女孩的聲音拉回了張允杰的思緒，他抬起頭，看著坐在他前方的女孩，納悶地問：「我怎麼了？」

女孩微微偏著頭，看著他說：「感覺心情不是很好的樣子。」

「沒有。」張允杰否認。即使表面平靜，但他心裡還是很詫異自己的情緒會被她察覺。他一直以為自己很擅長隱藏情緒。

「可是，你整個眉頭都皺在一起了。」她捏了捏自己眉毛之間的位置，用動作來表示給他看。

「那是因為論文太難寫了，我想不出來。」他淡淡地說，盡可能放鬆臉部表情，不想讓眉頭變得和她形容得一樣。

不過，就向她說的一樣，他今天心情確實很不好，這天是他和王蕙琦的第二次分手，也是他和眼前的她第六次見面的日子。或許是因為一個禮拜只見她一次，他開始數起了和她見面的次數。

每次只要是他幫張子賢顧店的時段，她都會出現。有時候只是來這裡喝咖啡，有時候會來寫作業，然後在這裡待上一個下午。比起剛來的時候，她這幾次的精神狀況看起來好多了，臉上比較有笑容，也開始會找話題和他聊天，而不是一直失魂落魄地呆坐在那裡。

看見她的表情變得欲言又止，似乎還想問他什麼，他深怕自己會不小心再次洩漏情緒，趕緊將這個話題帶開，問：「妳每天都會來這裡嗎？」

她想了想，然後說：「幾乎吧，不過只有你在的時候，我才敢進來。如果看到有另一位也在的話，就是很像老闆的那位，我就會離開了。」

他知道她所說的另一位是他的爸爸，也就是 Grazie 咖啡館的老闆。只不過，讓他好奇的是，她所謂的「只有你在的時候」是不是也包含了張子賢？還是真的是只有他而已？

「說到這個，我一直很想問你，那位是你的爸爸嗎？」她好奇地問。

「嗯。」

她頓時恍然大悟，「難怪，我就一直覺得你們還滿像的。」

她之前經過這裡時，剛好看到他們在一起顧店，分開看的時候還沒什麼感覺，但他們在一起時，她就發現他們的容貌相似，感覺看起來應該是父子。既然是父子，那麼他不喜歡咖啡卻要來這裡上班的原因就說得通了，畢竟是爸爸經營的咖啡館。難怪之前問他的時候露出那麼不甘願的表情，原來是被爸爸逼來的。

「這麼說的話，你就是小老闆嘛！」

「什麼？」他皺起眉，她的新稱呼讓他覺得莫名其妙。

「因為你是老闆的兒子，他是老闆，你就是小老闆。」她解釋，「以後我就這樣叫你好不好？」

「不好。」他乾脆拒絕，這個稱呼讓他不自在。

「可是，我不知道你的名字。」她好奇地問：「不然，你叫什麼名字？」

他睨著她，沒打算把自己的名字告訴她，「妳可以叫我『喂』沒關係。」

「真的嗎？」她像隻鸚鵡一樣重複著這個字，「喂喂喂喂喂……」

「叫一次我就會聽到，不用一直重複。」他無奈看她，雖然是自己提起的，但聽到被人叫這麼多次喂還真是會讓人覺得煩躁。

她笑了笑，隨後拿出手機，「對了，你會做這個嗎？」

「哪個？」他好奇地看著手機上的影片，那是一部在介紹拉花製作的影片。只要一看到拉花，他就想起了過去慘痛的失敗經驗。

張子賢很擅長拉花，記得每次只要看見張子賢做出漂亮的拉花圖案，趙怡萱就會露出很開心的笑容，就連王蕙琦也是。所以，為了討王蕙琦開心，他還特地向張子賢學拉花。但不知道是張子賢不會教，還是他沒有這方面的天賦，不管學了多少次，他都是失敗收場。

「只要看到這種漂亮的拉花，就會有一種很療痛的感覺。」她笑著說，一臉期待地看著他，「既然你是老闆的兒子，那你一定會做對不對？」

她充滿期待的眼神讓他備感負擔。

「誰說老闆的兒子就一定要會？」他反問，就像誰說咖啡館老闆的兒子一定會喜歡咖啡一樣。

「所以，你不會嗎？」她失望地問：「我本來還想說你會的話，可以請你教我的。」

不知道為什麼，看到她這樣失望的表情，他心裡突然有點過意不去。雖然學不會拉花不是他的錯，但是看到她從那麼期待的樣子變成這麼失望，讓他莫名地有罪惡感。他想了想，然後問：「那妳想試試看嗎？」

她納悶地看著他。

「我可以準備材料讓妳試試看，我們一起看影片學。」

她驚訝地睜大雙眼，「真的可以嗎？」

「嗯，反正老闆今天不在家。」言下之意，就是這間店今天歸他管，店裡的材料也隨便他使用。

他朝她招招手，示意她進來吧台，「進來吧。」

「好。」她笑著點頭，興奮地站起身跑到吧台的另一邊，和他站在一起。

咖啡機運作的聲音響起，張允杰利用咖啡機替牛奶加熱，雖然他不會做拉花，但基本的步驟他還是有概念。

基本材料都準備好了之後，她倒了一點咖啡在杯子裡，然後滿心期待地拿起裝滿熱牛奶的不銹鋼量杯，準備開始她第一次的拉花經驗。就在同時，她拿著量杯的手忽然被他握住，她嚇了一跳，緊張地問：「你、你在幹麼？」

「手的姿勢不對，妳不能這樣拿。」看著她的怪異姿勢，他忍不住想糾正，說完他又伸出另一隻手調整她拿著杯子的手。

雖然只是調整姿勢而已，但近似從身後擁抱的動作讓她更是緊張了起來。她突然覺得有點口乾舌燥，心跳也變得大聲，她小聲地問：「你、你不是說你不會嗎？」

「我是不會，但基本的動作我還是知道啊。」他說，雙手隨後感受到了顫抖，他納悶地問：「妳的手怎麼在抖？」

「我……」只要一緊張她就無法克制自己發抖，儘管他站在她的身後，但她還是緊張得視線不知道該往哪裡擺，「你這樣隨便拉其他女生的手，女朋友不會生氣嗎？」

她想，像他這麼溫柔的男生肯定有女朋友吧？

「我沒有女朋友。」想起王蕙琦，張允杰的眼神一沉，低聲地說。

他沒有說謊，今天早上他們剛分手，現在的他已經是單身了。

「而且，我只是在教妳而已，不用這麼緊張。」他鬆開手，「好了，試試看吧。」

即使手背上已經感受不到他的溫度，但她的手依舊緊張得抖個不停。別說是要做拉花了，她連杯子都拿不好，還把牛奶灑了出來。

「啊，對不起。」她緊張地看著地上的牛奶，懊惱地自己的笨手笨腳。

「沒關係，擦一擦就好了。」

然而，緊張感作祟，她始終做不好，一連做了好幾杯，最後都只是很純的淺褐色。

看到她比他還笨手笨腳的模樣，張允杰突然對自己產生了一點信心。

「讓我試試看吧。」他難得躍躍欲試。

然而，自信心果然無法替他的實力加分，他還是以失敗收場。

「這應該不會就是你想做的拉花圖案吧？」她竊笑，想到他剛才自信滿滿的樣子，她就覺得現在他一臉挫折的表情更好笑了，甚至讓她忘了原本的緊張。

「不是，這只是很普通的拿鐵而已。」他馬上否認，覺得心情鬱悶，悶悶地說：「如果老闆在的話就好了。」

或是說，如果張子賢也在的話就好了。

「可是，如果老闆在的話，我就沒辦法像這樣在這裡喝咖啡寫作業了。所以，只要有你就好了。」她笑了笑，指著他的那一杯，「而且，這是我看過最讓人感到療癒的拉花了。」

張允杰撇撇嘴，感受不到她的安慰，「妳現在是在嘲笑我嗎？」

「才沒有。」她笑著說，然後拿起那杯咖啡，嘴角的笑容深了些，「我很喜歡這個。」

比起漂亮的拉花圖案，她更喜歡他在過程中的認真模樣，特別是他拉著她的手時傳來的溫度。只要一想起，她的心跳不禁就加快了起來。

張允杰覺得她很奇怪，一杯平凡無奇的普通拿鐵，是有什麼好喜歡的？

「那你呢？喜歡我的拉花咖啡嗎？」

他不禁笑了，「妳這也敢叫拉花？」

她失望地扁起嘴。

他拿起她做的其中一杯喝了一口，咖啡的味道在嘴裡擴散開來。但因為加了大量牛奶的關係，咖啡的苦味變得沒那麼明顯，彷彿連心中的苦澀滋味也跟著變淡了。

「不過，多虧這麼療癒的拉花，我的心情好多了。」他由衷地說。

「真的嗎？太好了。」她又驚又喜地看著他，隨後意識到自己的誇張反應，緊張地低下頭，閃躲他充滿笑意的視線。她喝了一口咖啡，然後悄悄抬眸，和他的視線再次有了交會，兩人不禁同時笑了起來。

禮拜日早上，張允杰依約開車來到了方承洋住的公寓，方承洋和謝品君已經在公寓門口等他了。一發現他的車，方承洋立刻舉起雙手朝他用力揮手，他看了不禁莞爾，將車慢慢往路邊開去。

方承洋打開後座車門，一邊坐上車一邊向他道謝：「老師，謝謝你特地來載我們。」

「不會，這樣比較不會浪費……」張允杰一看見跟在方承洋後面坐上車的謝品君時，頓時止住了話，謝品君今天的妝容比平常淡了很多，雖然她平時也沒有到濃妝豔抹的程度，但今天的她看起來幾乎素顏，少了化妝品修飾的臉看起來好像大學生。

發現張允杰正盯著自己看，謝品君緊張地摸了摸臉頰，「老師你怎麼了？我的臉上有東西嗎？」

張允杰回過神，搖搖頭，「沒什麼，我只是覺得妳今天特別漂亮。」

看起來特別像是記憶中的她。

被他這麼讚美，她反而露出了失望的表情，「真的嗎？可是，我今天沒化什麼妝，想說假日讓皮膚休息一下，結果你竟然說比平常漂亮。」

張允杰頓時一驚，突然不知道該怎麼接話。

「哎呀，這就表示妳不用化妝就很漂亮了，品君今天這樣看起來好像我同學喔，而且是漂亮的同學。」方承洋笑著說。

「你是從哪裡學來這種話的？怎麼這麼會說話？」謝品君被他弄得無奈又好笑，換她不知道該怎麼回應他的讚美了。

張允杰抬眸看了後照鏡中的兩人，心裡有點不是滋味。

這小子講話還真是有夠油腔滑調的。他看著笑得燦爛的方承洋心想。

經過了約莫二十分鐘的車程，他們抵達電影院。當方承洋一看見電影院牆上的海報，立刻指著其中一張恐怖片的海報，興奮地問：「品君，妳敢不敢看恐怖片？我們看這個好不好？」

方承洋聽說這部電影很可怕，所以待會他一定要坐謝品君的旁邊，然後等到她害怕的時候就伸出手保護她。

看著讓人感到毛骨悚然的海報，謝品君點點頭，毫不猶豫地答應，「嗯，我都可以。」

可是，方承洋的提議卻讓張允杰忍不住質疑，「你確定要看這個？」

「對啊，怎麼？老師你會怕嗎？」方承洋竊笑。

「我是不怕，我比較怕你半夜又打電話給我說房間裡有鬼。」

「什麼？」方承洋的臉頓時一熱，看了謝品君一眼，他漲紅著臉，急忙替自己辯解，「你不要亂說，我才沒有打電話給你過。」

「沒有最好，那你今天晚上就不要打電話給我。」

方承洋很膽小，但他偏偏又是那種會怕又愛看的類型。每次他只要看完恐怖片，張允杰那陣子就常會在半夜接到方承洋的電話，說他睡不著，甚至說他房間裡好像有鬼。

對張允杰而言，比起恐怖片帶來的恐懼，他更怕方承洋半夜的騷擾電話。

「好啊！我才不怕你呢！」方承洋指著恐怖電影的海報，「我們就看這個，老師你等等就不要嚇到尖叫。」

「好好好。」張允杰的語氣敷衍，沒有把他的威脅放在心上。

方承洋扁起嘴，氣呼呼地說：「好，那我現在就去買票。」

看著鬥嘴的兩個人，謝品君覺得好笑，忍不住笑了起來。

「妳在笑什麼？」張允杰莫名其妙地問。

「沒有啦，我只是覺得承洋真的很可愛。」

張允杰看向正準備要去排隊買票的方承洋，望著他氣呼呼的背影無奈一笑，「是像小孩子一樣吧？每次跟承洋出來，我都不覺得自己是高中老師，而是幼稚園老師。」

她笑了笑，然後說：「你也是啊。」

「什麼？」

「我覺得剛剛你那樣也很可愛。」她笑著說。

「咦？」

「老師，我過去看一下承洋。」

說完，她就轉身朝方承洋走去，陪他一起排隊買票。

看著正在排隊的兩人，張允杰有些怔住，愣了幾秒鐘之後才回過神。他搔了搔右臉頰，轉頭看向那張陰森的恐怖海報。

不知道為什麼，他突然覺得臉有點發熱。

後來，果然和張允杰想的一模一樣，看電影的過程中，整間影廳裡都是方承洋受到驚嚇的尖叫聲，有好幾次，他都不是被電影的音效或突然出現的恐怖畫面嚇到，而是身旁突然的驚聲尖叫受到驚嚇。

「老師，我想去一下廁所，你們等我一下。」

一走到外頭，被嚇到臉色蒼白的方承洋便說要去廁所。

看著走路有些搖搖晃晃的方承洋，謝品君忍不住擔心地問：「承洋他還好嗎？」

「別擔心，他只要一緊張害怕就會肚子痛，我們等他一下就好了。」張允杰早已習慣了他這副樣子，輕鬆地說。

「這樣喔。」謝品君看著走進廁所的方承洋，「不過，承洋看起來真的很怕的樣子，早知道就不應該看恐怖片了。」

方承洋的臉色很蒼白，一看就知道肯定被嚇得不輕。

「沒關係，是他自己提議要看的，他就是又怕又愛看的人，等等就會恢復正常了。」張允杰無奈嘆了一口氣，「我比較擔心的是不知道他今天幾點會打電話來。」

她忍不住笑了出聲，「這樣聽起來，感覺我好像間接害到你了。」

在等待方承洋的這段時間，張允杰向謝品君問起了她哥哥的事。

「妳哥哥最近還有再去找妳嗎？」張允杰關心地問。

「沒有，我很久沒看到他了。」她搖頭，那天晚上後，謝品翰就再也沒有出現過了。

「沒有就好，不過妳一個人的時候，還是稍微注意一下比較好。」他停頓一下，然後拿出手機，「我看，我把手機號碼給你好了，如果妳真的有需要幫忙，可以打電話給我，不用客氣。」

她很驚訝他會這麼說，「謝謝你。」

儲存了手機號碼，她看著名字的那欄空格，才發現自己根本不知道他的名字。這段時間總是跟著方承洋一起叫他老師。她不好意思地問：「我該怎麼稱呼你？老師可以嗎？」

「不用連妳都叫我老師。」他莞爾，「叫我張允杰就好。」

「怎麼寫？」

「妳手機借我一下，我直接打字比較快。」

他接過她的手機，然後打上了自己的名字，張允杰。

謝品君看著顯示在手機螢幕上的名字，覺得很新鮮，「我每次都聽承洋喊你老師，聽到後來我都快以為老師就是你的名字了。」

他笑了笑，看了手機一眼，又看向她，突然有點緊張，「那個……能順便把妳的電話給我嗎？這樣我才能馬上知道是妳。」

「當然好啊，那我打給你。」她笑著說，低下頭撥了一通電話給他，他的手機隨後響起來。她馬上結束通話，「這是我的手機號碼。」

他按下了新增號碼，然後打上了她的名字，謝品君。

見他連問都沒問就直接打上她的名字，而且連字都正確，讓她很驚訝，「你知道我的名字？」

「我常聽承洋說起妳的事。」

「我想也是。」她想起了遇見他的這段時間，覺得很不可思議，「現在想想，多虧有承洋我們才有辦法認識，我才知道原來老闆還有位雙胞胎弟弟。」

不只是再次遇見張子賢讓她感到不可思議，還遇見了張允杰，感覺就好像是遇見了另一個張子賢一樣。

張允杰停頓了一下，斂下眼，看著手機上的名字低應了一聲。

可是，事實上並不是吧。

當初他是因為那個下雨天，因為他討厭的咖啡，他才會和她相識。

其實，就像謝品君曾經說過的，張允杰也不是非得要她想起他。只是，當自己認識的人在眼前，而且還是一個會讓自己懷念的人，卻還要裝作不認識的樣子，讓他覺得很奇怪，心裡就是莫名地很不舒坦。

雖然他大可不必這樣，只要向她坦白說清楚就好，可是偏偏他不確定自己究竟在她的記憶中佔據了多少篇幅？因為和張子賢相比，他出現在那間店的次數實在太少。要是她對於他的事沒有任何印象，記住的全是關於張子賢的話，自己還刻意去提起，那豈不是會變得很尷尬嗎？

明明是很單純的事，張允杰卻想很多，也把事情想得很複雜，使得有些話都變得只能停留在心上。

中午吃飯時間，他們到電影院附近的一間義式簡餐店用餐。

看著坐在對面位置的方承洋，謝品君擔心地問：「承洋，你現在有辦法吃飯嗎？」

「當然沒問題，有什麼飯是不能吃的？」方承洋恢復了平常的笑容，「我現在肚子超餓的。」

方承洋已經從驚嚇狀態中脫離，而且食慾大開，開心地享用午餐。剛才被嚇到臉色蒼白的模樣已經消失。

吃完了主餐後，店員將餐後飲料依序送上。店員將熱拿鐵放到謝品君面前，然後說：「這樣你們的餐點已經全都到齊了。」

「好，謝謝。」

謝品君看著熱拿鐵，店家還做了拉花，在咖啡上有一個葉子圖案。她覺得很漂亮，拿出手機，將它拍了下來。

「喔，拉花啊？老師的哥哥也很會弄這個欸。」方承洋指著熱拿鐵上的拉花，「他的手真的超神奇的，手隨便晃一晃，一個圖案就出現了。」

「這麼厲害？」謝品君驚呼，她印象中老闆不是不太會嗎？不過，那已經是六年前的事了，練了這麼多年，變熟練也是正常的。

「是啊，超厲害的。不過，老師就完全不行了。」方承洋笑著搖頭，「他根本學不會，不管怎麼弄都只會把咖啡和牛奶混在一起而已。」

「你很煩。」張允杰喝了一口熱茶，悶悶地說：「我又不是咖啡店老闆，學會那個要幹麼？」

「為了女朋友啊。」方承洋低笑，「老師，你哥哥之前跟我說過，你是因為女朋友開口要你學，所以才去學的。你真的是超浪漫的欸，雖然你放棄的速度也很快。」

「你……」正想開口說些什麼，但張允杰一看見謝品君投來的好奇目光，他便吞回原本想說的話，低下頭繼續喝他的熱茶。

關於王蕙琦的話題一向是他的地雷，他很不喜歡別人說起她，要是今天是張子賢或是其他人提起，他早就叫他們不要再說了。可是，偏偏說的人是方承洋，再加上謝品君在場，他不想隨便發脾氣，於是忍了下來。

然而，方承洋卻把他的不說話當作是默認，得意地笑了起來。

謝品君見狀，連忙替張允杰說話，「不過，只要多練習應該還是有機會學會的吧。很多事情不都是從完全不會開始的嗎？我想，老闆應該也是這樣吧。」

方承洋揮揮手，「唉，練習雖然重要，但天分也是要有一點，我覺得老師就完全沒有這方面的天分，老師除了數學好之外，其他什麼都不行。」

「把我說成這樣，現在是當我不存在了是吧？」張允杰終於按捺不住，伸手輕拉著方承洋的右耳。

「老師，品君也在這裡喔，你可不要對我動手動腳的，這樣會破壞你優良教師的形象喔。」方承洋笑嘻嘻地說，下一秒，他痛得哇哇大叫了起來，「老師，你怎麼還真的捏下去啊？很痛欸！耳朵要掉了啦！」

方承洋的聲音引來旁人的側目，謝品君沒有阻止他們繼續爭吵，只是看著他們忍不住笑了起來，她覺得每次和這對師生在一起的時候都特別開心。

聽見了她的輕笑聲，張允杰意識到自己的失態，也忘了這裡是公共場所。他鬆開手，不好意思地撇過頭。

「老師，你真的好可愛喔。」謝品君笑著說，她本來以為張允杰是一個很正經八百的人，但越是相處就越會發現原來他有著這麼不一樣的一面。

「哪裡可愛？老師超變態的！」方承洋立刻控訴。

張允杰轉頭瞪了他一眼，可是卻在看見謝品君的笑眼時，不自覺低下頭。

果然是因為回憶在作祟，只要碰到謝品君，張允杰就覺得自己越來越不正常了。

「好啦，那我就在這裡跟你們說再見了，我要去別的地方續攤了。」

一走出餐廳，方承洋笑著和走在他身後的兩人揮手說再見。

「續攤？你又要去哪裡了？」張允杰好奇地問。

「當然是去唱歌啊，看完電影去唱歌不是很正常的事嗎？我和我的朋友約了三點要去唱歌，我想，現在搭公車去的話應該還來得及。」

「看完電影之後又跑去唱歌，你還真忙。」張允杰真的覺得方承洋很會利用時間，總是有辦法把休假時間都發揮得淋漓盡致，一點都不會浪費。他看了一下時間，距離方承洋所說的三點還有將近一個小時，他問：「你跟你朋友約在哪裡？我載你過去。」

「不用不用，我自己去就可以了，老師你就送品君回家或是……」方承洋眨了眨眼，用眼神暗示他，「看品君還想再去哪裡逛逛也可以啊，難得假日嘛，不要這麼早回家。」

一聽見方承洋的提議，謝品君笑著婉拒，「沒關係，我自己回去就可以了。承洋，你就讓老師載你過去，這樣比較快。」

她今天早上已經因為方承洋的關係坐了張允杰的便車過來，她怎麼好意思再讓張允杰特地送她回家？

「不用，我比較喜歡搭公車。」眼看計畫快要失敗，方承洋情急之下扯了謊。

「你什麼時候突然開始喜歡搭公車了？」張允杰納悶地問，他記得方承洋以前明明很愛抱怨搭公車有多麻煩。

真是的，老師怎麼這麼笨啊？方承洋連忙拉過張允杰，對謝品君笑了笑，「品君，我跟老師說一下話喔，妳在這邊等我一下，不要走。」

一離開謝品君身邊，方承洋立刻露出一臉恨鐵不成鋼的表情，「唉唷，老師你很笨欸，我在幫你製造機會。」

張允杰覺得他很好笑，「幫我製造機會幹麼？你不是喜歡品君嗎？」

「我喜歡品君啊，可是我更喜歡老師，所以我才要幫你。只要能跟品君和老師一起看電影我就開心了，不過接下來就要看老師的囉。」

「看我什麼？」張允杰莫名其妙地問。

「不要裝了啦。」方承洋向張允杰湊近，在他的耳邊小聲地問：「老師，我知道你很在意品君喔，我注意到你一直都在看她。」

張允杰頓時怔住，不可置信地看著方承洋。他認識的方承洋應該是個神經很大條的男孩子吧？究竟是他表現得太明顯，還是方承洋其實沒有他想像中的那麼神經大條？

「被我發現了喔。」張允杰沒有反駁，讓方承洋得意了起來。他在頭頂上豎起他的兩根食指，就像是頭上長了雷達一樣，「我的戀愛雷達可是很準的，誰在意誰這種事，我一看就知道了。」

打從張允杰第一次主動開口說要去找謝品君，方承洋就覺得張允杰好像特別在意她，甚至還一度懷疑張允杰是不是對謝品君一見鍾情。在那之後，他就漸漸發現張允杰時常在看謝品君，雖然他不確定那是不是喜歡，但他可以肯定那絕對是很在意的眼神。

「老師，這種時候就不要那麼矜持了，如果在意她，就快點抓住她吧。」方承洋鼓勵他。

張允杰沒有說話。

「再說，你忘了品君的哥哥嗎？那個人就像鬼一樣可怕，隨時都有可能冒出來傷害品君欸。」方承洋只要一想起那天晚上的情況，他就覺得全身發寒，心有餘悸，「不對不對，他根本就比鬼還可怕，白天也有可能會突然冒出來，搞不好現在就在我們家附近埋伏。」

「不要說這種恐怖的話。」張允杰無奈地看著他，警告他不要烏鴉嘴。

「如果會擔心的話，品君就讓你送了。」方承洋笑著朝站在離他們幾步之遠的謝品君大喊：「品君，我要先走了，拜拜。」

「咦？」謝品君被他這麼突然一喊，頓時有些反應不過來。

不等他們回應，方承洋就轉身跑開。方承洋離開得太過突然，讓人措手不及，被留下的兩人不禁面面相覷。

「承洋就這麼走了喔？」謝品君吶吶地說。

「嗯……」

「老師，我知道你很在意品君喔。」

方承洋剛才的那席話讓張允杰突然感到尷尬，面對謝品君時覺得很不自在。

就像方承洋所說的一樣，他確實很在意謝品君，只不過他不確定他在意的是謝品君這個人，還是因為謝品君而留下的那段回憶。

「那個……要回家嗎？」張允杰尷尬地問。

「沒關係。」謝品君依舊搖頭，不好意思麻煩他，「現在時間還早，我搭捷運回去就行了，而且剛吃完飯順便散個步。」

再次被拒絕，讓張允杰不知道該怎麼繼續問下去，只能看著謝品君笑著和他說了一聲再見，然後轉身離開。看著她走遠的背影半晌，他轉身往車停的位置走去，和她離去的反方向。

但是，就這樣讓她走掉真的好嗎？

「你忘了品君的哥哥嗎？」

聽了那種話之後果然沒有辦法安心。

張允杰停下腳步，隨後轉過身，重新追上謝品君的腳步。
「品君，我還是送妳回家吧。」
「如果在意她的話，就快點抓住她吧。」
而且，最重要的是他真的很在意她，不管是因為她這個人，還是因為那段回憶，他心裡很在意她的這件事都是事實。

「妳還想去哪裡嗎？」
坐在駕駛座上，張允杰的雙手緊抓著方向盤，他莫名覺得很緊張。
他們又不是在約會，真不知道自己到底是在緊張什麼。之前開車載她時明明沒有這麼緊張啊。他一定都是被方承洋說的話影響到了情緒。
「沒有，老師想去哪裡嗎？」謝品君柔聲地問。
他直視著前方，想了想，問：「那……要不要去子賢那裡坐一下？」
謝品君很驚訝他會這樣提議，但沒有多想，馬上答應，「好啊。」
明明提議的人是他，但當他看見後照鏡裡充滿期待的笑容時，他卻突然有點後悔提議這個地點。

他在意的人是她，可是她在意的人是張子賢。他不是嫉妒張子賢，只是羨慕而已，羨慕張子賢能在她的記憶中留下痕跡。

只是，覺得有點失落。

當他們抵達 Grazie 咖啡館時，店門上掛著休息中的牌子，店內沒有燈光，一片昏暗。

「今天公休嗎？」謝品君靠在窗戶邊，納悶地往店內四處張望。

「看起來是公休沒錯。不過，我怎麼沒聽說今天會休息？」張允杰低頭找出手機，「妳等我一下，我打個電話問子賢。」

謝品君回過頭，他低頭正撥打電話，等待接聽的過程中，他微微皺起了眉。她發現張允杰好像常常這樣皺著眉頭，就和以前的張子賢一樣，聽見她蹺課時會皺眉，聽見她喊小老闆時也會皺眉，就連喝咖啡時都是皺著眉。

和張允杰在一起，她總會有一種奇怪的感覺。不知道為什麼，和現在親切活潑的張子賢相比，張允杰反而更像記憶中的人。無論是說話的語調，還是表情的變化，都更接近停留在她記憶中的那個模樣。

突然間，張允杰鬆開眉頭，看起來應該是接通了。

「喂？子賢，我帶品君來你們這裡，現在在店門口，你們不在嗎？」張允杰問，靜默了幾秒鐘，隨後恍然大悟地說：「好，我知道了……嗯，謝謝你。」

這通電話很快就結束了，張允杰轉頭向她解釋：「子賢帶大嫂回娘家，不過他說我們可以直接進去沒關係。」

「真的可以嗎？」

「嗯，妳跟我來就好。」

說完，他轉身往咖啡館後方的一條小巷子走去。她連忙跟上他的腳步，和他一起走到一扇門前。從位置看起來，應該是咖啡館的後門。接著，只見他從皮夾中拿出一把鑰匙，一下就將這扇門打開。

「咦？」她睜大雙眼，吃驚地問：「原來你有鑰匙啊？」

既然有鑰匙，怎麼不一開始直接來開門就好了。

「這是子賢之前給我的，他說只要我想來隨時都可以進去。」他看著手中的鑰匙，「不過，我覺得進去之前還是先問一下比較好，畢竟這裡是子賢的家。」

和之前的經驗不一樣，這次他們是從後門進到店裡。店裡的吧台像是一道界線一樣將這間店分成了兩個空間，位於吧台後方的空間，和前面店面的新穎裝潢很不一樣，空氣中瀰漫著淡淡的咖啡香氣，室內燈光有些昏暗，狹小的空間裡有一張餐桌還有廚房，私人物品都隨意地擺放著，雖然有些凌亂，但這種居家模式有一種溫馨的感覺。

「子賢他們就住樓上。」張允杰指著一扇通往二樓的緊閉門扉，「以前我爸也住這裡，不過他去年就已經搬回老家跟我爺爺奶奶他們住了。」

「那你呢？沒有住在這裡嗎？」

「沒有，我一直都跟我外婆他們一起住。」

張允杰掀開門簾，回到了前方的店面，這裡的咖啡香氣聞起來更加濃郁。他伸手打開電燈，室內瞬間恢復明亮。張允杰依然停在吧台後方，指著吧台前方的高腳椅，「坐吧。」

「謝謝。」她走出吧台，然後拉開高腳椅坐下。她坐在椅子上，轉過身，好奇地張望著室內裝潢。

儘管不是第一次來這裡了，但每次來，她的注意力幾乎都放在張子賢身上，從來沒有像現在這樣靜下心來，好好欣賞這塊寬敞明亮的室內空間。

「喝咖啡好嗎？」張允杰問。

「好，謝謝你。」她轉過身，輕輕一笑，「不過，剛剛才喝過咖啡而已，現在又喝的話不知道晚上睡不睡得著。」

「沒關係，現在才下午而已。」他打開咖啡機的電源開關

看著正在裝水的張允杰，他有著和記憶中一模一樣的側臉，讓她感覺好像回到了從前，六年前的那段時光，她也常像這樣坐在吧台前，看著他煮咖啡。

心裡頓時一陣蕩漾，她忍不住說：「現在感覺好讓人懷念。」

「懷念以前的 Grazie 嗎？」張允杰抬眸看她一眼，很快又移開，繼續忙著手邊的工作。

「是啊，雖然現在比較漂亮，但我還是喜歡舊店給人的感覺。」

雖然之前的裝潢不比現在的新穎漂亮，室內空間也不像現在的寬敞明亮，就連飄散在空氣裡的咖啡香氣也不是現在的淡淡清香，而是濃郁到讓人覺得有點刺鼻的味道。即使如此，她還是比較喜歡之前的咖啡館。對她而言，那是一個承載著許多溫柔回憶的溫暖地方。

「我也是。」

「真的嗎？」她很驚喜，「那時候舊店突然停止營業時，我真的覺得很可惜欸。」

「沒辦法，我爸那個時候身體真的不太好，沒辦法負荷那些工作量，再加上子賢那時候還不太熟悉店裡的事情，所以只好先停止營業了。」

「我之前聽老闆這麼說過，只是覺得真的很可惜了那麼好的地方。」

張允杰停下手邊的動作，抬頭看向她，問：「會覺得可惜，是因為沒辦法看到子賢了嗎？」

「咦？」她頓時一愣，臉頰隨後發熱了起來。她慌張地用力搖頭，胡亂地揮舞雙手，緊張解釋，「沒、沒有啦！我是因為真的很喜歡那間店的氣氛，絕對不是因為老闆的關係！」

她越是想解釋清楚，反而越洩漏了她的慌張情緒，甚至給他一種越描越黑的感覺。

雖然她嘴上說不是，但事實上正是如此吧。

看著滿臉通紅的她，他不禁這麼想，同時笑了起來。

「我只是隨便問問的，妳那麼緊張幹麼？」

「我才沒有在緊張……」謝品君移開視線，不自在地摸了摸劉海。

研磨咖啡豆的聲響隨後響起，她小心翼翼再次看向他，他看著正在運作的咖啡機，相同的側臉讓她的心裡湧起懷念，她斂下眼，猶豫了一下，小聲地向他坦承，「其實……真的就像你說的一樣，主要是因為老闆的關係，我才會覺得店關掉很可惜。雖然老闆已經忘記了，但他那時候對我很好。」

或許是因為熟悉的咖啡香，又或者是因為和他相似的張允杰，當思緒陷入回憶時，她忍不住對張允杰說了起來。「我之前在學校曾經發生過一些很不愉快的事情，那時候我很不喜歡去學校，就算不是去教室，只是在校園裡走動，我都很不喜歡。」

張允杰愣了一下。雖然她的聲音不大，甚至快要被機器運作的聲響覆蓋過去，卻足以走進他心裡，他覺得自己胸口好像有什麼情緒正在躁動著。

「所以，那時候我就常常到舊店那邊寫作業，或是找老闆聊天。雖然他常常都一副要趕我走的樣子，還說如果我再蹺課，他就不讓我進去之類的話，可是只要我去那裡，他都還是會開門讓我進去，聽我說話。」謝品君說，同時想起了那時候的事。

「今天還是一樣不願意去上課嗎？」

大學二年級的下學期，絕對是謝品君蹺課次數最多的一學期。那時候，只要碰到和系上相關的課，她都不會出席。她討厭被人指指點點，更討厭班上同學看她的眼神，無論是否帶有嘲笑意味，那些眼神都會讓她覺得很不自在。

「今天還是一樣不願意去上課嗎？」

謝品君抬起頭，映入眼底的，是一張緊皺著眉頭的擔心表情。

來到 Grazie 咖啡館已經有一段日子了，從一開始的幾乎每天報到，到現在只有一個禮拜一次。不是因為去學校的時間增加，而是他有時候招呼她的反應會讓她覺得很奇怪。

不知道是不是自己想太多了，他有些時候給她的感覺，好像不太認識她一樣。雖然他的臉上掛著親切的笑容，卻都只是很熱絡地向她介紹店內的咖啡豆產品，每次碰到這種時候，她都不會在店內停留太久，認為自己應該是妨礙到他工作了。所以後來，除了他主動開門讓她進去，不然她都不會進店裡打擾他。

她低下頭，看著眼前裝著咖啡的馬克杯，悶悶地說：「因為我真的很討厭去學校。」

語落，她的眼眶頓時微微發熱起來。她緊咬住唇，忍住不讓眼淚從眼眶中流出，可是，卻忽然覺得心裡的苦澀，比停留在嘴裡的咖啡苦澀滋味還要強烈。

「應該不會有人喜歡去上課吧？」他淡淡的嗓音自前方傳來。

謝品君抬起頭，向他解釋，「不是，我不是討厭上課，我是討厭去學校。」

他皺著眉想了一下，然後問：「學校那邊到底發生什麼事了？」

這是他第一次主動向她問起原因。過去聽到她蹺課，只會叮嚀她不要太常缺席，還威脅過她如果再繼續這樣，他就不讓她進來了，不過至今他都沒有這麼做過。

他的收留讓她感到溫暖，也讓她對他越來越放心。只不過，被他這麼突然一問，她還是猶豫了起來。

這麼丟臉的事，告訴他好嗎？

「我感覺得出來妳應該不太想講，但每次看到妳一說到學校就露出這種悶悶不樂的表情，我也會擔心。」

「你會擔心我？」她驚訝地問。

「當然會啊。」他輕聲地說：「雖然不知道能不能幫上妳的忙，不過我覺得說出來應該會舒服一點，一直悶在心裡，遲早會悶出病來。」

她愣愣地看著他。

他的目光變得更加溫柔，「所以，如果不介意，我可以聽妳說。」

胸口頓時傳來了一陣躁動，她恍然回過神，一時之間分不清這是因為感到溫暖還是動心，或者是兩者都有。

「其實是……」在這股躁動的驅使之下，她向他坦承了所有，「因為我現在在系上被說成那種很隨便的女生，就是隨便到跟什麼人都可以發生關係的那種。所以，每次去學校上課，只要一看到系上的人，我都會覺得很不舒服。」

她想起了那些流言蜚語，低下頭，接著說起了之前李昱凱和系籃隊友過說的話，以及那天晚上的對話。那些明明都是一些令她感到不堪且不願再提起的回憶，但因為他的溫柔，讓她忍不住傾訴了所有。只不過，情緒還是無法難以控制，她的喉嚨間湧起一陣乾澀，謝品君越說越委屈，聲音哽咽，「他們傳的那些，我都沒有做過，可是卻因為那個人亂講話，害我莫名其妙被說成這樣，但我真的不是那種女生……」

她突然有點後悔跟他說了這麼多，他會不會聽完之後也覺得她是這樣的女生？認為她剛剛說的那些，只是在替自己找藉口而已？

說完之後的幾秒鐘，她聽見他輕柔的嗓音。他輕應，「嗯，我知道。」

她微微一怔，抬起頭迎上他的視線。他坐在她的正前方，專注地看著她，望著她的眼底盡是溫柔。他隨後朝她伸出手，輕輕拭去了她眼角邊的眼淚，當他略為冰冷的手指觸碰到溫熱的淚水時，她不禁輕輕一顫。

就連心裡的情緒都跟著蕩漾。

他莞爾，柔聲地說：「我相信妳不是這樣的女生。」

「真的嗎？」

「嗯。」他收起嘴角邊的笑容，平穩的語氣聽起來很認真，「不然，妳這些日子以來就不會露出這種表情了，妳的委屈和難過我全都看到了。」

這時候，她突然有了一個想法，很慶幸自己坦承的對象是他。很多時候，把心裡話說出口並不是為了得到解決的答案，而是想有個出口，只是想有個能站在她的立場上替她著想的人。可是偏偏她在學校完全找不到這樣的人，她看見的，只有一群拿她的事情當作消遣的人而已。

而如今，她在這裡找到了他。

「雖然有時候男生之間確實會為了一些莫名其妙的面子問題而逞強，但怎麼會這麼無聊幼稚？竟然隨便拿這種事情來開玩笑。」他替她打抱不平，然後勸說：「不過，那種人說的話，妳就別放在心上了。」

「我怎麼可能不放在心上？我被說成那樣欸。」

只要不放在心上，她當然就可以毫不在意地去上課，就像是李昱凱對待她一樣。可是，那樣的話、那些事情，她怎麼可能完全不放在心上？

「可是啊，很多時候不就是只能這樣嗎？」他斂下眼，修長手指劃過了馬克杯的杯緣，

「即使自己什麼事都沒做，但嘴巴是長在別人身上，我們從來就沒辦法去管別人說什麼，不是嗎？所以，我們能做的不就只有學著釋懷，想辦法調整自己的心態嗎？」

她當然知道，她的確沒辦法控制別人在背後說她什麼，就算她去跟他們解釋清楚好了，但是他們會怎麼想，也不是她能控制的。她唯一能做的，只有調整自己的心態而已。

「你說的這些我當然都知道。」她點頭，沉默了幾秒鐘，才緩緩開口，「可是，我覺得我做不到。」

如果她能夠做到，她就不會選擇以蹺課逃避那些事情了。說真的，對於這樣的自己，她沒有自信能夠做到他所謂的釋懷。

他沉默了一會兒，然後說：「可以的。」

溫潤嗓音構成的簡單三個字，就像是一顆小石子落入她的心底，在心上泛起陣陣漣漪。不知道為什麼，竟然有點動搖了她原本對自己的否定。

她抬起頭看他，吶吶地問：「你又沒有認識我很久，怎麼知道我可以？」

「因為，」他深褐色的眼眸專注認真地望著她，沒有一絲動搖，也沒有絲毫的閃爍不定，「我相信妳值得更好的人。」

她怔住。

「像那種人根本就不值得妳這樣生氣難過。」他一臉認真地說：「而且，妳蹺課躲起來不是反而間接承認那些謠言了嗎？」

「我……」她想了想，不禁點點頭，對於他的話開始有些認同。

雖然去學校會因為那些謠言而難過，但倘若她連去都不去，那些謠言又會變成什麼樣子？她完全不敢想像。

「雖然不知道會將來發生什麼事情，但很多時候如果不試著踏出第一步，我們永遠都不可能前進，不是嗎？就像妳常在算的那些統計一樣，如果妳只是一直盯著題目看，就絕對不可能有解開的時候，對吧？」

她撇撇嘴，看著攤在桌上的講義，「這些題目我每次都要想好久，可是就是怎樣也解不出來。」

「那是因為妳每次都一直糾結在同一個地方，只要我換個方向教妳，不是一下子就解出來了嗎？」

就像是明白了什麼一樣，她不自覺輕輕點頭。

他莞爾，輕拍了拍她的肩，彷彿要給她力量似的，「我知道現在可能還很難熬，但做錯事的人又不是妳，我相信謠言一定很快就會止住了。」

「我也希望會這樣。」她說。

「所以，還是盡可能去上課吧，畢竟缺席太多，對妳的成績也不太好。」他頓了頓，

「不過，我想只要是學生都會有想蹺課的時候，而且一直讀書也會覺得很悶，我倒是不介意妳偶爾蹺課，但是只能是偶爾而已。」

「你好像我媽喔。」

他笑了笑，拿起一旁的咖啡壺，將她的馬克杯又斟滿咖啡，「如果妳蹺課沒地方去的話，歡迎妳來這裡。雖然妳系上的事我沒辦法幫上什麼忙，但是我這裡有免費的咖啡可以喝，只要喝這麼苦的咖啡，我想心裡就不會再覺得苦了。」

比心裡的苦澀還要更苦的咖啡嗎？

她的嘴角不禁微微上揚。「那可以順便幫我在咖啡上拉花嗎？如果看到漂亮的拉花，我相信我的心情會更好。」

他撇撇嘴，沒好氣地說：「可是，如果看到失敗的拉花，就會換我的心情變不好了。」

她頓時笑出聲，「不過說老實話，我來這裡真的不會影響到你們做生意嗎？」

「那是老闆的事，妳是我的客人。」他笑著說，或許是因為完全笑開的關係，笑容中多了一點傻氣，和平時成熟穩重的感覺不太一樣，「所以，沒關係，有我在，妳儘管放心。」

「嗯，謝謝你。」

她小心翼翼地端起馬克杯，咖啡的溫熱自杯子的外側傳到手心。她喝了一口，苦澀的滋味隨即在嘴裡蔓延開來，甚至停留在口中，但咖啡的溫暖卻流進了她的身體裡，彷彿直達心底，伴隨著他說的話一起。

在那之後，每次她去 Grazie 咖啡館找他時，臉上的笑容都比前一次還要再更開朗一點，心情也再更輕鬆一點。她真的很喜歡這個地方，也很喜歡和他在一起時的感覺。

只不過，她從來沒有告訴他，其實從那天開始一直到他離開，謠言一直都沒有停止的一天。儘管後來平息了一些，但關於她的那些事情，卻依舊在系上流傳著，而她也始終沒有做到他所謂的真正釋懷。

雖然嘴上說不在意都是騙人的，但心裡因他而感受到的溫暖卻是真實的。所以，她從來不奢求風雨會有停止的一天，只希望自己能夠找到一個可以讓她逃離那些紛擾的地方。而 Grazie 咖啡館對她而言，就是一個這樣的地方，是在她的記憶中最寧靜溫柔的角落，也是他所在的地方。

後來，每個禮拜四的下午成了他們固定的下午茶時間，她總是會來這裡寫作業，喝咖啡。儘管咖啡的苦澀始終掩蓋不了她心中的苦澀，但每次見到他，都能讓她暫時忘了那些令人不愉快的事情。聽他說話、看他微笑，甚至是喝咖啡時的皺眉表情，都會讓她覺得心暖暖的。

她很喜歡 Grazie 咖啡館這樣溫暖的地方，因為有他在，因為她喜歡他，喜歡這個連名字都不知道的他。

思緒從過去回到了現在，咖啡清香依舊瀰漫在空氣中。然而，此刻感受到的卻不再是那種熟悉的味道，而眼前的他即使外表有多相像，給人的感覺有多熟悉，卻也不是記憶中的那個他了。

即使如此，那段時光僅是想起而已，還是依然能感受到曾有過的溫柔。就算事隔多年，溫柔的感覺依舊深刻地停留在心上。

謝品君停頓一下，波動不已的情緒漸漸平靜。「雖然你聽起來可能會覺得這些並沒有什麼，但對我來說，Grazie 咖啡館是一個能讓我逃離那些麻煩事的溫暖地方，因為有老闆在。」

「嗯，我知道。」張允杰低應了一聲，若有所思地看了一會兒，視線隨後落到了裝著咖啡的咖啡壺上。不知道為什麼，他突然很想喝咖啡，於是替自己倒了一杯咖啡，然後喝了一口，苦澀的滋味在嘴裡擴散開來，他忍不住皺起了眉。

他果然還是不能像張子賢一樣那麼喜歡咖啡。

謝品君見狀，連忙擔心地問：「你還好嗎？」

張允杰抿抿唇，緊皺的眉頭鬆開了一點，「嗯，只是覺得有點苦而已。」

雖然他已經沒有像以前一樣那麼排斥咖啡，但還是不怎麼喜歡咖啡的苦澀滋味，更不會沒事去喝咖啡。他真想不透剛才自己到底是哪根筋不對，難道自己是因為她對張子賢的思念，所以忍不住想和喜歡咖啡的張子賢比較嗎？如果真是這樣，那他未免也太幼稚了吧。

「咖啡本來就是苦的啊。」她笑著說，覺得他好可愛。

「我果然還是不太能適應咖啡的味道。」他把還有一半咖啡的咖啡壺放到她面前，「所以，剩下這些都是妳的。」

她看著剩下的咖啡，無奈笑著，「如果把這些咖啡都喝掉，我今天就真的不用睡了。」

「這樣正好可以陪承洋啊。他勉強自己看了那種恐怖片，我看，他今天晚上大概也不敢睡了。」

「反正，承洋睡不著晚上也會打電話給你，那既然這樣，我們三個晚上乾脆就來開群組聊天好了。」她笑著提議。

張允杰無奈一笑。

「對了，說到承洋，你當老師多久了？你還這麼年輕，應該沒有幾年吧？」謝品君對他的事情忍不住感到好奇，她一直都很想問，只是找不到機會而已。

「我已經過三十了，說真的年紀也不算小了。」他想了想，然後說：「我是在承洋高一的時候開始教書的，他現在大二，差不多四年多吧。」

「聽起來承洋是你第一屆的學生吧？」

「是啊，第一屆教，就遇到一個這麼煩人的。」他苦笑。

「會嗎？我覺得承洋很可愛啊。」

「可愛是可愛啦，但他吵起來是真的很煩人。」他無奈笑著，「承洋沒有跟妳說過，他是宜蘭人，高中來台北念書，所以那時候他是住學校宿舍，然後他不知道是嫌待在宿舍太無聊還是怎樣，每天放學都會來我的辦公室報到。剛開始只是單純來問數學而已，後來要求就越來越多，打球、吃晚餐，甚至連要買東西都會來找我。」

她完全可以想像方承洋用一副很開心的樣子，去辦公室找一臉無奈的張允杰的畫面，笑著說：「那也是因為承洋很喜歡你的關係，他之前就跟我提過你是他很喜歡的老師。」

「是啊，他也常常跟我這麼說。」張允杰對於這類的話早習以為常，「還說什麼如果他是女生，一定會倒追我，就算差十多歲也沒關係。」

她聽了，忍不住更是哈哈大笑了起來，「真的假的？他也太可愛了吧！」

「什麼可愛？」他皺起眉，「這是可怕吧？」

無視他備感負擔的眼神，她更是笑開了。

週日的晴朗午後，天空很藍，陽光很燦爛，店內只開了一盞燈，但室內光線卻很充足明亮，不刺鼻的咖啡清香瀰漫在空氣中，伴隨著他們的笑語。

其實，她還滿訝異的，她原本一直以為他會是一個話不多的人，每次看見他和方承洋的互動時，沒想到話匣子一開，他們之間幾乎沒有沉默的空白出現，他意外地很健談。而且，他還一直讓她有一種很莫名的感覺，明明才認識沒多久，她卻覺得自己和他像是認識了很久一樣。

雖然這樣說很奇怪，但和他聊天的過程中，她總隱約覺得他才是記憶中的那個他，比起面對張子賢時的不自在感，面對張允杰反而讓她感到自在。

和張允杰在一起，她總會感到心情很平靜，就好像當年待在 Grazie 咖啡館的那種感覺。因為是雙胞胎，因為有著一模一樣的外表，她時常會不自覺在心裡悄悄比較張允杰和張子賢的不同。多年後再次相遇的張子賢，感覺變得比較親切活潑，照理說外向的個性應該很容易跟別人打成一片，但或許是因為知道只有自己停留在回憶，當她面對他，她就會感到莫名的不自在，甚至是彆扭。反倒是張允杰讓她比較有一種熟悉的感覺。她不知道六年前的他是個什麼樣子的人，但現在的他表現出來的沉穩，以及說話時候的平穩語調，竟比現在的張子賢更像記憶中的他。

「怎麼了？」張允杰發現謝品君一直看著他不語，他覺得奇怪，伸手在她變得有些茫然的視線前揮了揮。

謝品君恍然回過神，這樣的想法在心底不知道已經翻騰了多少次，她終於忍不住說：

「其實，跟你在一起的時候，我一直有種感覺。」

「什麼感覺？」張允杰納悶地問。

「不知道為什麼，每次跟你聊天，我常會覺得你比老闆還像老闆。」

「什麼意思？」他問，即使她說的話很清楚，但他還是想再次和她確認，她表達的和他解讀的是不是一樣？

「嗯……」她停頓了一下，「雖然這樣說可能有點怪，但就是感覺你才是我六年前認識的那個小老闆。」

他微微一怔，隨後低應了一聲，很猶豫要不要把一直藏在心裡的話告訴她。只是，讓他顧慮的是，即使自己曾經出現在她記憶中，但究竟在她的回憶中停留了多久？停留了多少？他始終沒有把握。

「啊，不過，我當然知道子賢才是老闆啦。」見他一臉茫然，她連忙說：「我只是覺得很不可思議，沒想到雙胞胎竟然會像成這樣。」

他看著她，沒有說話。

「對不起，突然跟你說了奇怪的話。」她搔了搔頭，笑得很不好意思。

「沒關係。」最後，他聽見自己這麼說，但心裡卻沒辦法做到嘴上說的沒關係。

她的話，讓他更在意自己究竟在她的記憶中停留多少了？

「感覺你才是我六年前認識的那個小老闆。」

好久沒聽見她這麼叫他了。曾經是那麼讓他不自在的三個字，可是現在聽見了，卻只覺得很懷念。

小老闆，曾經是她過去對自己的稱呼，雖然他不知道她是不是也是這樣喊張子賢，但在她的記憶中，她都是這麼稱呼他。

思緒至此，張允杰彷彿聽見了記憶中總是緊接在開門聲響之後的她的聲音……

「小老闆，你看這個！」

聞聲，張允杰抬起頭朝門邊看去，女孩正朝他揮舞著手中的一張紙，像是在獻寶一樣的展現給他看。然而，他的視線並沒有停留在她手中的那張紙上，他皺起眉，悶悶地問：「我不是說好幾次過不要這麼叫我了嗎？」

「為什麼？你不是老闆的兒子嗎？不叫你老闆的話就是小老闆啊。」她一臉理所當然。

「總之，以後不要再這樣叫我了。」

「好啦好啦，我知道了啦，我以後都不這樣叫你就是了，誰叫你都不告訴我你的名字。」她撇撇嘴，剛才興奮的模樣頓時沉澱了下來，她走過他的身邊，直接到吧台前的位置坐下。

看著對這裡越來越熟悉主動的她，他不禁莞爾。

記得她剛來時，她每次進來都還會表現得戰戰兢兢，一副很緊張的樣子。不過，有了幾次經驗後，她越來越習慣這裡的氛圍，後來都會很自然地直接走到吧台的位置。

轉眼間，這學期就快要結束了，她待在這裡的日子也將近四個月了。她說她還是一樣討厭去學校，但她會試著去上課，就像他說的一樣，至少不要和自己的成績過不去。

張允杰此時才把注意力放到了她手中那張有點皺巴巴的紙上，好奇地問：「妳剛剛要給我看什麼？」

「不給你看了。」她悶悶地把手中的考卷塞回背包，然後拿出統計課本和鉛筆盒，「我本來還想跟你分享我統計難得考八十二分的事，但我現在要寫作業了。」

統計這個科目對她來說就像是惡夢一樣，只有運氣好的時候，才能在及格邊緣遊走。而他和她不一樣，很擅長數理方面的科目，多虧他這段時間的惡補，她這次考試才能有這樣的成績。

「真的嗎？」他很驚訝，走回吧台後方，「考卷借我看一下。」

「不要。」她拒絕得很乾脆，嘴角隨後上揚，「等你告訴我名字，我再給你看。」

「那就算了。」

她不可置信地看著他，「你很小氣欸，就只是講個名字而已。」

「這哪是小氣？」

「本來就是嘛。反正，等我知道你的名字之後，我才要給你看。」

他盯著她看了一會兒，輕輕地笑了，「妳真的考了八十二分嗎？」

她瞥了他一眼，「用這種激將法對我沒用喔。」

「我想也是。」他微微一笑，「要喝咖啡嗎？」

她看著他，然後笑了，「好啊，謝謝。」

金黃色的陽光自窗外灑進屋內，讓屋裡的每個角落都充滿了明亮。咖啡香氣瀰漫在空氣中，原本張允杰還不太能接受這麼濃郁的咖啡香，甚至覺得很刺鼻，但漸漸的，他越來越習慣待在這個空間裡，也慢慢開始喜歡上這個味道。

或許是因為她的關係吧？張允杰悄悄抬眸，看向正認真寫作業的她。

寧靜在他們之間流淌，他們各自做著自己的事，沒有說話，直到一聲訊息通知打破了這片沉默。張允杰看見擺在電腦旁的手機亮起，他低頭一看，眉頭隨後皺起。

王蕙琦：「允杰，對不起，我保證下次不會再這樣了，我們重新開始好不好？」

這已經是第幾次了？他們因為她劈腿而分手，然後又因為她的道歉復合，他已經快受夠這樣的循環。

「你怎麼了?發生什麼事了嗎?」她納悶地問。

「沒什麼。」張允杰停頓了一下,關掉手機螢幕,抬頭看向她,「我前女友傳來的,說要跟我復合。」

「你已經有女朋友了喔?」她問,心裡有點悶悶的。

「現在已經是前女友了。」他淡淡地說。

「那你會跟她復合嗎?」

他沉默了幾秒鐘,然後說:「……不知道。」

「是嗎?」她低下頭,覺得很失落。

比起不會或是不可能這樣直接否定的答案,不知道這三個字就顯得曖昧不明,還有考慮的可能。

「妳現在有男朋友嗎?」他好奇地問。

她搖搖頭,「沒有,和前男友發生那種事,我暫時不想再談戀愛了。」

而且,更重要的是喜歡的人正在考慮要不要和前女友復合。

張允杰暫時將王蕙琦的事放到一邊,對於眼前的女孩感到好奇,「妳喜歡什麼樣子的男生?」

「我喔?只要不要到處造謠我的事情就好了。」她說,端起了馬克杯,也忍不住好奇地問：「那你呢？你喜歡什麼類型的女生？」

張允杰想了想，然後說：「什麼類型都好，只要不會劈腿就好了。」

說是這麼說，但他還是一次又一次包容王蕙琦。

她輕輕笑了起來，「怎麼聽起來都好悲情的感覺？」

他無奈苦笑。

「那就喝點咖啡吧。」她拿起咖啡壺，將他已經空掉的馬克杯倒滿了咖啡，「只要喝這麼苦的咖啡，心裡的苦都不會覺得苦了。」

「這句話好像在哪裡聽過。」他笑著說，隨後拿起馬克杯喝了一口，下一秒，他的眉頭緊緊皺起。

「很苦嗎？」

「嗯。」他抿了抿唇，皺著眉說：「我果然還是不喜歡咖啡。」

「是喔，我本來也不太喜歡咖啡，但自從認識你之後，我就越來越喜歡咖啡了。」她看著他，「對我來說，咖啡的味道就是你的味道。」

「什麼意思？」他納悶地問。

「因為每次見到你都會聞到咖啡香，我想，我以後只要聞到咖啡的味道，一定會馬上想到你的。」

「是嗎？」他輕輕地笑了，「這樣的話，我想我就不會那麼討厭咖啡的味道了。」

他又喝了一口咖啡，苦澀的滋味仍停留在嘴裡，溫暖卻流過喉嚨間，直直流入身體裡，彷彿連心底都感覺到了這溫暖。

「老師？老師！」

謝品君喊他的聲音，猛然將張允杰沉浸在過去的思緒拉回現在，他頓時一驚，心跳聲因為驚嚇而頓時變得急促。

「老師，我是不是嚇到你了？」看他一臉驚恐的模樣，謝品君抱歉地問。

「沒有，我只是……」張允杰搖搖頭，看著現在的她，「有點在發呆而已。」

「是累了嗎？」謝品君問，看了時間一眼，發現自己已經在這裡打擾一段時間了，連忙站起身，「那我就不要再繼續打擾你了，我差不多該回家了。」

「沒關係。」張允杰拉住她的手，對於過去的懷念使他不想讓她這麼快離開，「如果妳沒事的話，再陪我一下吧。」

「咦？」

意識到自己話裡的曖昧，張允杰緊張地鬆開手，拿起桌上的咖啡杯，將杯子裡早已冷掉的咖啡一飲而盡。原本對他而言就已經很苦澀的咖啡，在冷掉之後苦澀的滋味變得更強烈，他緊緊皺起眉。

謝品君見狀，忍不住笑起來，「老師，如果不喜歡咖啡就不要勉強了。不喜歡的話，只會越喝越苦而已。」

他突然發現他能比較接受咖啡的味道不是因為適應了，而是喜歡看見每次他由於咖啡的苦澀皺起眉而笑著的她。

「說到這個，我突然覺得老闆很厲害欸。」謝品君坐回椅子上，「我記得老闆以前也很不喜歡咖啡，他每次喝的時候也會像你這樣皺眉，結果現在竟然能把咖啡當水喝。」

其實，她口中說的以前的老闆應該是他才對。張子賢一直都很喜歡咖啡。

手裡拿著咖啡杯，張允杰很想這麼告訴她。

「當了老闆之後果然變得都不一樣了。」謝品君笑著說。

可是，看到她一臉欽佩張子賢的模樣，他忍不住又退縮，把隱瞞許久的心裡話放回他心底。他想，還是等到以後有適當的時機再告訴她好了。

等到他們真正要離開咖啡館時，天空已經染上了夜色。

「老師，不好意思，打擾你這麼久。」謝品君抱歉地看著張允杰，沒想到自己話匣子一開就聊到忘了時間。張允杰這張和張子賢一模一樣的臉，真的很容易讓她忘了現在。

「沒關係，待會我送妳回家吧。」張允杰關掉咖啡機的電源，「妳在這邊等我一下，我去一下廁所。」

謝品君向他點頭道謝，忽然想起這個月的手機費還沒有繳，「那我先去外面那間便利商店繳費好了，等等再回來找你。」

「好。」張允杰看了店外不遠處的便利商店，「妳繳完費直接在門口等我好了，我開車過去比較快。」

「好，待會見。」

張允杰鎖好店門，便開著車到謝品君所說的便利商便門口等她。然而，等了好一會兒，張允杰遲遲沒有看見謝品君走出來。

奇怪？她不是只說要繳費嗎？怎麼這麼慢？難道是因為很多人在排隊嗎？

張允杰朝便利商店張望了一下，但店裡看起來也沒什麼人。他覺得奇怪，解開安全帶之後下車往便利商店走去，在便利商店裡卻找不到謝品君的身影。

她跑去哪裡了？

他拿出手機，打了一通電話給她，可是偏偏她沒有接聽。無人接聽的電話，以及找不到她的人，都讓張允杰緊張起來。

「不好意思，你有沒有看到一個女生進來？」張允杰走向櫃台，著急地問：「她的頭髮大概到肩膀這邊這麼長，然後頭髮是黑色的，皮膚很白，眼睛大大的。」

店員一臉茫然地看著他，張允杰更是心急，描述著謝品君的穿著，「她穿白色的上衣和淺色牛仔褲，身上還有揹著一個黑色的側背包，你有印象嗎？」

店員搖頭，「我一直都沒有看到這樣子的女生進來。」

「怎麼可能？」張允杰驚訝大喊。

「真的，我在這邊站了很久，除了一位帶著孫子的老奶奶和一個男生進來之外就沒有看到其他人了。」店員邊說邊指向正在零食櫃挑選零食的祖孫。

張允杰看著那對祖孫，心裡突然有一種很不好的預感。

「你忘了品君的哥哥嗎？那個人就像鬼一樣可怕，隨時都有可能冒出來傷害品君欸。」

他慌張地跑出便利商店，站在門口四處張望，耳邊依舊響著手機接通之後的聲響，可是卻遲遲聽不見她的聲音，也找不到她的人。

不會這麼剛好吧？

第・六・章

昏暗的燈光、無人的暗巷以及被抓痛的右手腕，謝品君努力想控制住自己正在發抖的身體，不想在這個人面前表現出害怕，可是無論她怎麼故作鎮定，都還是覺得自己好像快被恐懼吞噬了一樣。

「你到底想做什麼？」她害怕地看著眼前的人大喊。她從來沒有想過這個人竟然敢當街把她強拉走。

「我想做什麼？」李昱凱冷笑一聲，緊抓著她的手腕，「謝品君，妳真的很邊緣欸，我問了全班同學，竟然沒人知道妳的聯絡方式，就連當初跟妳那麼要好的王語亭都不知道。妳做人真的是很失敗，害我找妳找了這麼久。」

「邊緣又怎樣？誰想跟你們這些人保持聯絡？」她拚命想甩開他的手，可是卻怎樣也無法掙脫，「你到底要幹麼啦？」

李昱凱的手抓得更緊，他用力將她拉近他，近得能感覺到他的氣息。他咬牙切齒地說：「謝品君，妳知不知道妳同學會那天突然跑掉，害我有丟臉嗎？我還在跟妳說話，妳沒事突然跑掉幹麼？因為妳的關係，害我到現在都還被他們當作笑話。」

他的話，讓她頓時明白他之前找王語亭問她聯絡方式的原因了。原來，他四處找她不為別的，只是為了找她算帳，而且又是為了他那無謂的自尊心。

她突然覺得眼前這張臉好噁心。一想到自己曾經喜歡過這種人，她就覺得更噁心了。

「所以呢？你找我要幹麼？難不成要我去跟你那些『朋友』解釋清楚嗎？」她退了半步，拉開了和他之間的距離，鞋子的後緣卻因此碰上了後方的牆。她知道自己無處可逃，可是她突然不再像剛才那樣感到害怕。

「廢話！不然，妳還要我繼續被笑下去嗎？」李昱凱理直氣壯地說。

看著這樣的他，她不禁輕笑出聲，她張口，一字一句清楚且緩慢地說：「我不要。」

「什麼？」

「我說我不要！你當初害我被說成那樣，憑什麼要我幫你解釋清楚？如果當初你沒有亂講話，那天我看到你就不會逃跑。嚴格說起來，是你自己活該！」謝品君生氣地說。

到了現在，李昱凱還是只想到他自己而已。如果他有任何一點替她著想的心情，她就不會受到這麼多委屈了。

李昱凱不可置信地看著她，「謝品君，妳真的很小心眼欸，事情都已經過了這麼久了，現在也沒人在說妳的事了，妳到底還在生什麼氣？」

小心眼？一聽到這三個字，謝品君就更生氣，諷刺地說：「對，我就是小心眼，那就請心胸寬大的你原諒我那天做的事。」

「妳……」李昱凱說不過她，惱羞地舉起右手，氣得往謝品君的臉上就要揮去。

眼看他的手就要落下，謝品君嚇得立刻閉上眼，然而疼痛並沒有如預期中向她襲來。她小心翼翼睜開眼，突然出現在眼前的人讓她嚇了一跳。

「老、老師……」她驚訝地看著抓著李昱凱正要揮向她的右手的張允杰，不敢相信張允杰竟然會出現在這裡。

「我不是跟妳說過，如果有事一定要馬上打電話給我嗎？」張允杰問。

謝品君愣愣地看著他，沒有說話，直到現在她還沒有辦法完全反應過來。

「喂！你是誰啊？」李昱凱用力甩開張允杰的手，氣急敗壞地大聲質問，突然被人這樣抓住讓他很沒面子，尤其又是在別人的面前。

「你就是品君的哥哥嗎？」張允杰看著眼前的男生，平靜地問。

果然就像方承洋曾經講過的一樣，謝品君的哥哥真的和謝品君長得完全不一樣，只不過看起來還人模人樣的，給他的第一印象並沒有像方承洋所形容的那麼糟糕。但不管怎樣，威脅到謝品君的安全是事實，而且剛才甚至還要打謝品君，張允杰覺得有必要和謝品君的哥哥說清楚才對。

「我聽說過你對品君做的那些事，就算品君是你妹妹，也不代表你可以欺負她，甚至對她予取予求。怎麼可以為了錢出手傷害她？身為家人不是要互相關心、互相照顧才對嗎？」張允杰苦口婆心地勸著眼前的男生，像個老師一樣開始訓話，不對，不是像老師一樣，他本來就是老師。

「神經病，你是在說什麼東西？」李昱凱莫名其妙地看著張允杰，這個人突然冒出來就算了，還盡說一些他聽不懂的話。

「老師，他不是我哥哥啦。」謝品君發現張允杰竟然把李昱凱當成了謝品翰，她拉了拉張允杰的衣袖，小聲提醒，「他、他是我前男友啦。」

「前男友？」張允杰反問：「就是妳大二時候的那個前男友嗎？」

謝品君愣了一下，「對……」

「原來是他。」張允杰點點頭，看向李昱凱，輕笑一聲，「那還真是久仰大名了。」

久仰大名？

謝品君愣愣地看著張允杰，聽不懂他在說什麼。如果說是久仰大名的話，應該是指很早就聽過李昱凱的意思吧？可是，她不記得自己跟張允杰說過李昱凱的事情。

「既然是那個前男友，那我就不要浪費時間，直接說好了。」比起剛才的語重心長，張允杰此時的語氣中多了不屑，他看向李昱凱，問：「品君當初因為你的自尊心，受了多少傷害你知道嗎？」

張允杰想起當年謝品君委屈難過的模樣，他就覺得生氣。都是因為這個人，當初才讓謝品君受了那麼多傷害。

「啊？」李昱凱愣住。

「和女生交往並不是讓你拿來炫耀的事，就算騙別人說你們上床了，也不會顯得你比較厲害，只會讓人覺得你很幼稚而已。」

謝品君驚訝地看著張允杰，他怎麼會知道這麼詳細？難不成是張子賢跟他說的嗎？

「你都不知道品君當初有多委屈，還被你害到都不敢去學校上課。那些傷害，不是你用一句道歉，或是時間過就可以假裝沒看到的。」張允杰看著呆住的李昱凱，然後輕輕拉起謝品君的手，「不過，我看你剛剛對品君的態度，應該也不是要來道歉的吧。」

說完，張允杰便拉著同樣愣住的謝品君走出暗巷，留下李昱凱獨自一人。

直到眼前的景象明亮了起來，謝品君才恍然回過神，就像從黑暗中走到了光明，沒有李昱凱的威脅讓她頓時鬆一口氣，雙腳隨即失去力氣。

「老師，對不起……」謝品君的雙腳完全使不上力，要不是手裡還有力量支撐著她，她可能會直接跌坐到地上。

「沒事了，妳很勇敢。」張允杰蹲下身，與她的視線平行，「剛才要不是聽見妳的聲音，我是沒辦法找到妳在那邊的。」

謝品君的電話怎麼打也不通，剛才要不是隱約聽見有人在吵架，張允杰仔細一聽，認出那是謝品君，不然光靠手機，他是絕對沒辦法找到謝品君的。

「我才不勇敢，我都快嚇死了。他剛剛突然把我拉到那種地方，我還以為他要對我怎樣。」謝品君害怕地說，直到現在她仍心有餘悸，「而且，剛剛不管我怎麼喊，都沒有人願意幫我。」

她還來不及走進便利商店，就撞見了正巧從商店裡走出來的李昱凱。誰知道他一看見她，就像是抓狂了一樣把她拖到暗巷去。

「妳還真是容易吸引危險的體質啊。」張允杰輕輕拍著謝品君發抖的雙手，「先是哥哥，現在又是前男友，下次又會是什麼？」

等他今天晚上回去一定要好好唸一下方承洋，叫方承洋以後沒事不要那麼烏鴉嘴。

謝品君搖搖頭，緊抓住他的手，傳至手心的溫暖讓她感到踏實，「不要再有下次了。」

「嗯，我不會讓『下次』發生的。」

謝品君抬起頭，看著眼神溫柔的他，心裡不禁一陣蕩漾，情不自禁抱住了他。

張允杰微微一怔，她顫抖的聲音從懷裡傳來，「老師，對不起，讓我抱一下就好。」

「沒關係。」他輕輕拍了拍她的後背，然後溫柔地回抱住她。

直到坐上張允杰的車，謝品君才終於完全放鬆下來，不再害怕。當害怕恐懼退去，她隨即想起剛才張允杰對李昱凱所說的那些話，也才意識到這些話聽起來有點不對勁。

「那還眞是久仰大名了。」

「品君當初因爲你的自尊心受了多少傷害你知道嗎？」

「和女生交往並不是一件讓你拿來炫耀的事情，就算騙別人說你們上床了也不會顯得你比較厲害，只會讓人覺得你很幼稚而已。」

「你不會知道品君當初有多少委屈，甚至還被你害到都不敢去學校上課，那些傷害不是你用一句道歉或是時間就可以假裝沒看到的。」

張允杰所說的這些話，聽起來對她和李昱凱的過去很了解，可是她明明記得她沒有跟他說得這麼詳細，只記得自己是用和前男友曾經發生不愉快的事情來帶過，他怎麼知道得這麼清楚？難不成都是從張子賢那邊聽來的嗎？

除了張子賢這個可能之外，她已經想不到其他可能了。思緒至此，她不禁緊張起來，開始緊張不知道張子賢還跟張允杰說過了什麼。

「我們回家吧。」張允杰發動汽車，隨後往馬路上開去。

她看著他開車的專注側臉時，就好像是看到記憶中的張子賢一樣，她不禁緊張了起來。不行！她一定要問清楚才行，不然她以後不管是看到他還是張子賢，一定都會覺得哪裡怪怪的。明明只對雙胞胎的其中一人說過的秘密，卻被另外一個人知道，這怎麼想都覺得心裡有疙瘩。

「那個老師……」她嚥下一口口水，然後鼓起勇氣問：「你怎麼會知道那些事情？」

「我剛才不是說，是因為聽到妳說話的聲音嗎？」張允杰依舊看著前方，以為她在問他是怎麼發現她？

「不是啦，我不是在問這個，我、我是想問你怎麼會知道我之前大二的事？」

張允杰沒有說話。

「難道是老闆跟你說的嗎？」她小心翼翼地問。

張允杰沉默了半晌，然後開口，「不是，是妳跟我說的。」

「有嗎？」謝品君覺得疑惑，「可是，我不記得我跟你說過啊。」

「六年前的妳跟我說過。」

「咦？」她怔住。

「雖然妳聽了可能會不太相信，但其實我很早就見過妳了。」張允杰將車往路邊慢慢開去，然後停下，他轉頭看她，坦承了所有，「六年前，有一段時間我曾經代替子賢顧過店，那個時候，我就已經見過還在讀大學的妳了。」

對於張允杰所說的話，謝品君完全反應不過來。

這是什麼意思？張允杰曾經幫子賢顧店？也曾經見過還在讀大學的她？

所以，她記憶中的那個他到底是張子賢還是眼前的張允杰？

腦袋就像是當機了一樣，謝品君完全沒辦法思考，也不知道該從哪裡開始慢慢釐清。她呆愣地看著他，而他的表情很認真，不像是在開玩笑。

周遭的聲音就像是靜止似的，靜悄悄的一片，耳邊只聽見自己的心跳聲。

「對不起，我不是故意要瞞著妳的，只是每次都看到妳把記憶中的人當成子賢，我也不知道該怎麼跟妳說其實我也見過妳。」

直到張允杰抱歉的聲音傳來，她才回過神，問：「所以，你的意思是說，我那時候遇見的根本就不是老闆，而是你嗎？」

此時，她真的覺得自己的心好像緊張到快要跳出來一樣。她應該不會從頭到尾都認錯人了吧？如果真的是這樣，那她未免也太蠢了吧？而且，竟然還跑到別人的店裡去問人家對自己還有沒有印象？

張允杰搖頭，「也不是這麼說，因為我不是每天都在那裡，頂多一個禮拜一次。」只有一次嗎？雖然她那時候常去 Grazie 咖啡館，但也不會每天都去，不太可能那麼剛好都是遇見他吧。

她聽了，不禁稍微鬆一口氣，但她想了想，還是決定跟他確認清楚，不然這樣不清不楚的模糊答案，真的讓人很忐忑。而且，最重要的是，至少她應該要清楚知道這些年來她惦記的人到底是誰。

是張子賢還是張允杰？或者是說，兩個人都有？

她深呼吸，然後小心翼翼地問：「老師，我可以問你幾個問題嗎？」

「嗯。」

「那你一定要老實跟我說喔，這真的很重要，很重要。」她強調。

「好。」被她這麼一強調，張允杰也跟著緊張了起來。

「有時候老闆會向我介紹咖啡豆，那個人是你嗎？」她想起了總是熱絡地和她介紹店內咖啡豆種類的他。

他馬上否認，「那是子賢，我對咖啡豆一竅不通，所以只要是換我顧店，我一定把牌子轉成休息中。」

把牌子轉成休息中？怎麼才一個問題，他的回答就已經讓她的思緒有了釐清的方向。

張允杰接著又說：「我還記得我第一次遇見妳，是在一個下大雨的日子，那是我第一次幫子賢顧店。」

下大雨？謝品君怔住。

「現在雨很大，如果不介意的話，要不要進來等雨停？」

然後，她想起了那個雨天他詢問自己的模樣，也才恍然大悟，原來那並不是她第三次遇見他，而是第一次才對。

休息中的咖啡館、不會介紹咖啡豆的他，以及躲雨的那一天，記憶中那些溫暖的日子漸漸清晰了起來。

緊抓著讓她深刻的那些記憶片段，她接著問：「那麼每次都忙著打論文，而且還會教我統計的人是誰？」

「是我。」

然後，她想起了每次一喝咖啡就會皺眉，還會嫌咖啡很苦的他，「說討厭喝咖啡的人也是你嗎？」

「對，是我，子賢很喜歡咖啡。」

她又想起了只懂得拉花的材料和姿勢，做出來的成品卻失敗的他，「那不會拉花的那個人呢？」

他搔了搔右臉頰，表情有點不好意思，「也是我。我怎麼學都學不會，子賢他就像承洋說的一樣很擅長。」

「那聽我抱怨學校事情的人也是你嗎？」

張允杰想了一下，「我不確定子賢有沒有聽過，但我倒是聽妳說過。」

「那麼說過討厭被劈腿的人也是……」她問，見他微微蹙起眉，她才意識到自己問得太過於直接，連忙揮手，「抱歉抱歉，這個不用了，我換下一題！」

「沒關係。」他搖搖頭，「沒錯，那個人也是我，子賢和大嫂的感情一直都很穩定，從來沒有劈腿的問題。」

她吃驚地看著他，零碎的記憶片段全都拼湊了起來，遊走在模糊不清地帶的答案，也頓時豁然開朗。

其實，張子賢和張允杰都曾經出現在她十九歲的年華裡，然後交錯地出現在那段充滿咖啡香氣的溫暖回憶，但真正在她心上留下痕跡的人，卻不是還在經營 Grazie 咖啡館的老闆，而是現在身為高中數學老師的張允杰才對。

「那幾乎都是你了啊。」她不可置信地看著張允杰，雙手捧著微微發熱的臉，「難怪以前我都會覺得好像哪裡怪怪的，有時候感覺老闆好像不認識我一樣。我跟他講起前幾天才在那邊發生的事，但他都一臉茫然看著我，可是過幾天過去，他又變正常了。我那時候也沒有想太多，根本沒有想到竟然會是不同人。」

當時覺得奇怪的地方，現在都說通了。有時候會表現出不認識她，或是只把她當作一般來看咖啡豆的客人，都是因為她說話的對象從來就不是同一個人。而且這麼說起來，張子賢會對她沒有印象也是很正常的事，因為她和張子賢接觸的時間，並沒有她想像中的那麼多。

「老師，你明明就還記得我，為什麼都不跟我說？」她覺得委屈，也覺得認錯人的自己好蠢。

「對不起，因為我沒有想過妳還會對我有印象，我以前待在那裡的時間太少了，我以為妳遇見子賢的次數會比遇見我還多。」他解釋。

不只是他，他們誰也沒想過，曾經那麼短的相處時間，卻成了彼此回憶最深刻的時光。

「不用說對不起啦，是我自己沒弄清楚，竟然都沒發現。」她尷尬地笑著，「你一定覺得我很笨吧？」

當年不但沒有發現是不同人，六年後再次遇見他們，沒想到自己還認錯人。她真的覺得自己好蠢，而且好丟臉。這段日子她還向張允杰傾訴對張子賢的思念，說了這麼多過去在咖啡館的事情，沒想到她口中的思念對象竟然一直都在靜靜聽著她說。

不過，這也難怪為什麼她常覺得張允杰比較像記憶中的人，並不是因為他們是雙胞胎，也不是因為張子賢改變了，而是張允杰才是那個他。

張允杰搖頭，「雖然沒被妳認出來有點失落，但是我很開心妳還記得我，就算把我當成子賢也沒關係。」

「真的嗎？」

「嗯。」張允杰莞爾，他的表情和記憶中坐在吧台後方的那個他頓時有了重疊。

直到此時，謝品君突然有一種踏實的感覺，懸在心上的緊張情緒總算落下。

雖然認錯人還是讓她覺得很丟臉，但因為他的話，讓她總算明白，原來並不是只有自己一個人停留在那段回憶中。

再次相遇的這些日子以來，她的目光一直追逐著以為是「他」的另一個他，然後就這樣兜兜轉轉一大圈，最後回到原點，才發現原來那個他從來沒有改變過。

「其實，我真的很高興能夠再次遇見妳。」張允杰說。

在昏暗的燈光下，她覺得他專注望著她的雙眼特別明亮。

「那年結束得太突然，我根本來不及跟妳說再見。」他停頓了一下，「而且，有一句話我一直沒有機會告訴妳。」

這些年來，他一直惦記著她，以和喜歡不同的思念，將她停留在自己的心上。

打從再次看見她，他就很想把當年來不及說的話告訴她了。可是卻在知道她把自己錯認成張子賢後不禁怯步了。

直到這個寧靜的初夏夜晚，原本停止在六年前的時間才再次流動了起來。

「妳知道 Grazie 就是義大利語謝謝的意思吧？」張允杰輕聲地問。

「嗯，我知道。」謝品君點頭，可是她分不清楚當初告訴她的人是他還是張子賢。

「Grazie，謝謝。」他莞爾，「我一直很想這麼跟妳說，謝謝妳在那個時候來到了 Grazie 咖啡館。」

不知道為什麼，看著眼前如此認真的他，她突然覺得那句話是誰講的已經不重要了，最重要的是，她再次親耳聽見了思念已久的他這麼對她說。

謝品君：「老師放心，我已經平安到家了。」

看著謝品君傳來說自己已經平安到家的訊息，張允杰鬆了一口氣。自從謝品君遇見她前男友那天開始，他就變得特別關心謝品君的安全，偶爾會去接她下班回家。如果是像今天來不及的日子，他總要看到她說平安到家才會放心。

謝品君：「不過承洋又跑來敲我的門了，他到現在還是不敢自己一個人，一直覺得他的房間裡有鬼。」

彷彿能看見謝品君無奈的表情，張允杰不禁輕輕一笑。真受不了方承洋，恐怖片不知道都已經看完多少天了，他怎麼到現在還在怕？

「張老師，你是在笑什麼啊？」張子賢的聲音從前方傳來，張允杰回過神的同時，手中的手機被張子賢突然抽走。

張允杰嚇了一跳，還來不及搶回自己的手機，張子賢看著他的手機，隨後笑了起來，「唉唷，是品君！」

「你知不知道隨便看別人的對話紀錄很沒禮貌？」張允杰板起臉，低聲地問。

「是，張老師。」張子賢畢恭畢敬地應聲，然後將他的手機雙手奉上。

張允杰拿回手機，白了張子賢一眼。

張子賢更是笑了起來，無視他不耐煩的白眼，笑著問：「你最近跟品君好像越來越熟了嘛！是不是我想太多了？」

他淡淡地撇了張子賢一眼，「嗯，是你想太多了沒錯。」

「是嗎？那還真是可惜，我覺得品君挺可愛的欸。」張子賢笑著說，然後伸手拭著眼角邊的位置，假裝擦眼淚，「說老實話，知道自己被認錯之後，其實還挺失望的。本來還以為我年輕的時候是女大生殺手，結果竟然是被認錯的。」

張子賢記得，自己那時候和張允杰的髮型和穿著風格幾乎是一模一樣，把他們兩個認錯的人不計其數，所以謝品君會認錯人，張子賢也不怎麼意外。就連他自己也曾經一度懷疑過這個可能，只是因為忘了張允杰曾幫他顧店，所以很快就將這個可能性拋至腦後。

張允杰又白了他一眼，看了時間，隨後把茶杯裡剩下的茶喝掉，「我要回家了。」

「要走了喔？不再多坐一下嗎？」

「我回去還有學校的事情要做，今天本來沒有要來的，只是因為媽今天回家吃飯，我不想那麼早回去而已。」張允杰站起身。昨天從外婆那邊聽到媽媽今天要回娘家吃晚餐的消息，他就沒打算太早回家。

「既然這樣，你下次可以約品君啊，不一定要來我這裡避難。」張子賢竊笑。

「你以為每個人都像你一樣閒閒沒事做嗎？」

「什麼閒閒沒事做？我也很忙的好嗎？」張子賢立刻替自己辯解，說自己每天都有一大堆事情要做。

「是嗎？我怎麼看到都是大嫂在忙，大嫂現在懷孕，你不要讓她做那麼多事……」

「好了好了，你快點回家。」眼看張老師又要開始碎碎唸了，張子賢嚇得打斷他，趕緊請他回家。

張允杰看了他一眼，輕輕一笑，「那我走了。」

這次時間有算準，等到張允杰回家時，媽媽已經離開了。

「允杰，快來吃飯，我幫你留了菜。」正在廚房收拾的外婆一看到他，立刻轉身去準備特地幫他留的飯菜。

「好，那我先回房間放個東西。」

張允杰正要轉身回房間，外婆突然喊住他，「對了，今天有你的信，差點就忘記了。」

外婆用身上的圍裙抹了抹手，快步走到電話邊，拿起了一封紅色信封遞給他。

「這是什麼？」張允杰好奇地接過信，將封底轉到正上方，一看見書寫在信封上的字跡時，他不禁愣住。

即使只有簡單幾個字，但這個字跡他一看就知道是誰寄來的，是王蕙琦，紅色的信封，也讓他隱約猜到了裡頭裝的是什麼。

回到房間，他馬上拆開信封，裡面的喜帖，讓他總算是體會到為什麼大家都把喜帖稱呼為紅色炸彈了。紅色的，然後像一顆炸彈一樣在腦袋中炸開，思緒就像受到了衝擊，他突然覺得自己沒辦法思考，只能看著王蕙琦在喜帖上的照片。

其實，在和王蕙琦交往時，他曾經想過和她一起走過這輩子，直到後來陸陸續續發生的劈腿事件，才讓他打消這個念頭。儘管如此，看著曾經深愛的人身邊的新郎不是自己，而是一個不認識的男生，就算不愛了，心裡頭難免有點疙瘩，但這種不舒服的感覺究竟是源自於什麼？

是遺憾嗎？

然後，他在喜帖底下發現王蕙琦留了一張字條給他。

「允杰，我知道之前是我對不起你，但我還是很希望你能來參加，我希望結婚那天可以有你的祝福。」

看到王蕙琦的留言，他不禁輕嘆一口氣。他果然被王蕙琦吃得死死的，那天明明都把話說成那樣了，她還是不死心寄喜帖過來。真不知道該說是她的個性執著還是根本就沒有顧慮他的心情的意思？

他把喜帖和字條全都放回信封。

王蕙琦說她想要他的祝福，那他的祝福在她的心上，究竟會值多少重量？會不會和當初交往時候的他一樣？到頭來，根本就沒有被她放在心上。

叭——

刺耳的喇叭聲突然傳來，張允杰嚇了一跳，這時才發現燈號標誌已經變成了綠燈了，他連忙輕踩油門向前開去。

「老師，你還好嗎？」坐在副駕駛座上的謝品君擔心地看著剛恍然回神的張允杰。張允杰剛剛不知道是在想什麼，竟然沒有注意到變綠燈了，就連她出聲喊他也沒有反應。要不是後方的車按喇叭，他應該還會沉浸在自己的思緒當中。

「沒事，只是在想事情。」張允杰輕吁了一口氣，在心裡告訴自己不要再胡思亂想了，要專心開車才行。

謝品君看了他一會兒，然後問：「老師，你吃飯了嗎？」

「還沒。」

「那我們去吃個飯再回家好不好？我肚子餓了。」謝品君笑著問。其實，她不是真的肚子餓了想要吃飯，只是張允杰失神的模樣讓她很擔心，覺得還是讓他吃個飯，休息一下再開車比較好。

張允杰看了後照鏡裡的笑臉一眼，視線回到前方的車況上，「嗯，妳想吃什麼？」

後來，他們開車到附近一間麵店吃晚餐，即使熱騰騰的晚餐上桌，張允杰仍是一臉心不在焉的模樣。

「老師，學校最近很忙嗎？」謝品君忍不住問。

「沒有，我只是在想事情……」他拌了拌乾麵，然後放下筷子，即使濃郁的香味撲鼻而來，他也沒什麼胃口。這兩天他都在想王蕙琦婚禮的事情，上次明明那麼乾脆拒絕她了，可是當他收到她寄來的喜帖和留言，特別是看到那張字條時，原本堅定的決心開始有了動搖，不知道為什麼，他開始猶豫要不要去參加。

「這樣喔。」謝品君夾了一點小菜到他的碗裡，看著依舊沒有動靜的他，想了想，然後說：「老師，如果不介意的話，你可以說出來，說不定我能幫上你的忙。」

張允杰抬眸看向她，四目交會的瞬間他明顯看見她的視線閃爍了一下，她的表情也變得很緊張，明明該緊張的是他這個被問問題的人才對吧。看著不知道在緊張什麼的她，他不禁輕輕一笑，一直皺著的眉頭也隨即鬆開。

「其實，也不是什麼大事。」他說：「前兩天，我收到了我前女友寄來的喜帖，她說她希望我能去參加婚禮，希望能得到我的祝福，所以我一直都在猶豫要不要去參加。」

「是你……之前說過劈腿的那位前女友嗎？」

「嗯，就是她沒錯，雖然她第一次來找我的時候我很生氣，也直接拒絕她了，但後來收到她的喜帖時，我不知道為什麼又猶豫了。」他輕嘆了一口氣，「就是這種莫名其妙的猶豫，讓我這幾天很煩，不知道該怎麼做才好。」

「會不會是因為……其實你還喜歡她？」謝品君問。

「不可能，我對她已經沒有感覺了。」張允杰搖頭，「所以，我更不知道自己為什麼會這樣，明明早就死心了，但當我聽見她要結婚的時候，還是覺得很難受。而且我也不知道為什麼她還要特地來邀請我，是因為還在乎我這個人，還是根本就已經不在乎以前發生過的事情了？」

「其實，這種感覺我能理解，就像我前一陣子不小心遇見我前男友，當我看見他很自然來和我說話，那時候我也會想，他會這樣，是因為還在乎我這個人，還是根本就不在乎我的感受了。」謝品君看著他，問：「老師，你還記不記得你以前曾經這麼跟我說過，你說，我們從來就不能去控制別人在想什麼或是說什麼，唯一能做的，就只有調整自己的心態，學著去釋懷而已。」

他頓時愣住，很驚訝她竟然把自己說過的話記得這麼清楚。

然而，自己當初曾經冠冕堂皇說過的話，如今他卻做不到。他比誰都還要清楚明白關於王蕙琦的事。除了釋懷之外，別無辦法，但他就是做不到。

「可是，實際做起來真的沒有想像中的容易，我們應該誰也沒辦法做到完全不去回憶過去的事吧。」她頓了頓，「其實，我從來都沒有告訴過你，一直到現在，我還沒辦法真正從那些事情中走出來。每次看到同學在臉書社團中討論事情，我還是會覺得很不舒服，就連只是見到他們，第一個湧上心頭的也是不安，我很害怕他們會不會又亂說我什麼了。」

傷害留下的陰影從來就不會消失，而會像個烙印一樣停留在記憶中。

「我覺得過去的事情不可能輕易忘記，恐怕也沒辦法輕易說放下就放下，說不定一輩子都會放在心上，可是時間還是在不斷向前走，我們也還是會有更多不同的回憶產生。就算不會忘記，但想起來的次數肯定會減少，只要有快樂的回憶存在，那我們自然就不會有那麼多時間去想起那些悲傷的回憶了。」她望著他笑，「就像我自從認識你之後，我就越來越少想起那些討人厭的事了，如果換個角度想，這應該也算是在某種程度上的慢慢放下吧。」

就像那時候待在 Grazie 咖啡館的時光一樣，溫暖平靜的氣氛總能帶著她逃離那些紛擾。

自從遇見張允杰和方承洋，她覺得自己想起那段過往的頻率似乎減少了。無論是關於李昱凱這個人也好，還是關於那段充滿紛擾的日子也好，這些永遠都會停留在她的記憶中，不可能會被抹滅。她也知道自己不太可能做到真正釋懷，但是當快樂的記憶不斷堆疊，或許將來有一天，她就不會回憶起那些往事。

看著張允杰怔住的表情，不知道他現在對於她說的話是怎麼想，會不會覺得她很多管閒事？但是，有些話她還是想讓他知道。

謝品君接著又說：「雖然看到曾經喜歡的人結婚會覺得遺憾，可是我覺得，老師你現在這麼猶豫，如果不去的話，你會覺得更遺憾吧？雖然我們不知道婚禮上會發生什麼事，但很多時候，如果不試著踏出第一步，我們永遠都不可能會前進，就像是你之前教我算統計的時候說過的。」

「天哪，妳還真的是把我說過的話都記住了。」張允杰很驚訝，卻也對這樣的自己感到無奈，「沒想到我當初勸妳的話，現在竟然一個都做不到。」

「當初是因為有你，我才有辦法做到。」謝品君笑著說：「所以，我們換個角度想，說不定，這場婚禮也有可能會變成老師之後其中一個快樂的回憶。」

快樂的回憶嗎？張允杰想著她說的話，也不知道自己是哪來的勇氣，問：「品君，那天妳能陪我去參加嗎？」

謝品君愣了一下，遲疑地問：「可是，這樣好嗎？」

張允杰點頭，「如果有妳在我身邊，我想我一定能好好和過去的遺憾說再見。」

謝品君聽了，不禁莞爾，笑著點頭，「好，那我就和你一起去向過去說再見吧。」

就像遇見李昱凱的那天晚上一樣，張允杰拉著她的手，和她一起逃出過往的禁錮。

「謝謝妳。」張允杰輕輕地笑了，「煩惱沒了之後突然就覺得餓了。」

「那就多吃一點吧。」謝品君夾了一點小菜放到他的碗裡。

「謝謝。」

晚餐吃到一半，謝品君的手機突然響了起來，當她一看見來電顯示者，眉頭忍不住緊緊皺起。她輕吁了一口氣，稍微緩和了一些情緒之後才按下接聽鍵。

自從上次來找她發酒瘋要錢，謝品翰就再也沒有打電話給她，也沒有再來她的租屋處找她，或者是說只是沒有被她遇見而已。

「喂！妳現在在家嗎？」謝品翰劈頭就問，不過比起以往的開口要錢，這樣的問候似乎也沒有比較和善。

「沒有。」她說。他問這個要幹麼？應該不會現在是要去她家找她吧？只要一想起上次的事情，她就開始感到不安，很害怕又會再一次重現那時候的場景。

「那妳什麼時候回來？」他又問，語氣像是在質詢犯人一樣。

「不知道。」

謝品翰不耐煩地嘖了一聲，然後什麼話都沒說就逕自掛上電話。

通話突然被結束，她覺得很莫名其妙，放下手機，低聲咕噥，「這個人在搞什麼啊？」

張允杰看了她一眼，問：「怎麼了嗎？」

「謝品翰突然打電話來，問我什麼時候要回去，就突然掛掉電話了。」謝品君收起手機。

雖然謝品翰沒說，但他會打電話來，八成也不是什麼好事，肯定和錢脫不了關係。謝品翰已經有一陣子沒有和她聯絡了，謝品君一直以為他已經放棄跟她借錢，不過今天看來應該只是自己想太多而已。

「謝品翰？」這個名字和她的名字很相似，張允杰忍不住問：「妳哥嗎？」

「嗯。」

張允杰一聽，不禁擔心了起來，「他問妳什麼時候回家，不會是要來找妳吧？」

「應該是，不然他從來不會關心我什麼時候回家。」她看見張允杰擔心的模樣，不想讓氣氛受到影響，接著又說：「不過，謝品翰那個人一向沒什麼耐心，他很快就會離開了。」

所以，上次謝品翰會特地等到她回來，真的讓她很意外。

「不過，還是小心一點比較好。」張允杰說，也在心裡告訴自己，今天一定要看見她安全走進房間才行。

參加王蕙琦婚禮那一天，張允杰開車到謝品君的租屋處接她。他看見謝品君開門從公寓裡走出來的瞬間，整個人都愣住。

張允杰呆愣的表情，讓謝品君頓時緊張了起來，她問：「很奇怪嗎？」

「妳、妳今天怎麼穿成這樣？」他看著謝品君，吃驚地問。

這是他第一次看見謝品君穿洋裝的樣子。她今天身上穿了一件水藍色短袖洋裝，腳上穿著白色高跟鞋，平時都是自然放下的黑髮也難得稍微上了卷，讓她整體看起來更端莊有氣質。雖然他不懂女生的化妝方式，但他還是看得出來她今天的妝容比平常更精緻，看起來也更亮眼。

看到這樣的她，說不心動是騙人的。張允杰右手背輕抵著唇，緊張地移開視線，覺得自己的心臟跳得好快。

「因為要參加婚禮，所以我比較認真打扮了一下。」謝品君不自在地摸摸頭髮，又拉拉裙擺，緊張解釋，「雖然是不認識的人，但我想畢竟是婚禮，總不能穿得太隨便。」

可是，當她看見張允杰驚訝的眼神之後她就後悔了，她沒事穿得這麼正式幹麼？

「我看我還是去換一套衣服好了，我這樣好奇怪喔。」

張允杰連忙拉住急忙轉身的她，「不用，妳這樣一點都不奇怪。」

「真的嗎？」

「嗯。」張允杰點頭，不敢直視她的視線，撇過頭小聲地說：「我覺得很漂亮，我、我很喜歡。」

「真的嗎？」謝品君又驚又喜。

一接觸到她的視線，張允杰嚇得轉過頭，「好了，我們快出發吧。」

他的心跳還是跳得好快。

婚禮現場很熱鬧，謝品君好奇地四處張望，這還是她第一次陪人來參加自己不認識的人的婚禮，感覺很奇妙。她轉頭看向走在身邊的張允杰，自從走進會場，他就沒再開口說一句話，臉上變得面無表情。

不知道他現在正在想什麼？

謝品君沒有要問他的打算，只是安靜地跟著他走到接待處。

「哇，是允杰欸！」負責收禮金的一名長髮女子驚訝地看著張允杰，「好久不見了，我還以為你不會來呢。」

「因為蕙琦寄喜帖給我，我想還是來一下比較有禮貌。」張允杰將禮金遞出。

「是喔，那你還真是寬宏大量啊，被戴綠帽這麼多次還有心情來參加，竟然連禮金也帶來了，我們蕙琦真不知道上輩子燒了多好香才遇見你，不然以她那種『交朋友』的方式，正常男朋友是受不了的。」女子輕笑，嘲諷地說，她身旁的人聽了也跟著笑了起來。

張允杰沒有說話，只是靜靜地簽名。謝品君突然有點擔心他，也開始後悔當初自己為什麼要鼓勵他來。

女子看見謝品君，笑著問：「帶女朋友來參加嗎？該不會是來踢館的吧？」

謝品君頓時感到不知所措，正要解釋他們只是朋友關係時，張允杰開口：「品君，我們進去吧。」

謝品君應了一聲，連忙跟上張允杰的腳步，向前走了幾步。她悄悄回過頭，看見那些人正笑著對他們指指點點的，她不知道張允杰是怎麼想，但這種表情連不是當事人的她看了都很不舒服。

「老師，你還好嗎？」

「沒事，我已經習慣了。」張允杰淡淡地說：「品君，剛才真是對不起。之前我明明才教訓過妳前男友，不要為了自己無謂的自尊傷害妳，結果我自己也一樣有這種心態。如果讓妳覺得不舒服，真的很抱歉。」

雖然剛才主要是因為不想搭理她們才直接轉頭走人，但他也知道如果他不說話，她們一定會擅自把謝品君認定是他的女朋友。在他心裡多少還是有這種無謂的自尊心，他想讓她們知道現在的他並不是一個人，也不想讓她們覺得仍獨自一人來參加前女友婚禮的他很淒涼。

「其實，我覺得你跟他不一樣。」謝品君小聲地說。

「不一樣嗎？」

「嗯，因為我不會介意。」她輕輕拉起他的右手，「所以，沒關係。」

他的胸口頓時一緊，隨即反握住了她的手，掌心裡的溫暖，讓他的心久久都沒有辦法平復下來。

這樣波動不已的情緒，一直持續到穿著婚紗的王蕙琦進場之前。當他看見王蕙琦牽著他不認識的男人的手走進來的時候，他的心情比想像中的還要平靜，一點波動都沒有。

他和王蕙琦的視線不經意突然有了交會，他的心情依舊沒有絲毫起伏，反而是王蕙琦露出了驚訝的表情，像是不敢相信他會來一樣。

說真的，如果不是謝品君，他也不相信自己會坐在這裡。

他看了身旁的謝品君一眼，謝品君的視線停留在王蕙琦身上，而他隨後又看向王蕙琦。

他莞爾，用嘴型無聲地祝福她，「恭喜妳。」

他不知道王蕙琦有沒有看出他的祝福，但她隨後笑起來的模樣讓他心裡不再有疙瘩。也許他一輩子都沒辦法忘記王蕙琦曾帶給他的傷害，但他覺得，往後想起那段過往，他已經不會再感到難受。因為如今，他和王蕙琦已經各自走向了沒有對方的未來。

原來，用祝福來和過去說再見的感覺是這樣。

等到王蕙琦和新郎入座，張允杰悄聲地說：「品君，我們走吧。」

「現在就要走了嗎？」謝品君驚訝地問，沒想到他會這麼早離開，隨後忍不住擔心地問：「老師，你是不是覺得不舒服？」

「不是，我本來就打算讓她知道我來過就行了。」張允杰站起身，看了王蕙琦一眼，又看向謝品君，輕輕笑著說：「這樣就夠了，謝謝妳。」

看著張允杰坦然的笑容，謝品君鬆了一口氣，不禁跟著笑了。

離開婚禮會場，他們搭電梯到地下室去開車。他們離開得太早，地下室停車場除了他們之外沒有其他人。

「我們好像太早走了。」張允杰看著安靜無人的停車場，「如果子賢知道我包了禮金又沒吃到最後，一定會罵我浪費。」

「我不覺得這樣很浪費，老師不是因為這樣了結了自己的遺憾嗎？這樣很值得吧？」謝品君笑著問。

張允杰看了她一眼，隨後莞爾，「嗯，這麼說也是。」

張允杰知道自己一向是一個念舊的人，他常常會獨自回憶著過去的種種，而且也很容易因此陷入一段感情中，不容易從當中走出來。

對於他的初戀，他就是如此。

只不過，他後來常在想，如果當初咖啡館沒有突然結束營業，或者是他依舊有和謝品君保持聯絡，或許後來他就不會再次和王蕙琦復合了。

儘管剛開始見到謝品君時，她總是愁眉苦臉的，好像有很多煩惱一樣。但隨著時間流逝，當春天離去，夏日到來，她就像外頭越漸燦爛的陽光，笑容變得越來越明亮，在不知不覺當中，那時候的他漸漸被她的笑容所吸引。

而現在似乎也是如此。

「雖然離開得有點早，但妳今天剩下的時間能不能都給我？」張允杰問。

謝品君很驚訝他會這麼問，馬上點頭答應，「當然好啊。啊，不過……」

見她突然變得猶豫，張允杰皺起眉，「不過什麼？」

「不過，在那之前我能不能先回家把這身衣服換掉？我覺得穿這樣走在路上好顯眼。」謝品君尷尬地笑著問，不自在地拉了拉裙襬，穿得太正式讓她很不習慣。

「會嗎？我覺得妳這樣很漂亮，不用特地回去換衣服了。」

「真的嗎？」謝品君低下頭看著洋裝，隨後抬起頭，很認真地盯著他看，問：「等等，你到底是老闆還是老師呢？你今天一直誇我漂亮，很可疑喔。」

被她這麼一懷疑，張允杰愣住，突然不知道該怎麼回答，她接著說：「看來我有必要花一天的時間來好好研究一下了。」

張允杰依舊愣愣地看著她，幾秒鐘後才反應過來，隨後不約而同地和她一起笑出聲。

第·七·章

當炎熱夏日的腳步逐漸走遠，氣溫漸漸涼爽了起來。時序隨著日漸降低的溫度，來到了十月中旬。

「對不起，我今天學校臨時有會要開，恐怕沒辦法短時間內結束。」電話另一端的張允杰抱歉地說。

謝品君聽了，不禁輕輕笑著說：「沒關係啦，老師，這沒什麼好對不起的，你每天都來載我回家，就已經讓我很感謝了。」

即使謝品翰在那通電話之後就沒再有任何消息，張允杰依舊堅持要每天來送她回家，她總是很擔心自己會增加他的困擾。

「如果我真的會覺得麻煩，就不會主動說要來載妳了。」面對她的擔心，他總會這麼回答她。

不過，除了這個擔心之外，她並沒覺得有什麼不好，她很喜歡跟他在一起。有時候他們不會馬上回家，回家之前會先一起去吃晚餐之類的。他嘴上總說是為了她的安全著想，但她還是會很貪心地想，除了擔心之外，有沒有再多一點什麼？就像她想和他多相處一點的這份心情。

「妳現在還在公司嗎？」張允杰問。

「嗯，今天公司也是開了將近一整天的會，我現在還有一大堆事情沒做完。」

「辛苦了。」張允杰說：「如果我這邊早點結束，我再過去接妳。」

「沒關係啦，老師你不用趕，我自己回去就行了，你忙你的吧。」謝品君笑著說。

「好吧，那妳回家路上小心，回到家記得打電話給我。」張允杰叮嚀。

「好，拜拜。」

結束通話，看著通訊錄上的他的名字，她不禁微微一笑，覺得心裡暖暖的。

謝品君發現，自己曾經因為時間流逝而昇華成思念的情感，隨著這段時間和張允杰的相處，又回到了過去最初的模樣。她對張允杰的情感，不再是對於過去的懷念和思念而已，而是一種名為「喜歡」的情愫。

晚上八點多她才離開公司，等她走出捷運站，是九點多的事了。雖然現在的時間還不算太晚，但回家路上的這段路已經變得靜悄悄了，路燈昏暗，也沒什麼路人經過。

當她快走到租屋處的巷口時，忽然接到一通陌生來電。她想了一下，隨後接起電話，納悶地問：「喂？」

「請問是謝品君小姐嗎？」回應她的，是一道陌生的低啞男聲。

這麼晚了還有推銷電話嗎？她覺得奇怪，問：「我是，請問你是？」

「請問妳是謝品翰的妹妹嗎？」男人又問。

「是啊，請問你哪裡找？」

話才剛說完，突然有三個穿著一身黑衣的彪形大漢，自租屋處那條巷口走了出來，一下子就擋住她的去路。

她嚇了一大跳，下意識往後退了一步。

其中一個理著平頭的男人笑著說：「果然是妳沒錯，我還以為謝品翰那傢伙是在鬼扯，想說他怎麼可能有一個這麼漂亮的妹妹。」

「有事嗎？」她立刻把手提包揣進懷裡，警戒地看著他們，思索著該怎麼逃跑才好。

一聽到謝品翰，再加上眼前這三個男人的形象感覺，肯定沒好事。

「當然有事，沒事怎麼會來找妳呢？」平頭男人笑著說：「妳應該知道妳哥欠錢不還的事吧？」

「欠錢不還？」她驚愕地問：「什麼錢？」

「什麼錢？妳現在是裝蒜嗎？」見她一臉茫然，平頭男人不耐煩地說：「當然是賭博賭輸的錢啊，謝品翰那傢伙欠了一堆錢之後就給我搞人間蒸發。」

賭博？謝品翰在賭博？

男人的話讓她突然想起了謝品翰曾經說過的投資工作，謝品翰的「投資」，該不會就是指賭博吧？

思緒至此，她頓時感到一陣暈眩，會欠錢欠到人間蒸發，那謝品翰欠下的負債肯定是她難以想像的天文數字。

「那跟我有什麼關係？謝品翰欠你們錢，你們應該是去找他，怎麼會來找我？」她鼓起勇氣，朝眼前的三個男人大喊。

謝品翰那傢伙，為什麼到現在還不肯放過她？還要找她麻煩？

「這我當然知道，所謂『冤有頭，債有主』嘛！」平頭男人和身後的兩人交換了一個眼神，猥瑣地笑著，「不過，謝品翰是妳哥哥，哥哥欠債妹妹多少也會擔心吧，要不要乾脆直接替妳哥還啊？妳這麼年輕又漂亮，我想應該不用多久就能還清了。」

說完，平頭男人的大手還不安分地往她的臉頰靠近，她嚇得立刻閃躲開來。

三個男人哈哈大笑了起來，她卻一點也笑不出來，只覺得害怕，緊抓著手提包的手也不自覺顫抖了起來，一心只想快點擺脫這三個男人。

「你們要是再不離開，我就要報警了。」她害怕地說，聲音都微微皺抖起來。眼角餘光瞥見有路人經過，原以為有求救的機會，然而那個人大概是看見了這三個男人，立刻轉頭就走人。

「好啊，只不過我不知道警察還能不能找到妳就是了。」平頭男人不懷好意地笑著說。就算報了警，警察也不可能馬上趕過來。以現在的狀況來看，打完電話到警察來的這段時間，她恐怕已經被這幾個男人解決掉了。

看著她嚇得臉色蒼白的樣子，平頭男人又說：「唉，不要怕成這樣子嘛！把一個小女生嚇成這樣，我們也覺得很抱歉。我們今天來，當然不是要找妳麻煩，只要妳告訴我們謝品翰那傢伙現在在哪裡就好了。」

「我不知道！」謝品君大喊，希望這樣的音量能多少引起路人的注意。

「幹！怎麼可能不知道？妳是不是把謝品翰那傢伙藏起來了？」平頭男人的口氣越來越不耐煩。

「我跟他平常沒有聯絡，我連他欠債的事都不知道，怎麼可能把他藏起來？」

「每個人到了這種時候都會這麼說。」他輕哼一聲，顯然是不相信。接著他用力抓住她的左手腕，「那我只好請妳跟我們走一趟了。」

她一驚，嚇得抬起右腳，用高跟鞋的鞋跟狠狠往男人的腳上踩去。他痛得鬆開了手。

「幹！」他大罵了一聲，大手一揮，用力往還來不及轉身逃跑的她搧過去。

刺麻的疼痛感覺自左臉頰迅速蔓延開來，她頓時覺得天旋地轉，左耳一陣耳鳴。他的力道大到讓她站不穩，整個人摔到地上，她穿著高跟鞋的腳向外用力一拐，劇烈的疼痛隨即自右腳踝的位置襲來，這瞬間痛得眼淚都湧進眼眶。

她跌坐在地上，痛到站不起來。

「果然跟謝品翰一個樣，都是敬酒不吃吃罰酒的傢伙！」另一個男人抓住她右手，動作粗暴，硬是把她整個人從地上拉起。身體多處傳來的疼痛更讓她一陣暈眩，相當吃不消。

絕對不能被他拖走！

她也不知道自己是哪來的力氣，張開嘴巴狠狠往抓住他的手咬下去。那個男人罵了什麼她沒有聽清楚，只是在他失去力量的瞬間，轉身就跑。

「快追！別讓她跑了！」

身後傳來的叫罵聲，讓她加快了腳步，恐懼果然會使人忘記疼痛，此刻她完全感覺不到任何痛，只想快點離開這個地方。

雖然去人多的地方比較安全，可是以她現在的狀況肯定跑不遠，受傷的腳踝和腳下的高跟鞋拖慢了她的腳步，身後的人似乎離自己越來越近。她下定決心，然後跑進一條巷子裡。這附近有許多巷子都是互相連通，再加上燈光昏暗，她在巷子裡四處竄，不知道是自己太過害怕還是真的漸漸甩掉他們了，身後的叫罵聲已經不像剛才那樣清楚。但她的腳卻也無法再負荷這樣的奔跑，最後只好躲到一個變電箱後面，等待他們的聲音消失。

她的呼吸急促，但因為怕被發現，她不敢太大聲，只能硬是壓抑住自己的呼吸聲，傷口的疼痛和過於急促的呼吸頻率，讓她覺得自己隨時都好像要暈倒一樣。

她抱著膝蓋，止不住身子的顫抖，蜷縮在變電箱的後面。巷子裡很安靜，也很暗，籠罩在周遭的黑暗，像是要吞噬她一樣。

那三個男人應該已經離開了，她沒有再聽見他們的聲音，大概是因為看她是女生，多少有點掉以輕心，不然她恐怕也沒辦法順利逃走。剛才的場景，光是想起就讓她心有餘悸。這次的恐懼，遠大於上次遇見謝品翰時的恐懼，她完全不敢想像，如果剛才沒有逃跑成功，自己會變成怎樣。

時間過了許久，但她還是不敢輕易往外頭走去，最後拿出了手機。

「品君，你到家了嗎？」

一聽見張允杰溫柔的聲音，她就覺得莫名安心。

「老師……」她用近似氣音的音量說，聲音顫抖著。

「妳怎麼了？聲音怎麼聽起來怪怪的？」

大概因為周遭太過安靜，此時停留在她耳邊的溫柔嗓音，聽起來好像就在她的身邊一樣，當心裡多了幾分安心，眼眶也不自覺微微發熱。

「老師，你……你現在可不可以來接我？」

然後，她聽見自己的聲音哽咽起來。

這大概是張允杰有史以來開車飆最快的一次。聽完謝品君的話，著急和不安不斷湧上心頭，他只想快點趕到她的身邊。

在電話裡，謝品君說不清楚自己現在的位置，只說了自己在租屋處附近巷弄裡的某一個變電箱後面。儘管如此，張允杰還是要她先待在原地別動，他擔心那幾個人還在附近，萬一她隨意移動，可能會再遇見他們。與其繼續冒險逃跑，還不如讓他去找她比較安全。

「妳不要怕，我一定很快就會找到妳的。」結束通話前，他這麼告訴她。

張允杰很快就來到謝品君的租屋處附近。他本來要把車子停在租屋處巷口，卻發現有三個男人站在巷口處，他們四處張望，看起來像是在等著誰一樣。雖然不能以貌取人，但直覺還是告訴他這三個人絕非善類。

張允杰想了一下，決定不要把車子停在他們附近，而是繼續向前開去，停在其他比較明亮而且不在他們視線範圍內的地方。下了車之後，他快步走進巷子裡。他不曾來過這裡，巷子裡頭真的就像她所說的一樣，是許多不同巷弄相互連通的，路線很亂，但他還是專心地尋找著她說的變電箱。

像隻無頭蒼蠅一樣在巷子裡面繞了一會兒，他終於在某一個變電箱後方看見一個蜷縮的嬌小身影，雖然臉被遮住，但她的身型，以及左手腕上的手錶和腳邊的手提包，讓他一眼就認出謝品君。

「品君，妳沒事吧？」

他走向她，脫下身上的黑色連帽外套。然而她大概沒聽見他的聲音，外套觸碰到她的瞬間，她頓時瑟縮了一下，身體顫抖了起來。

他連忙輕拍了拍她的肩膀，輕聲安撫，「品君，妳別怕，我是允杰。」

直到此時，她才緩緩抬起頭，驚恐地看著他。她蒼白的臉上布滿了淚痕，雙眼紅腫，即使燈光昏暗，他也能看見她左臉頰上怵目驚心的紅腫。

受傷的臉，斷了鞋跟的高跟鞋，止不住顫抖的身子，就算不用問，光用看的就知道她根本就不可能沒事。

「我、我……」

一看見他，她有好多話想說，可是那些話卻哽在喉嚨間，怎麼也說不出口，只能支支吾吾地發出第一個單音。

他輕輕環住她的肩膀，不想讓她繼續勉強自己說話，輕聲地說：「沒關係，我們先上車之後再說，站得起來嗎？」

「嗯……」她點點頭，藉由他的力量站了起來，可是雙腳仍微微顫抖著，站起的瞬間有些不穩。

發現她連站都站不穩，他連忙說：「我背妳吧。」

她搖搖頭，緊抓著身旁的溫暖，努力穩住自己顫抖不已的身體，想讓雙腳盡快適應自己的重量。

見她堅持，他也只好點頭，「好吧，那妳小心一點。」

其實，他們所在的位置距離他停車的地方並不遠，但他來的時候，因為不熟悉而多繞了很多冤枉路，幸好他的方向感還算好，很快就走了出來。

一路上，謝品君一直處於神經緊繃的狀態，即使張允杰就在她身邊，她還是無法完全放鬆，也沒辦法真正感到安心。她不時警戒地回頭察看周遭的情況，深怕那三個男人會再次出現。所幸直到上車前，她沒有看見除了張允杰以外的人。

巷內很安靜，只有他們的腳步聲迴盪，平和得像是什麼事都沒發生一樣。

直到關上車門，謝品君才真正安心下來，緊繃的神經瞬間放鬆，好不容易停止的眼淚突然潰堤。

張允杰嚇了一大跳，以為她是因為傷口痛在哭，「妳忍耐一下，我現在馬上載妳去醫院。」

她搖搖頭，眼淚像是關不住的水龍頭，「我沒事，只是、只是突然覺得自己終於安全了，所以才……」

她哭不是因為害怕，而是終於安心下來。

「沒事了，我在這裡。」他輕輕摸了摸她的頭，然後替她繫上安全帶，「今天晚上先來我家住吧。」

他想，還是不要把剛才她家附近看見三個黑衣男人的事告訴她好了，免得影響了她好不容易安定的情緒。

「天哪，人怎麼會傷成這樣啊？」張允杰的外婆一看見跟著張允杰回到家的謝品君，立刻被她身上的傷口嚇到。

她看起來相當狼狽，臉、手腕、腳踝，甚至膝蓋，到處都是受傷的痕跡，尤其是臉上的紅腫，在明亮燈光的照映之下，讓張允杰不禁皺起了眉。

「我……不小心摔倒了。」謝品君編了一個藉口，和身旁的張允杰交換了一個眼神。

「這怎麼看都不像是摔出來的啊？是不是有誰欺負妳啊？」外婆不相信她的說詞，繼續追問。

「我……」謝品君支支吾吾，不知所措地看向張允杰。不知道怎麼跟張允杰的外婆解釋，總不能跟第一次見面的人說自己是被討債的人打成這樣的吧？

張允杰看得出來謝品君不想說起那件事，於是他趕緊岔開了話題，「外婆，跟妳介紹一下，她是我的朋友，她叫品君。因為品君住的地方那邊發生了一點事，所以今天晚上要先暫時住在我們家。」

「好好，沒問題。」外婆馬上點頭答應，然後親切地問：「妳吃過飯了嗎？我去熱菜給妳吃。」

「謝謝外婆，我已經吃過了。」謝品君說。

發生了那樣的事，現在的她一點食慾都沒有。

洗完澡之後，她換上了向張允杰外婆借來的睡衣，然後在客廳讓張允杰幫她稍微簡單處理一下傷口。

晚上十點多，張允杰的外婆和外公都已經先睡了，整個家裡靜悄悄的。

「明天早上我們再去醫院檢查。」張允杰小心翼翼地在她膝蓋上貼上紗布，然後看向她腫起來的腳踝，「這個還是要給專業的處理比較好。」

「老師，謝謝妳。」謝品君感激地說，不只是向他特地來找她道謝，還為了願意收留她一個晚上。

張允杰抬起頭看她，她臉上的傷痕讓他覺得愧疚，「別再跟我說謝謝了，我今天應該去載妳才對。」

如果他今天去接謝品君，或許她就不會遇到危險了。

她搖搖頭，「就算不是今天，我遲早還是會遇到他們的。」

張允杰嘆了一口氣，問：「聯絡到妳哥了嗎？」

她又搖頭，「不管打了幾次，都是直接轉語音。」

他皺起眉，「真傷腦筋。」

她低應了一聲，然後說：「老師，明天我想回屏東一趟。」

發生了這麼嚴重的事情，她覺得一定要回家當面告訴父母才行，不能再像以前一樣隱瞞了。謝品翰賭博欠債，已經不是只要假裝沒看到就沒事的狀況了。

「好，那明天看完醫生之後，我陪妳回去。」張允杰說。

「我自己回去就可以了，他們不可能追我追到屏東去。」她拒絕他的好意，不好意思再麻煩他，「再說，他們要找的人是謝品翰，不是我，他們沒那個時間一直緊追我不放。」

然而，這些都只是謝品君安慰自己的話而已，要是那些人還是找不到謝品翰，肯定還會來找她。所以，現在最重要的是就找到謝品翰才行，不管他有沒有辦法解決事情，她都一定要跟他問清楚所有的事，她可不想因為他而無緣無故挨揍。而且更重要的是，就算她再怎麼討厭他，他終究還是她的雙胞胎哥哥，是她的家人。

見謝品君堅持，張允杰也沒再多說什麼，只是說：「明天再說吧。」反正，等明天去過醫院之後，他直接開車送她回屏東就行了。

「早點休息吧。」張允杰站起身，稍微收拾了桌上的垃圾，「今天晚上妳睡我房間，我睡客廳，有事喊一聲我就會過去了。」

謝品君一聽，立刻搖頭，指著沙發說：「不用啦，我睡這裡就行了。」

「不行！」張允杰馬上回絕，「妳都已經受傷了，怎麼可以還睡沙發？要是睡沙發，明天早上妳肯定會痛到爬不起來。」

「可是，這樣真的很不好意思，我都來你家打擾你了，怎麼還能跟你搶床睡？」她吶吶地說。

「沒關係，今天住我家就聽我的。」張允杰的語氣堅定，沒有任何商量的空間。

她說不過他，後來在他的攙扶之下，慢慢走進他的房間，然後在他的床邊坐下。

他的房間擺設很簡約，也很整齊，沒有一絲雜亂感，就跟他給她的感覺一樣。

她看見書桌上的考卷和沒有蓋上的紅筆，問：「你剛剛是在改考卷嗎？」

「嗯，改到一半。」

她低下頭，抱歉地說：「對不起，你在忙我還打擾你工作。」

「這沒什麼好對不起的，妳的安全最重要了。」他在床邊蹲下，與她的視線平行，溫柔地看著她，「妳一定很累了吧？今天晚上就早點休息，我人在外面，有事再叫我。」

一看見他要離開，她下意識抓住他的衣角。他停下了腳步。

「怎麼了嗎？」

也不知道自己是哪來的勇氣，她開口說：「老師，你能不能再陪我一下？」

說完，她覺得自己的臉頓時熱得不像話。

他一怔，隨後會意到她可能是害怕獨自一人，於是輕輕拍了拍她的手，莞爾說：「好，那我就在這裡改考卷，妳就安心睡吧。」

他的話讓她覺得心暖暖的，「謝謝你。」

張允杰把考卷和檯燈都移到床邊的小茶几上，然後席地而坐，繼續改考卷的工作。

謝品君緩緩閉上眼，雖然疲憊，卻遲遲無法入睡，被自己的心跳聲吵得睡不著。

難不成是躺在他床上的關係嗎？

思緒至此，她睜開眼，轉頭看向他正在工作的背影。

「老師。」

他回過頭，「怎麼了？睡不著嗎？」

「對。」她尷尬點頭。

他想了一下，然後說：「既然這樣，那來陪我改考卷吧，看點無聊的數學，說不定就會想睡了。」

她一聽，馬上離開床舖，坐到他的身邊，安靜地看著他批改數學考卷。他沒有說話，只是專心看著考卷上的算式，時而用紅筆在算錯的地方修改。

「我以前最討厭的科目就是數學了，尤其是全部都計算題的時候，連猜都不能猜。」謝品君看著一張滿江紅的考卷，想起了自己以前同樣悽慘的分數。

「我也很討厭計算題，每次都改到很頭痛。」他無奈笑著。

「老師果然跟我們有一樣的煩惱。」

他輕輕笑了笑，改考卷的手沒有停下。

「我總覺得今天晚上過得好慢喔。」謝品君閉上雙眼，屈起雙腿，下巴輕靠在膝蓋上，回想著今天晚上的經過，「奇怪的是，明明前一個小時還害怕得要命，現在卻覺得好安心，果然有老師在身邊真好。」

「我也是。」他停下手，「我也很慶幸我能在妳的身邊。」

她聽了，不禁莞爾。不久後睡意漸漸向她侵襲而來，不是因為數學而想睡覺，而是因為他在身邊的緣故。

他們有一搭沒一搭聊著，她的聲音越來越小，說的話也越來越含糊，不久之後他就感覺到左臂膀上有重量傳來。他看著靠在他身上睡著的她，轉身拉了床鋪上的棉被，然後小心翼翼替她蓋上，不想驚動到剛入睡的她。

替她蓋好棉被之後，他沒有移動身子，只是維持同樣的姿勢，盡可能只動到右手就好。

夜已深，房間很安靜，只能隱約聽見她微微的呼吸聲。

看來是已經完全睡著了。

在半夢半醒之間，感覺到疼痛在全身蔓延。傷口比她想像中的還要痛，謝品君痛得睡不著，半瞇著眼，看了床頭上的鬧鐘，現在才清晨四點多而已。她疲憊地再次閉上眼，隨後忽然發現自己竟躺在柔軟的床上。

她驚訝地坐起身一看，發現張允杰側臥在床鋪底下，身上只蓋了一件外套。

望著這樣的他，她不禁心想：他真的是一個很溫柔的人啊。

她拉下身上的棉被，然後替他蓋上，讓他能回到溫暖當中。

「允杰，真的很謝謝你。」她輕聲地說。

他沒有醒來，只是翻了個身，依然熟睡著。

早上十點多，他們離開了醫院，張允杰二話不說就直接往高速公路開去。

「老師，你要去哪裡？」謝品君發現這不是回她家或是去車站的方向。

「妳不是說要回屏東嗎？」

她頓時一驚，才發現這是開往高速公路的方向，「你不會是要開車載我回去吧？不行啦，這樣太累了，你送我到車站就好了。」

「不行！」張允杰沒有改變方向的打算，「昨天晚上發生了那種事情，現在要是沒有親眼看見妳進家門，我都不會放心。」

「可是，這樣真的很麻煩你欸。」她能理解他的好意，可是不想要麻煩他。

「怎麼會麻煩？是車子在走，又不是我人在走。」張允杰不以為意地說：「再說，今天星期六放假我也沒事，而且我剛好也很久沒去屏東了。」

謝品君無奈失笑，「你難得去屏東一趟，卻是為了這種事情。」

「別這樣說，等事情解決之後，再找個時間，妳陪我去屏東玩吧。」

望著他專注開車的側臉，她點頭，「好。」

是啊，等事情解決了之後再來一次，她相信這件事情一定有辦法解決的。

直到下午三點多，他們終於抵達謝品君的屏東老家，家裡經營的熱炒店正在休息，店內一片昏暗。

「媽！」

「小君？今天怎麼會突然跑回來？」正在打掃門口的謝媽媽一看見女兒回來，笑容頓時在臉上綻開，開心地問。然而，下一秒卻發現她身上的傷口，隨即驚慌起來，「小君，妳是怎麼了？怎麼會傷成這樣？」

「媽，我……」一看見媽媽，她頓時有些退縮，她轉頭看向身後的張允杰一眼，他朝她點點頭，她回過頭，深呼吸了一回，鼓起勇氣說：「媽，其實我今天回來，是有一件很嚴重的事要跟妳和爸說。」

這次，她一定要把所有事情都說出來，絕對不能再逃避了。

謝品君難得回家一趟，可是家裡卻瀰漫著沉重的氣氛。謝品君把昨天晚上發生的事情全都告訴父母，不再有任何隱瞞。在這段期間，張允杰則是在車上等她，沒有進去打擾他們的家庭聚會。

「那些人真的是太過分了，竟然把好好一個女孩子弄成這樣。」謝媽媽心疼地看著女兒身上的傷口。

謝爸爸緊皺著眉，不發一語地看著謝品君，對於女兒的擔心和心疼全都寫在他的眼底。

「妳報警了嗎？」謝媽媽問。

謝品君搖頭。

謝媽媽著急了起來，「為什麼都碰到這種事情了還不報警處理？」

「報警動作太慢了，如果昨天還在那邊等警察來，我恐怕早就已經被他們拖走了，我那時候只想著要怎麼順利逃走而已。謝品君解釋，「不過，比起這個，現在最重要的是要先找到品翰，不然接下來的事根本沒辦法處理。我現在連絡不到他，他的手機完全打不通。」

回屏東的這段路上，她還是試著和謝品翰連絡，可是都和昨天晚上一樣，撥出去的電話全轉入語音信箱。

「所以，阿翰到底欠了多少？」謝媽媽憂心地問。

她搖頭，「我也不知道。」

雖然不清楚，但她感覺得出來應該欠了不少，恐怕是他們家無法負荷的數字。不過，這些話她只是放在心上，暫時沒有說出口，不想讓父母因為還沒確認的事情而擔心。

「真受不了這傢伙，整天無所事事，就只會在外面給我們惹一堆麻煩。」謝爸爸嘆了一口氣，和過去對謝品翰的破口大罵相比，他現在只是低聲罵著，口氣充滿了無奈和失望，聽了更讓謝品君覺得心痛。

「好了啦，現在罵他也沒辦法解決事情，最重要的是要快點找到他的人。」謝媽媽安撫著他的情緒，隨後輕嘆一口氣，「不過，怎麼會突然發生這種事？」

看著失望難過的父母，謝品君沒辦法再隱瞞，決定把和謝品翰發生過的事都告訴他們。

「其實，品翰他從大學畢業開始，就陸陸續續在跟我借錢。每次我問他為什麼借錢，他都說是投資工作，內容總是說得不清不楚的。所以，後來我也不再理他了。」

除了借錢的事，就連他跑來找她要搶錢的事，謝品君也一五一十說了出來。然而，卻換來了媽媽的不諒解。

「這種事情怎麼現在才說？」謝媽媽錯愕地問，語氣有些責怪，「小君，如果妳早點告訴我們，說不定我們就能早點處理阿翰的事了。」

「我……」她微微一怔，然後小聲地替自己辯解，「我只是不想讓你們擔心而已……」

「可是，妳現在不是讓我們更擔心了嗎？」

她頓時語塞，無法反駁媽媽的質問。

是啊，如果她早點說出來的話，現在事情是不是就不會這麼嚴重了？

「妳現在是在說什麼啊？怎麼可以把錯全都怪到品君頭上？做錯的人是謝品翰，不是品君吧？」謝爸爸出聲，不悅地說。

謝媽媽頓時一陣驚慌，看了她一眼，又看向謝爸爸，緊張解釋，「我不是在怪小君的意思，我只是覺得這種事情要早點說出來比較好，不要等事情鬧大了才說。」

「早點說出來又怎樣？妳覺得那小子是會聽我們話的人嗎？就算品君講了，我跟妳保證，他照樣去賭啦。」

「阿翰他……」謝媽媽很想替謝品翰說些什麼，可是卻也無法反駁謝爸爸說的事實。

「總之，現在不是吵這個的時候，還是先找到那個臭小子要緊。」謝爸爸大嘆了一口氣，緊皺的眉頭始終沒有鬆開，「我們先報警處理吧，請警察幫忙找那小子，我也會請親戚朋友那邊幫忙多注意一下的。我現在就去打電話。」

謝爸爸說完便起身離開，留下謝品君和謝媽媽兩人。

謝品君面對媽媽，心裡還是覺得愧疚，正想開口道歉，媽媽就率先開口，抱歉地說：「小君，媽媽剛才只是一時心急，沒有責怪妳的意思。」

她搖搖頭，「對不起，以後不管發生什麼事，我都會早點讓你們知道。」

對此，謝媽媽沒再說什麼，只是輕輕摸了摸她的頭，然後說：「我們一起把阿翰找出來吧。」

可是，不管他們怎麼找、怎麼連絡，謝品翰依舊音訊全無，當他們接到謝品翰的消息，已經是半個多月以後了。

然而，卻是來自台北某間醫院的通知。

謝品君從來沒有想過，再次見到謝品翰，竟然會是以這樣受重傷的狀態。曾經那樣囂張跋扈的他，現在臉色蒼白地躺在病床上，面頰消瘦憔悴，臉上沒有絲毫血色，全身都纏滿了紗布，包括頭部也沒有倖免，還必須要仰賴呼吸器維持生命。

若不是他身上有身分證，不然謝品君根本認不出來這是她的哥哥。

醫生說，謝品翰的頭部曾遭受過強烈撞擊，全身都是被毆打所致的挫傷，在郊區被人發現的時候就一直處於昏迷狀態。雖然有生命跡象，但是相當微弱，能不能清醒過來還是一個未知數。

在接到醫院通知之後，媽媽的眼淚從未停過，爸爸的眉頭始終深鎖。

「一個好好的人，怎麼會變成這樣？」謝媽媽泣不成聲，看著躺在床上的謝品翰，痛心地問：「你為什麼老是要做讓爸媽傷心的事？」

謝爸爸不發一語，不再像過去謝品翰做錯事時破口大罵。沉重的心痛，全都鎖在了無語當中，但他迅速拭去的眼淚，全都被謝品君捕捉在眼裡。

面對昏迷不醒的謝品翰，謝品君沒有哭，可是她卻覺得心空空的，好像被掏空了一樣。

只是，麻煩事卻在悲傷之後接踵而來。

謝品翰雖然受重傷，但他的債務問題並沒有因此解決，債主在他們抵達醫院的當天晚上就來到醫院，向他們索取謝品翰積欠的債務。

當初謝品翰借的二十萬，在高利貸的利息循環之下，如今變成了兩百多萬的債務，這完全不是他們家能負擔的金額。

就算債務人不是她，也不是她的父母親，除了謝品翰之外，他們誰都沒有償還的義務，可是幾乎每天都要面對債主的惡意騷擾以及言語恐嚇，他們不堪其擾，不只是醫院的其他病人，就連謝品翰也無法受到完全的靜養。

「爸，我們回屏東吧，只要回屏東，他們就不會再來了。」謝品君提議。

「不行，台灣就這麼一點大，逃得了一時也逃不了一世，就算回屏東，他們遲早也會找到我們的。只要查一下品翰的戶籍就知道我們家在哪裡了。」謝爸爸認為這並不是解決的方法。

「可是，再這樣下去也不是辦法，你們總不能一直住在醫院吧。」

謝品翰住院已經一個禮拜了，她平時要上班，只能晚上來醫院幫忙。看著越來越憔悴的父母，她真的覺得很心疼。

「我們遲早都會帶品翰回家，只是回家之前必須把這件事情解決掉，不能把這些問題帶回屏東老家，妳爺爺年紀大了，可禁不起這種騷擾。」謝爸爸嘆了一口氣，「總之，這幾天我會先回屏東一趟，我會想辦法借錢，把品翰欠高利貸的那筆錢還清。品君妳就留在這裡陪媽媽，有事就馬上報警處理。」

「可是，去借錢還債，也沒有把問題解決啊。」她擔心地說。

「我當然知道，可是欠朋友錢總比欠高利貸的好吧？不然，利息再繼續增加下去只會變成無底洞而已。」謝爸爸說。他知道借錢還債並不能解決所有問題，至少可以先解決目前債主的惡意騷擾。

為了謝品翰的債務，謝爸爸費盡心力到處向親戚朋友借錢，還動用他們家多年累積下來的存款積蓄，幾乎花光家裡的財產，好不容易才讓謝品翰欠高利貸的問題暫時告一段落。然而，即使少了債主的騷擾，謝品翰依舊沒有好轉的跡象。父母親決定把他轉回屏東的醫院就近照顧，畢竟他們不可能長期一直待在台北，他們的生活還是要顧，也不放心現在獨自一人留在屏東的爺爺。

於是，謝品翰在住院的第十五天轉院回到了屏東，父母親也跟著他回到屏東老家。等謝品君在醫院收拾完，張允杰便載她回到租屋處。

「老師，這段時間真的很謝謝你的幫忙。」

謝品翰在台北住院的這段期間，每天都是張允杰載她在醫院和公司兩邊往返。除此之外，他也會幫她的父母親準備一些吃的以及日用品，讓他們不需要太煩惱生活上的問題。

「不會，如果能幫上妳的忙就好了。」張允杰說。

在電梯裡，兩人面對面站著。這些日子以來，謝品君每天都是公司和醫院兩邊跑，幾乎沒有什麼休息的時間，整個人消瘦了很多，就連臉色都變得很差，看起來很沒精神的樣子。

「辛苦了。」張允杰心疼地輕撫著她的右臉頰，冰冷的溫度傳進指尖。

謝品君輕輕握住了他的手，讓他的溫暖停留在臉上。望著他，她說：「你也是，謝謝你。」

一回到房間，謝品君整個人突然有了放鬆的感覺。她把手提包隨意放到床邊，坐在床鋪上，看著自己的房間，「感覺好像好久沒回來了。」

每天在這裡停留的時間太短，此刻走進房間，就有一種好像很久沒進來的感覺。

「所以，週末這兩天妳就好好休息吧。」張允杰在她的身邊坐下，將她微微翹起的髮梢弄順。

他的溫柔自指尖傳來，讓她的心頓時一陣蕩漾，也動搖了她原本的決定。她突然很猶豫要不要告訴他，自己對未來的打算。

察覺到她的表情變化，張允杰停下手，問：「品君，妳怎麼了？身體不舒服嗎？」

她搖搖頭，想了一下，還是決定要第一個告訴他，「老師，其實……我這幾天一直在想一件事。」

「什麼事？」他看著她，溫柔地問。

「我……」她遲疑了一下，然後說出了心中的打算，「我想辭掉台北的工作，跟我爸媽他們一起回屏東。」

「回屏東？」

「嗯，我爸媽他們年紀也大了，不可能這樣每天照顧品翰。不管是品翰的事也好，還是家裡的生意也好，我想，我回屏東之後多少能分擔一些，我不希望他們那麼操勞。」

「這麼說也是。」

回想著這些日子以來發生的事，其實她會有這樣的決定，他也不意外。可是心裡還是有太多的不捨，捨不得她就這麼離開台北。但他也不方便勸她留下來，畢竟是家人的事。

「那妳打算什麼時候搬？」無論心裡有多不捨，他還是故作平靜地問。

她低下頭，不敢直視他的目光，只是低著頭看著他的鞋子，淡淡地說：「要看公司什麼時候准辭呈吧，我想最快這一個月以內就會搬了。」

如果沒有遇見張允杰，離開台北這件事就不會讓她這麼不捨，肯定還能再灑脫一點。

忽然間，一陣力量攬住她的肩膀，她隨即陷入一陣溫暖當中，他輕擁著她，讓她輕靠在自己的胸膛前。

她頓時一怔，他的聲音隨後自上方傳來，「這段日子辛苦妳了，回到父母身邊好好休息吧。」

「嗯……」她低應了一聲，鼻頭開始有些酸楚。她閉上眼，感受到眼眶裡的溫熱。

「我啊，一定會很想妳的。」他輕聲地說，用最平淡的語調道出他將來的思念，不想讓她察覺到他太多的不捨。

「我也是。」她說，喉嚨間變得乾澀。

雖然這次是自己的決定，可是為什麼每次她喜歡上他的時候，都必須要和他分開？就像六年前那時候一樣。

會不會等到他們下次見面的時候也是六年後的事了？

一想到充滿不確定的未來，她忍不住伸出手，環住他的腰際，深深地回抱住他。

即使給了她再次相遇的機會，但她還是抓不住這段緣分。

謝品君的辭呈在上禮拜已經核准，她也和房東約了明天要退租點交的時間，再過一個晚上，謝品君就要搬回屏東了。

不方便隨身攜帶的大型行李，她都已經事先寄回家，剩下的行李全裝在一個大型旅行袋和一個後背包當中。站在房間正中央，靜靜看著已經收拾得差不多的房間，她心裡覺得更加不捨，大學畢業之後她就搬來這裡，也住了將近四年的時間。

叩叩叩。

門邊突然傳來了敲門聲，她還沒應聲，方承洋的聲音隨即傳來，「品君，我是承洋，妳在家嗎？」

一聽見是方承洋，她趕緊走去開門。

「太好了，還好妳在家，我這陣子一直在忙期中報告，回來的時候都很晚了，很擔心一直碰不到妳。」看見她，方承洋笑得很開心，關心詢問，「妳東西都收拾好了嗎？有沒有需要幫忙的地方？」

「沒有，都已經收拾好了。」她笑著說：「要進來坐一下嗎？」

「好啊。」方承洋走進她的房間，突然聞到了什麼，吸了吸鼻子，問：「妳房間怎麼會有咖啡的味道？妳在煮咖啡喔？」

「沒有，我今天去咖啡館找老闆跟怡萱，想說回家之前跟他們說個再見，結果他們送了我好多咖啡豆。」她指著放在角落的行李袋，緊閉著拉鍊，也擋不住咖啡豆的香氣瀰漫在空氣中。

在這樣的日子裡聞到咖啡的味道，讓她有點感傷，沒想到曾經令她懷念多年的味道，竟會變成道別的味道。

「他們人真好。」

「是啊。」謝品君莞爾。

「對了，我聽老師說妳是明天下午兩點的車對吧？」

「嗯。」

方承洋皺起眉，失望地嘆了一口氣，「怎麼這麼不湊巧啊？要不是我剛好要期中考，我一定蹺課過去送妳。」

「不用了，你還是乖乖考期中考吧。」她無奈失笑。

其實，她就是刻意選擇平日要上課的時候回家，不想讓張允杰來送她。因為到了車站，她肯定會更捨不得離開，也會更不想和他說再見。

「品君，雖然只是一點小小的心意，但我有禮物要給妳喔。」他神秘兮兮地笑了笑，從皮夾中拿出了一張照片遞給她，「這給妳，我想妳會比我更需要它。」

這是之前在 Grazie 咖啡館和方承洋還有張允杰拍的拍立得照片，那瞬間的快樂全都定格在照片上。看著照片，那時候的點點滴滴都湧上心頭，她記得當時自己還把張允杰錯認成張子賢，一直認為張子賢才是記憶中的他。

「承洋，謝謝你。」她收下禮物，覺得心暖暖的。對她而言，回憶的紀錄是一份比什麼都珍貴的禮物。

「不過，這是什麼東西啊？」她發現照片背後有一個奇怪的塗鴉，所有的線條纏成一團，看起來不像是字，也看不出來是什麼圖案。

方承洋揚起下巴，得意地說：「這是我的簽名。」

「所以，這是你的簽名照嗎？」謝品君錯愕地問。

「沒錯！世上僅此一張！」他朝她眨了眨眼，「只有妳才有喔。」

謝品君被他逗笑了，「是喔，這麼好？」

他笑瞇了眼，「因為我很喜歡品君。」

她微微一怔，有點嚇到，「咦？」

「品君感覺就好像我的姊姊一樣。」他笑著說：「我很喜歡妳。」

謝品君輕輕地笑了，他率直的告白讓她感到很溫暖。她看著笑容總是燦爛的他，打從心底說：「我也是，很高興能夠認識你。」

和方承洋聊到一半，謝品君的手機忽然收到張允杰傳來的訊息。

張允杰：「有空嗎？要不要一起吃個飯？」

看著訊息，她突然很想哭，只是一則訊息而已，可是卻讓她好捨不得。

「是誰傳來的啊？」看謝品君遲遲沒有動靜，方承洋忍不住好奇地問。

「老師傳來的，問我要不要一起吃飯。」

自從有了搬回家的打算，張允杰來找她的時間更多了，感覺就像要把握最後相處的時間一樣。

「那妳就快去吧。」

「你要不要一起？」她問。

「我才不要咧，老師又沒約我，我跟去幹麼？」方承洋拿出自己的手機，果然沒有任何訊息通知，他撇撇嘴，「要是我跟過去的話，老師一定會翻我白眼。」

「老師他才不會這樣。」

「那是對妳不會，我覺得自從老師認識妳，就對我越來越冷淡了。每次要他來載我，他都說他沒空，要去接品君下班，害我都有一種失寵的感覺。」方承洋哀怨地放下手機，接著站起身，「好啦，我要回去一個人孤單吃晚餐了，今天晚上老師就讓給妳吧。」

方承洋的話沖淡了一些不捨，謝品君輕輕地笑了，由衷地說：「承洋，謝謝你。」

「明天是幾點的車？」

吃完晚餐的回家路上，張允杰再次和她確認明天回家的火車時間。

「兩點十六分那班。」謝品君說，她好希望時間能走慢一點，這樣分別的時刻就不會那麼快到來。

「抱歉，明天要上課，沒辦法去車站送妳。」

「沒關係啦，我自己一個人也沒問題。」她頓了頓，「這段時間，我已經麻煩老師太多事了。」

「別老是把這些事當作我的麻煩，能夠幫上妳的忙，我真的很開心。」

他溫柔的聲音總能讓她感到心暖暖的，可是此刻這份溫暖對她而言太過灼熱，她覺得胸口好燙，突然難以呼吸。她輕吁了一口氣，輕聲地說：「謝謝老師。」

說出口的同時，她才察覺到自己聲音裡的哽咽。

或許是因為分別的時候就要到了，謝品君覺得今天回家的路程似乎特別短。當他把車停在巷口，她的眼眶便微微發熱了起來。

「唉，真捨不得讓妳下車。」張允杰輕嘆一口氣，扶著方向盤，遲遲沒打開門鎖。

今晚和她說再見之後，不知道下次見面又會是什麼時候？

想和他多相處的想法實在太過強烈，謝品君忍不住問：「那你今天要不要留下來？」

張允杰微微一愣，隨後輕輕地笑了，無奈地說：「笨蛋，怎麼可以隨便邀請男生到妳家？」

她低下頭，小聲地說：「我又不是隨便什麼男生都邀請。因為是你，我才會這麼說。」

他頓時一愣，收起笑容，沒有說話。

「我很擔心我爸媽他們，可是我也很不想跟你分開。」受到不捨情緒的影響，她再也壓抑不住情緒的翻騰，她低下頭，哽咽地說：「我好不容易又遇到你了，沒想到又要和你分開，我真的很怕我們下次見面會不會又是六年後的事。」

說著說著，她忍不住哭了起來，她一邊抹掉潰堤的眼淚，一邊哭著說：「為什麼這次和六年前一樣，都是當我喜歡上你之後就要分開？這樣的話，我以後根本就不敢喜歡你了。」

她越說越不知道自己在說什麼，可是到了最後的最後，她還是想把自己所有的想法都傾訴出來。

「老師，我一直都很喜歡你，六年前和現在都很喜歡你。」

不只是現在的心情，就連六年前來不及對他說的話她都說了出口。就算會被拒絕也沒關係，她獨自守著之前留下的遺憾走過六年的時光，她不想再帶著同樣的遺憾離開他了。

「品君。」

當張允杰的聲音傳來，謝品君擦眼淚的手隨即被一陣溫暖包覆住。她抬起頭，發現他的眼神比平時更溫柔。

他伸手輕輕擦去了她臉上的淚水，輕聲地問：「品君，和我在一起好不好？」

她微微一愣，隨後驚慌了起來，她完全不敢相信自己聽到了什麼，緊張地說：「老師，你不用為了配合我的話這樣說啦。」

「我不會拿這麼重要的來開玩笑。」張允杰莞爾，「是因為一樣喜歡妳才這麼說的。」因為喜歡她，所以才會捨不得她，想留她在身邊，可是同時也是因為喜歡她，所以更該尊重她所做的決定。

在和她重新相處的這些日子裡，張允杰已經在不知不覺中對她有了好感，不是出於對過去的思念，而是重新認識之後相處的累積。只不過，他一向習慣隱藏自己的情緒，喜歡這種話他幾乎不會主動說出口，只把對她的喜歡表現在日常與她的相處中。

「六年前，我們都還不知道彼此的名字和聯絡方式，沒有約定也沒有承諾，所以才會隔那麼久才見面。」他看著她，眼底盡是溫柔，「可是，這次不一樣啊。」

「哪裡不一樣了？」謝品君不明白，明明同樣都是分開，怎麼會不一樣？

他微微一笑，然後解開安全帶，側過身，手輕靠在椅子上，輕輕吻住她，溫熱隨即在她的唇上蔓延開來，她愣住，瞬間忘了該如何呼吸。

半晌，他放開她，沒有拉開和她之間的距離，近距離凝視她。看著表情呆愣的她，他低聲承諾，「妳放心，這次我不會再讓妳自己一個人了。」

說完，他情不自禁再次吻了她。直到再次感受到只屬於他的溫柔，她才回過神，聽見了自己的心跳聲。

如果可以的話，她真的好希望時間能永遠停留在這一刻。

第・八・章

轉眼間，謝品君回到屏東的日子已經過了三個月，春天的腳步近了，天氣也漸漸暖和了起來。然而，謝家並沒有因為春天的到來隨著明朗，謝品翰依舊昏迷，完全沒有清醒的跡象，而謝品翰留下的負債，也為家中經濟狀況增加了更多壓力。

早上九點多，謝品君坐在店裡的圓桌旁挑菜，幫忙爸爸做中午營業的備料。這時，她的手機忽然收到一則訊息通知。

張允杰：「我這個禮拜六會去找妳，大概早上十點到車站。」

能和張允杰見面，讓謝品君很期待，但是每次只要想到平日要上課，假日還得北奔波，她真的很捨不得。她不是沒有想過回台北找張允杰，可是在她打算北上的那一天，一到車站，就會突然接到醫院的突發狀況通知。儘管後來謝品翰的狀況穩定下來了，但在那一天之後她就無法放心離開屏東，就算只有一天也沒辦法。

看著他傳來的訊息，她想了好久才回覆，問他搭這麼早的車不會累嗎？

張允杰：「怎麼會累？我很想妳，所以想早點見到妳。」

一看見他對她的思念，鼻尖就傳來了一陣酸楚。

張允杰很少透過言語表達思念，每次看到這樣的話，總讓她覺得特別苦澀。

其實，遠距離戀愛比她想像中還難熬，尤其是對於才剛開始交往的他們而言，彼此的想念更是深切。即使現在通訊發達，不論是電話還是訊息都能馬上聯絡，不管通話也好，視訊也好，都能瞬間縮短彼此之間相隔一個台灣的距離，可是她仍很貪心地覺得這樣不夠，冰冷的手機螢幕比不上面對面的溫暖，每次聽見他的聲音或是看到出現在視訊畫面中的他，思念從來不會因此減緩，只會越來越濃烈。

她吸了吸鼻子，然後回：「我會再去車站接你。」

畫面上很快就出現了已讀的紀錄。

張允杰：「好，到時候我們再一起去看妳哥。」

張允杰每次來屏東，都會去醫院探望謝品翰。其實她很不希望他搭這麼久的車來屏東還要往醫院跑，可是他總說他來屏東不是來玩的，而是來陪她，他不希望她因為他刻意改變作息，就算一個月只有幾天也好，他都希望能陪她走過每個日常的時刻。

他為她做了這麼多，她能做的只是向他道謝而已。她知道不管說了多少謝謝，也永遠比不上他所做的這些。

謝爸爸抱著高麗菜經過，看見正在看著手機發呆的謝品君，忍不住問：「妳怎麼了？在跟台北的男朋友傳 LINE 嗎？」

爸爸的聲音讓她回過神，她轉頭回應，「對啊，他說這禮拜六要來。」

謝爸爸低應了一聲，看著放下手機開始繼續挑菜的女兒，久久不語。

午餐時間結束後，店裡暫時進入了休息狀態。即使到晚上開始營業前還有一段空檔，謝品君也沒有因此閒著。她離開家，準備去和正在醫院照顧謝品翰的媽媽換班。

當她抵達醫院，媽媽並沒有在病房裡。此時除了她和謝品翰，沒有其他人在，整間房間靜得只剩下儀器的規律聲響。謝品君走到床邊坐下，看著仍須仰賴呼吸器維持生命的雙胞胎哥哥。

雖然是雙胞胎，但她和謝品翰從小感情就不好，每次碰面不是鬥嘴，就是直接忽視對方，很少好好說話過。她從來沒有想過，自己竟然會有這樣看著哥哥的一天。他們現在不吵架了，卻是在如此悲傷痛心的情況下。

而這樣不吵架的日子還要維持多久？她突然開始懷念和謝品翰吵架的時候。

「謝品翰。」她看著他許久，然後開口問：「你還要睡多久？已經睡三個多月了，你差不多也該醒了吧？媽媽他們都很擔心你，也很傷心，你知道嗎？」

然而，就和平常一樣，此刻回應她的依舊只有儀器的嗶嗶聲。

「我當然知道你很討厭我，也不可能會聽我的話。」

就像他討厭她一樣，她也很討厭他，討厭這個老是給她惹麻煩的雙胞胎哥哥，討厭到甚至曾經想，如果哥哥消失就好了。可是，現在的她卻比誰都還希望他能夠清醒過來。

眼眶微微發熱了起來，她哽咽地說：「如果你還有一點良心，就快點給我醒過來，跟爸媽還有爺爺他們道歉。」

然而，謝品翰還是一如往常，沒有聽進她說的話。隨著春天的腳步離去，謝品翰終究還是離開了。

「媽，妳多少吃一點吧，我真的很怕妳的身體會受不了。」

面對謝品君的懇切拜託，面容消瘦憔悴的謝媽媽只是搖搖頭，不發一語地看著謝品翰的照片。

「不然，喝一點熱湯好不好？」謝品君拿起盛著熱湯的碗，遞到媽媽的嘴前，可是換來的依舊是她的沉默不語。

看著傷心欲絕而遲遲不願意吃飯的媽媽，謝品君很焦急。可是她無能為力，就算心裡再怎麼著急，她總不能硬逼著媽媽吃飯。

「品君。」

就在她著急得不知道該如何是好的時候，門邊傳來了張允杰的聲音。她轉過頭，張允杰指著手錶提醒她，「時間差不多了，我們該準備出門了。」

「好，我馬上過去。」她點頭應聲。雖然很擔心媽媽，但她也只能暫時先放下碗，「媽，我把午餐放在這裡，妳記得要吃，我先帶爺爺去醫院做復健，等一下再回來陪妳。」

謝媽媽還是沒有回應她，只是茫然失神地看著手中的照片。謝品君無力地輕嘆了一口氣，然後走出房間。

張允杰已經推著坐在輪椅上的爺爺在房間門口等她。

一看見她，張允杰擔心地問：「伯母還是一樣不吃飯嗎？」

「嗯，一口都不肯吃，我真的很擔心她的身體。」謝品君嘆了一口氣，覺得很無力，完全不知道該怎麼勸媽媽才好。

春天已經離開好久了，但謝品君他們家的夏天卻沒有遲遲到來，反而像是時序倒轉，他們家彷彿回到了陰冷的冬天，沒有陽光，只有寒冷。就像陷入了永無止境的噩夢，謝品翰的離開，讓他們家襲上了更沉重的悲慟氣氛，媽媽和爺爺都因為承受不了謝品翰的去世而傷心欲絕。謝媽媽難過到幾乎不進食，也不再做其他事，整天只是看著謝品翰的照片發呆，謝爺爺甚至還因此中風，現在行動都必須靠輪椅輔助。

「連爺爺都變成這樣，我真的不知道該怎麼辦才好。」謝品君看著輪椅上的爺爺，心中的無力感更是強烈。

「別擔心，我會陪妳。」張允杰輕輕拍了拍她的肩膀，像是給予力量似地安慰她。

他知道現在的謝品君比任何時候都還需要陪伴，因此，只要一放假就會從台北趕來屏東，陪她一起照顧家人。

謝品君莞爾，「幸好我還有你。」

這段時間，要不是張允杰陪著她，她真的不知道自己能不能撐下去。精神壓力所帶來的疲憊遠遠超越想像，照顧媽媽和爺爺很累，但是讓她更累的，是看到他們這樣傷心欲絕的心痛，以及不知道該如何是好的無力感。而且，更讓她擔心的，是不曉得這樣的日子究竟還要持續多久。

「爸，我帶爺爺去做復健，這裡就麻煩你了。」謝品君和張允杰走到前方店面，謝爸爸正在整理剛結束營業的熱炒店。

「嗯，這裡交給我就行了。」謝爸爸低頭用力刷著鍋子。雖然謝品翰的離開同樣讓他感到悲傷心痛，但日子還是要過下去，要是現在連他都倒下，這個家還有誰能來支撐？還沒償還的債務重擔又要怎麼辦？他不希望所有責任全都落到謝品君身上。

「伯父，我們出門了。」張允杰和謝爸爸打了一聲招呼。

謝爸爸抬起頭，張允杰向他點頭致意。謝爸爸看著張允杰許久，低聲地問：「每個禮拜都這樣，不累嗎？」

張允杰愣了一下，隨後搖頭，「不會。」

謝爸爸沒有說話，低下頭繼續刷鍋子。

在謝品君陪謝爺爺去做復健時，張允杰趁著這段空檔，在復健室外頭找了一個空位坐下休息。坐在椅子上，他整個人向後仰，背倚著牆，閉上了沉重的眼皮，眼前隨即陷入了一片黑暗，他想起了來醫院前謝爸爸問他的話。

「每個禮拜都這樣不累嗎？」

他說他不會累。可是，怎麼可能不累？現在，他的頭痛到好像快爆炸了一樣。

張允杰幾乎每個禮拜都會來找謝品君，工作壓力和長途的車程，都讓他的體力漸漸有點吃不消。再加上媽媽最近不知道為什麼越來越常回家，只要看見媽媽，他就會很不自在，尤其是看見媽媽總是把他當成空氣一樣的態度，就讓他覺得渾身不舒服。就算是待在家裡，但只要媽媽也在，感覺能讓他好好休息的地方都沒有了。

他緩緩睜開眼，看著天花板，輕吁了一口氣。

他很喜歡謝品君，所以再辛苦他都願意陪在她的身邊。可是他卻覺得自己的身體好像漸漸開始沒辦法跟上他的意志力，繼續負荷這種疲勞。有時候他甚至會想，這樣的日子究竟還要持續多久？然而，這些壓力和疲倦他沒打算對謝品君說，因為他知道現在的謝品君比他更累。哥哥離世、媽媽和爺爺都生了重病，再加上家裡積欠的負債，他沒辦法替她分擔實質的壓力，只能盡可能減少她的疲憊。所以不管怎麼樣，他都一定要撐下去，好好陪在她的身邊才行。

他在心裡這麼告訴自己之後又緩緩閉上眼，意識隨後變得越來越模糊。

復健結束後，謝品君推著爺爺走到外面找張允杰。才走出復健室，她就看見張允杰閉著眼坐在一旁的椅子上，看起來應該是睡著了。她慢慢走到他身邊坐下，他沒有察覺到她的靠近，依舊動也不動閉著眼。看著這樣的他，她不禁嚇了一跳，她現在才發現他的臉色很不好，就連眼底下的黑眼圈都加深了許多。

這段日子她的心思都放在媽媽和爺爺身上，已經好久沒有好好關心他了，怎麼連他都變得這麼憔悴？

思緒至此，她突然覺得自己這個問題很好笑。他怎麼可能不累？她都只想著家裡的事情，只依賴他付出的溫柔，卻忘了其實他承受的疲憊沒有比她少。

謝品君心疼地輕輕伸出撫上他的臉頰。觸碰到他的瞬間，熱度頓時從指間蔓延開來。

他在發燒嗎？

她一驚，連忙要再試探他的體溫，他卻在此時睜開了眼，她的右手停在半空中。

「品君？」他茫然地看著她，隨後才恢復笑容，「已經好了嗎？」

「允杰，你是不是在發燒？」她回過神，伸手貼上他的額頭，發現他現在的體溫比一般體溫還要高，她睜大雙眼，「你真的在發燒欸。」

「有嗎？」他摸了摸自己的臉，笑著說：「這還好啦，我的體溫本來就比較高，這是正常的。」

「這哪裡正常了？你這樣不行啦，我們快去看醫生。」她拉起他的手，不管他堅持自己這樣很正常，硬是帶他去掛號看醫生。

直到盯著張允杰吃完藥，謝品君才稍微鬆一口氣，可是心裡卻依然很擔心。這段時間的陪伴，果然還是造成他的負擔。看著張允杰，謝品君猶豫了一下，然後開口：「允杰，謝謝你這麼常來陪我。」

儘管她心理上很需要張允杰的陪伴，但她知道張允杰再繼續這樣下去絕對負荷不了，她不能因為自己而自私地不去顧慮他的身體狀況。

「但是，其實你不需要這麼常來找我，我一個人也沒問題。」她說。

他看著她半晌，淡淡地問：「不喜歡我待在妳身邊嗎？」

她一驚，連忙搖頭，「當然不是！我很喜歡你來陪我，可是我不想造成你的負擔，讓你這麼累。」

「我不覺得這是負擔啊。」他溫柔地說，彷彿現在發燒的人是她。「妳別擔心，如果覺得累，我一定會跟妳說。我可能只是最近學校比較忙才有點感冒了而已，吃個藥休息一下就好了，不用太擔心了。」

「可是……」

「可是什麼？我會陪妳度過這一切的。」他打斷了她的猶豫，輕輕拍了拍她的手，微笑著說：「除非是妳不喜歡我待在妳身邊，妳應該不會不喜歡吧？」

她連忙用力搖頭。

「那就好。」他笑著說。

面對這樣的他，她突然不知道該說什麼才好。她怎麼可能會不喜歡他待在她身邊？她甚至還覺得現在的相處時間根本不夠，想能有更多時間跟他在一起。可是貪心想著這些的同時，卻也很擔心自己給他帶來負擔。

晚上，張允杰搭火車回到了台北，然後再搭張子賢的車回家。好幾個小時的車程，再加上吃了藥，張允杰覺得昏沉沉的，一坐上張子賢的車，他馬上就閉上眼睛想補眠，可是卻怎樣也睡不著。

「我說你啊，看起來好像快掛掉了，你再這樣下去沒問題嗎？」張子賢看著正閉眼休息的張允杰，擔心地問。

「什麼快掛掉？不要烏鴉嘴。」張允杰悶悶地應聲，累得不想睜開眼。

他不知道已經多久沒有這麼累了。離開謝品君身邊，他突然就覺得自己頓時好像失去了力氣，再也裝不出在謝品君面前營造的輕鬆模樣了。這大概是太過逞強的後遺症吧？

「我只是實話實說。我知道你疼品君，可是你也要注意一下你的身體吧？你的臉色未免也太差了吧。」張子賢著急地問：「看醫生了沒？」

「嗯，在屏東時已經看過，而且也吃過藥了。我現在好想睡覺，你不要吵我。」

「什麼叫我吵你啊？我是擔心你！」張子賢聽了又氣又急，「看到你這樣，難道品君都沒說什麼嗎？」

「當然有，她還叫我不要那麼常去找她，說她一個人沒問題。」張允杰緩緩睜開眼，看著車窗外的街景。不知道是不是受到藥物的影響，他覺得視線變得好模糊，喃喃地說：「但是，我怎麼可能放得下心？」

張子賢欲言又止地看著他，儘管心裡有很多想勸他的話，可是無論現在說了什麼，他一定都聽不進去。

還是不要打擾他休息好了。張子賢無奈心想，嘆了一口氣，然後發動汽車，往外婆家開去。

約莫過了三十分鐘車程，張子賢在外婆家門口停下車。他拍了拍已經睡著的張允杰，叫他起床下車了。

看著睡眼惺忪的張允杰，張子賢只能叮嚀，「你今天早點休息，不要太勉強了。萬一真的不舒服的話，明天請一天假也沒關係。」

「我都說了我沒事。」張允杰解開安全帶，依舊是那句話。

張允杰關上車門之後，張子賢連忙搖下車窗，對張允杰的背影說：「你一定要照顧好自己的身體，要是你倒下了，品君會有多傷心？」

張允杰停下腳步，隨後轉過身看著張子賢，堅定地說：「所以我不會讓自己倒下的。」

然而，此刻的張允杰臉色慘白，臉上盡是疲憊神情，這樣的他說出這種話，只讓人覺得他在逞強而已。

儘管事實上他真的在逞強。

不知道是不是因為雙胞胎的心電感應，讓張子賢感受到了張允杰此刻的不舒服和疲倦，張子賢突然有一種很不好的預感。

和張子賢說了再見之後，張允杰走進屋裡，隨即被堆在門邊的幾個大型紙箱嚇到。玄關處因為這些紙箱而顯得凌亂，和平時乾淨整齊的模樣不同，他一度還以為自己走錯了。

「允杰，你回來了。」

看著從客廳走過來的外婆，張允杰揉著隱隱作痛的太陽穴，納悶地問：「外婆，這些是什麼？妳訂了什麼東西嗎？」

外婆沉默了一下，接著說：「是淑惠的行李。」

張允杰一聽見媽媽的名字，頓時愣住，然後聽見了外婆說著媽媽已經離婚，並且會在最近搬回來住的消息。

他突然覺得自己的頭似乎更痛了。

對謝品君而言，張允杰就像是烏雲密布的天空中偶爾從雲縫露出的陽光。在這個被悲傷籠罩住的家，張允杰總能替她帶來溫暖和力量，如果沒有他的陪伴，她沒辦法想像自己該怎麼度過謝品翰離開之後的艱難日子。她明明不想這麼依賴他的，也常告訴自己不可以造成他的負擔。可是，他的溫柔還是讓她不斷沉溺其中，她才發現，依賴他早已經變成她戒不掉的習慣。

週五晚上九點多，謝品君遲遲沒有收到張允杰的訊息。他向來都會在禮拜五告訴她隔天到屏東的時間。

是在忙嗎？還是明天不會來呢？是不是因為感冒還沒完全好？

謝品君想起了這幾天在電話中的低啞嗓音，張允杰總說他已經好了，只是因為學校的事情太多，沒什麼睡，聲音才變成這樣，但她還是很擔心他忙過頭而沒有顧好自己的身體。矛盾的是，她明明很擔心他，希望他多休息，心裡卻還是渴望他能快點來找她。

就在她猶豫要不要主動打電話給張允杰時，手機突然響了起來。不是張允杰的來電，而是一組陌生號碼。在經歷了謝品翰的事情後，她對於陌生電話都很害怕，甚至選擇不接。然而，不知道是不是對張允杰的思念在作祟，她突然有一種感覺，覺得這通電話也許會是張允杰打來的，在這種莫名出現的心情驅使之下，她接起了這通陌生電話，然後熟悉的聲音傳到耳邊。

「喂？是品君嗎？」

一聽見這聲音，謝品君驚喜地睜大了雙眼。

真的是張允杰！

「允杰？你換手機號碼了？」謝品君方才的矛盾情緒頓時一掃而空，她感到又驚又喜，很慶幸自己接了這通電話。

電話另一端的人笑了起來，「品君，我是子賢啦！妳這麼想允杰喔？」

「咦？老闆？」謝品君愣了一下，隨後才意識到自己認錯人，她連忙緊張解釋，「對不起，因為老闆的聲音聽起來跟允杰一模一樣，所以我才一時沒認出來。」

「沒關係，不用叫我老闆，叫我子賢就好了。」張子賢笑了笑，然後問：「品君，妳現在方便說話嗎？」

「可以。」謝品君覺得奇怪，張子賢從來沒有打電話找她，不知道他突然來電是要說什麼？是要說關於張允杰的事嗎？

「太好了，我本來還很擔心現在這個時間打給妳會打擾妳。」張子賢鬆了一口氣地說，然後問起了她家的狀況，「最近家裡還好嗎？妳媽媽有沒有好一點？」

「她還是一樣不太願意吃飯。」謝品君應聲，一想到媽媽越來越憔悴，她就很擔心。

雖然張子賢的關心也讓她感到溫暖，但是當擔心家人的心情湧上心頭，她還是忍不住想，如果現在和她說話的人是張允杰就好了。

「希望她能早點好起來。」張子賢說。

「謝謝你。這是允杰跟你說的嗎？」

「是啊，妳家裡的事情我都聽允杰說過了，他真的很關心妳的事。」張子賢說，隨後忽然陷入了沉默。他沉默了好久，謝品君覺得奇怪，正要開口，和張允杰一模一樣的嗓音再度傳來。

「所以，品君，妳能不能也多關心一下允杰？」張子賢的語調平靜，雖然語氣中聽不出責備，但字裡行間卻有點在怪她不夠關心張允杰。

謝品君怔住，愣了好幾秒鐘才吶吶地問：「允杰他……怎麼了？」

「他很不好。」張子賢的聲音頓時沉了下來，他嚴肅地低聲說：「品君，允杰最近的狀況真的很不好。」

感覺好像頭頂被用力地敲了一下一樣，謝品君突然一陣頭暈目眩。

張子賢輕嘆一口氣，說話口氣也緩和了一些，「我知道妳現在家裡的狀況不太好，所以我能體諒妳。換做我是妳，我一定也會很依賴允杰。可是，妳也知道允杰平常學校有很多事情要忙，到了假日他又要趕去屏東找妳。長期下來，他的身體真的已經快負荷不了。」

耳邊傳來張子賢無力的聲音，語氣裡的無力感聽起來就如她向張允杰說起媽媽不願意吃飯時一樣。同樣都是擔心家人，她能體會張子賢現在的感受，但也因為如此，她更對張允杰還有張子賢感到愧疚。

在這段日子裡，她已經不知不覺造成張允杰很大的負擔，她不但沒有真正意識到這一點，甚至還貪心地想，如果他能多陪她一點就好了。

思緒至此，她更覺得愧疚，也開始討厭這樣的自己。

「再加上我媽最近又搬回家裡住，他的狀況又變得更糟。」

「為什麼？」她納悶地問。

「這件事說來話長了。」張子賢嘆一口氣，「我們兄弟和我媽的感情一直很不好，我在我們爸媽離婚之後，就沒有和我媽住在一起過，所以沒太大的感覺。可是，允杰一直都被我媽當成空氣在對待，再加上允杰的個性比較壓抑，只要和我媽待在同一個空間，就會讓他很有壓力，所以弄得他現在連在家裡，都沒有辦法放輕鬆好好休息。」

謝品君從來沒有聽說過張允杰說起媽媽的事情，張允杰所給予的向來都是正面的、溫暖的能量，除了前女友的事情，他從不向她訴苦。習慣了如此溫暖的他，就會習慣把這些當成理所當然，忘了他其實也會有負面情緒。

「雖然允杰都說他沒事，但他真的沒有妳想像中的那麼強壯。所以……」張子賢停頓了一下，他停頓的瞬間，讓謝品君頓時屏住了呼吸，在震耳的心跳聲中，她聽見他用近似懇求的語氣問：「妳能不能讓允杰暫時休息一下？至少不要讓他連假日都要南北奔波。」

謝品君微微一愣，胸口因為他的話而隱隱作痛起來。

「妳能不能讓允杰暫時休息一下？」

這句話深深刺進她心底。這段日子以來，張允杰因為她的關係都沒有好好休息。她緊握著手機，低下頭，愧疚地說：「對不起，都是我不好……」

「品君，妳不用跟我說對不起，我也沒有怪妳的意思，我只是希望妳能跟允杰說一下。因為他真的很固執，我講的他都聽不進去，但我相信如果是妳講的話他一定會聽。」張子賢說。說真的，要不是張允杰都不肯聽他的話好好休息，他也不願意當壞人。他知道自己剛才說的那些話，一定狠狠傷到謝品君了。

聽著耳邊傳來的微弱啜泣聲，他也覺得抱歉。不過，既然都把話說到這分上了，張子賢還是決定把所有事情告訴她，即便張允杰交代過他絕對不能說出去。

「其實，還有一件事允杰沒跟妳說。雖然他不希望讓妳知道，但我覺得還是要告訴妳比較好。」張子賢輕嘆了一口氣，「允杰前天下班回家時出車禍了。」

這瞬間，時間彷彿靜止了一樣，就連在眼眶裡打轉的眼淚都跟著靜止。

謝品君怔住，不敢相信自己聽見了什麼，短短幾秒鐘的空白時間，她卻覺得像是過了一世紀那樣漫長。

直到張子賢的聲音再度傳來，「他好像是因為開車打瞌睡，不小心撞上電線杆。雖然人沒受傷，但是他不知道是嚇到還是太累了，一直高燒不退，」

她回過神，緊張地問：「那允杰現在……」

「我剛剛去看過他了，還是一樣沒有退燒，他現在應該正在睡覺。」張子賢問：「品君，我剛才說的那些妳都能理解嗎？妳能幫我這個忙嗎？」

她停頓了一下，低應了一聲，「嗯……」

「那就拜託妳了。」張子賢懇切地說：「等過幾天允杰身體比較好了，妳再好好跟他談。現在他已經累到神智不清，連我是誰都快搞不清楚了，妳跟他說再多也沒用。」

「好。」她應了一聲，發現喉嚨間的酸楚比她想像中的還要讓人難受。

「還有，不要讓他知道我跟妳說這些事情，感冒發燒和出車禍這兩件事，他都不希望讓妳知道，他不想讓妳擔心。」

張子賢的最後一句話讓她更加難過。張允杰不想她擔心，所以什麼事情都不告訴她，都是自己承擔著。

如果不是張子賢的這通電話，她不會知道張允杰藏了這麼多心事。她難過的不是張允杰不願意告訴她，而是在依賴他的同時，自己卻沒辦法成為讓他依賴的人。

她也好希望自己能把所有的溫柔都給他。

於是她問：「老闆，明天可不可以帶我去看允杰？」

記得第一次來張允杰家已經是一年前的事了，謝品君突然覺得很感慨，在這段期間，張允杰不知道已經來她家多少次，為了她南北奔波。就像張子賢所說的，這段時間，她確實都只想到自己的事情，好久沒有好好關心張允杰了。

「我剛剛問過我外婆了，她說允杰正在睡覺。所以他可能沒辦法跟妳說話。」張子賢關上車門，走到謝品君的身邊。

「沒關係，這樣最好，我本來就沒打算讓允杰知道我來，他如果看到我，一定會很緊張吧。」

「也是。」張子賢無奈苦笑，「而且，如果讓他知道是我帶妳過來，他一定會唸到我耳朵長繭。允杰碎碎唸的功力真的是不能小看，要是讓他認真唸起來，可能就換我倒在病床上了吧。」

可是，就算是碎碎唸也好，謝品君現在突然好希望可以聽見張允杰的聲音。

他們悄悄地走進了張允杰的房間。房間裡燈光昏暗，僅有桌上的一盞枱燈照耀著，安靜的房裡只有微弱的呼吸聲。謝品君小心翼翼地走到床邊蹲下，張允杰躺在床上，沒察覺到有人進來，依舊閉著眼。他的呼吸聽起來有些急促，臉色看起來也比離開屏東的那天更糟糕了。他慘白著一張臉，讓她看了很心疼，忍不住伸出手觸碰他發燙的額頭。

怎麼還是這麼燙？

她移開放在額頭上的手，指尖沿著他的輪廓，輕輕摸著他的臉頰。指尖碰到的每一個地方，都能感受到明顯的熱度。

「是外婆嗎？」張允杰忽然皺起眉頭，他的聲音好低啞。

謝品君嚇了一跳，她緊張地看向張子賢，張子賢隨後在她身邊蹲下，替她回答，「不是，是我啦，子賢。」

張允杰依舊緊閉著眼，嘆了一口氣，無力地說：「不要這樣摸我，很噁心。」

噁心？謝品君頓時瑟縮了一下，張允杰隨後翻了身，閃掉她的手，背對著他們。

謝品君的手停在半空中，張子賢伸手拉回她的手，安慰地拍了拍她的手背，悄聲地說：「允杰不是那個意思，他以為是我在碰他，才會覺得噁心。」

謝品君點點頭，視線回到張允杰身上，她抿起唇，輕輕替他拉好棉被。

「你有沒有幫我傳訊息給品君，跟她說我這個禮拜不能過去找她了？」張允杰低啞的嗓音悶悶傳來，字裡行間還夾帶著他的悶咳聲。

「有，我還跟她說你最近學校有很多事情要忙。」張子賢說了一半的謊。

「用我的手機嗎？」

「對。」張子賢毫不猶豫地說。

「那就好。」張允杰因為他的謊話感到安心，聲音更沉了一些，「不要讓品君知道我這樣，不然她一定不會再讓我去找她。」

聽見張允杰就算身體不舒服也依舊掛念著謝品君，讓張子賢又氣又急，正想開口勸他時，身旁的謝品君忽然開口，問：「允杰，你很累嗎？」

不只是張子賢，謝品君問完的當下也跟著愣住，然後開始後悔自己的一時衝動。她擔心會被張允杰認出來，要是被張允杰知道她現在就在這裡，他不知道他會有多大的反應。所幸她的擔心都是多餘的，張允杰現在頭腦昏沉，頭痛到不行，沒有認出她。就算再換一個人和他說話，他也認為還是張子賢在跟他說話。

張允杰咳了幾聲，反問：「怎麼可能不累？」

謝品君的胸口頓時一陣緊縮，親耳聽到他這麼說的心痛，遠比她想像中的還要強烈。

「我好累，頭也好痛。」張允杰沉沉地說，忍了好久，他終於忍不住說出了心裡話，「連續幾個月這樣每個禮拜台北、屏東兩邊跑，然後平常學校事情又那麼多，加上媽現在又住在這裡，我真的已經快受不了了。」

張子賢愣住，緊張地看向謝品君。張允杰這幾天一直都在逞強說自己沒事，大概因為已經忍到極限了，才說出了真心話，可是怎麼偏偏是在謝品君在場的時候？

「我也不知道是不是因為這次感冒太嚴重了，這幾天我突然害怕之後和品君在一起的日子，開始擔心這樣的生活究竟還要持續多久，也不知道我有沒有體力能像之前那樣繼續陪著品君。」

聽著來自他的真心話，謝品君覺得隨著他的一字一句，空氣好像變得越來越稀薄，她開始感到難以呼吸。

「子賢，你覺得我還有辦法繼續撐下去嗎？」

這瞬間，她幾乎忘了該怎麼呼吸。

「爸，不好意思，這麼晚了還讓你來接我。」謝品君看著正在開車的爸爸，抱歉地說。

晚上十點多，謝品君回到了屏東，然後搭著爸爸的車回家。雖然只是一趟來回，但當天這樣台北和屏東奔走，謝品君就覺得很累了，更何況像張允杰那樣連續幾個月的奔波？再加上，他平常也有工作要忙，她真的無法想像張允杰是怎麼撐到現在的。

「就是這麼晚了我才要來接妳，我怎麼可能放心讓妳一個人坐車回家？」謝爸爸說，暫時拉回了她的思緒。

「不過，讓媽媽和爺爺兩個人在家沒關係嗎？」謝品君擔心地問。

「放心，我請隔壁的陳姊幫我注意了，再說我也只是出來一下而已。」他說，隨後問起了張允杰，「允杰他還好嗎？有沒有好一點？」

一說到張允杰，謝品君就很自責。她低下頭，搖搖頭，難過地說：「很嚴重，我第一次看到他不舒服成這樣。」

她知道張允杰這次感冒會這麼嚴重，都是因為長期累積下來的疲憊，而造成他疲憊的原因就是她。

「我會陪妳度過這一切的。」

想起了張允杰溫柔的聲音，她就覺得更愧疚，如果不是為了來陪她，張允杰也不需要這麼累了。

如果不是因為她……

「爸。」她抬起頭，轉頭看向爸爸，問：「你覺得媽媽什麼時候會好？」

謝爸爸沉默了一下，打了右轉的方向燈，沒什麼表情，淡淡地說：「誰知道？她得的是心病。」

充滿不確定性的答案，讓她更是迷茫了起來。她低下頭，看著自己的手。

「品君，很累嗎？」謝爸爸的聲音再次傳來。

謝品君沒有說話，依舊低著頭。

「如果說不累都是騙人的吧。」他嘆了一口氣，「怎麼可能不會累？」

「怎麼可能不會累？」

爸爸相同的一句嘆息，讓她想起了張允杰昏沉間說出的那句話。

連身為家人的他們都會覺得累了，更何況是張允杰？

「說真的，每天看妳媽為了品翰那麼消沉的樣子，我也是真的有點累了，我甚至還會想，如果她一輩子都是這個樣子，我不知道能陪她多久。」謝爸爸停頓了一下，「但就算是這樣，我們能怎麼辦呢？日子還是要過下去啊，不是嗎？」

她抿了抿唇，「嗯，我知道。」

在謝品翰離開後的這段日子裡，謝品君每天都要面對意識消沉的媽媽，和行動不便的爺爺。就像爸爸說的，說不累都是騙人的。可是在照顧他們的過程中，她漸漸體會到，其實最讓人難熬的不是照顧他們時的疲憊，而是不知道什麼時候會結束的無力。

她常常會想，如果媽媽和爺爺的狀況一直沒有好轉，這樣的日子是不是就要一直持續下去？

「我開始會擔心這樣的生活究竟還要持續多久，也不知道我有沒有體力可以像之前那樣繼續陪著品君。」

不行！她絕對不能讓張允杰承擔這些不屬於他的壓力和負擔。

對謝品君來說，能和張允杰交往是一件很幸福的事情。

謝品君低頭看著照片，這張照片，就是她和張允杰再次相遇之後第一次一起去 Grazie

咖啡館拍下的。那時候，她還認為記憶中的人是張子賢，其實，讓她心繫多年的他早已在她的身邊駐足。

在再次遇見張允杰之前，謝品君常覺得最幸福的事，就是和他一起在 Grazie 咖啡館的那段短暫時光。這些年以來，這樣的想法從來沒有改變過。直到和張允杰開始交往，雖然遠距離戀愛讓她難受，但因為張允杰的溫柔，仍讓她覺得每個禮拜和他見面的這些時間很幸福，每個禮拜的短短兩天，都是她最幸福的時候，只要能和張允杰在一起，她就覺得幸福。

眼眶微微發熱了起來，視線中，張允杰的模樣也跟著變得模糊。

可是，對張允杰而言，這並不能說是幸福吧？這世上，怎有哪種幸福會讓人變得那麼憔悴、那麼虛弱？

她想起了張允杰前幾天躺在床上幾乎不能動彈的樣子，手指輕輕撫上了照片上的溫柔笑臉。

這不是幸福，而是負擔。

現在想想，打從張允杰和她交往以來，他哪一天好好休息過？一開始因為謝品翰的事，後來變成她媽媽的事情，張允杰一直都為了他們家的事在奔波。就像張子賢所說，他幾乎沒有時間可以休息。

謝品君拿起手機，然後在對話紀錄中找到了張允杰的電話。

如果再利用他的溫柔，將他綁在身邊，綁在這段不知道要持續多久的日子裡，這樣她就太自私了吧？

電話接通的聲響在耳邊響起。不知道是不是心意已決，此刻，她比平常都還來得平靜，沒有緊張的感覺。

「品君，怎麼了嗎？」

才怪！

當仍低啞的嗓音傳來，她的心跳就不自覺加快。她握緊了手機，問：「允杰，現在方便講話嗎？」

「當然可以，怎麼了嗎？」他說。

她現在看不見他的模樣，但若單純用說話聲音來判斷，除了聲音仍有點低啞，其餘的聽不出任何異狀，就和平常一樣，和昨天聽到虛弱無力的聲音完全不同。他現在這樣，是因為感冒好了，還是在逞強？

「你……」她遲疑了一下，然後問：「感冒好點了嗎？」

「我早就好了，那天看完醫生之後回家睡一覺，我隔天就好了。」

果然是單純在逞強，如果真是那樣，那她昨天看到生重病的人是誰？

「品君，對不起，這禮拜我學校事情太多了，所以沒辦法去找妳。」張允杰接著說起了這禮拜的失約，說著張子賢的謊話。

其實，張子賢根本就沒有假裝成他傳訊息給謝品君，而是用了自己的電話打給她，然後，把他不想讓她知道的事全都告訴了她。

張允杰到現在還被蒙在鼓裡，完全不知情。謝品君聽了，只覺得很心疼，但是也不想拆穿他，順著張子賢留下的謊言，說：「沒關係，學校的事情比較重要。」

「不對，是妳比較重要。」他溫柔地說：「但是，我真的走不開。」

謝品君真的不知道該怎麼回應他才好，如果照原定計畫繼續說下去，會不會顯得她太殘忍？

可是，如果不說……

「我真的已經有點快受不了了。」

她想起了臥病在床的張允杰，現在的他，也許還躺在床上。她深呼吸了一回，下定決心，「允杰，其實我有話想跟你說。」

她曾經想過要和張允杰一直走下去，一直走過往後的日子，可是她不該讓張允杰像這樣和他一起走下去了。

「說什麼？」他問，語氣依舊溫柔，她甚至好像還能看見他溫柔地看著自己的樣子。

胸口頓時一緊，喉嚨間變得酸澀，她忍著心中的酸楚，說：「允杰，我想和你分手。」

原來，說出分手這兩個字，比她想像中還來得容易，困難的，是面對說出分手之後的這段沉默，以及他的問題。

他沉默了一下，然後問：「為什麼？是因為累了嗎？」

「嗯。」她知道他所謂的累是指照顧家人這方面，但她還是故意說：「跟你在一起，我覺得我好累。」

雖然她會累，但絕對不是因為他。因為家裡的狀況，有他陪在身邊的關係，她反而沒有那麼累。可是，如果她老實說是因為不想讓他這麼操勞，他一定會說沒關係，然後繼續重複著這樣不知道什麼時候會結束的奔波生活。

她絕對不能讓這種事情發生。他還因為睡眠不足出了車禍，雖然這次沒什麼大礙，但要是還有下次呢？她不想看見他受傷的任何可能。於是，她越說越過分，「而且，我覺得我好像沒那麼喜歡你了，每次你來找我，我都覺得越來越有壓力。」

這種話，連她這個說的人都覺得難過，更何況是聽的人？而且，還是在他身體依然很不舒服的情況下，這種話一定會讓他更受傷。可是，如果不狠下心來這麼說，她一定沒辦法真正和他有所切割。

他又陷入沉默，這次沉默了好久，久到她以為時間是不是暫停了，好不容易狠下心來的決心開始動搖。她不禁在想，這是不是在給她反悔的機會？如果現在趕快跟他道歉，還來得及嗎？

然而，給了她反悔的時間，卻沒有給她反悔的機會。在她還沒來得及開口反悔時，電話另一端的他打破了沉默。

「嗯，我知道了。」他的聲音平靜，沒有絲毫起伏。

她緊咬住唇，忍住了快要潰堤而出的眼淚。明明是自己想要的答案，但怎麼真的聽見了，卻比她想像的還心痛。

然後，他連再見都沒說，就直接結束通話。

電話突然被他掛掉，讓她整個人頓時愣住。她沒想到他會結束得這麼突然，連再見都不願意跟她說。她愣愣地看著跳回通話紀錄的手機螢幕，視線停留在他的名字上。她看了好久，當她回過神時，他的名字已經被淚水覆蓋了。

這天之後，謝品君再也沒接到張允杰的電話，反而是分手之後的第五天接到了張子賢的來電。

「品君，我說暫時讓允杰休息一下，不是要妳跟他分手啦！」

聽著張子賢氣急敗壞的聲音，她心情沒有太大起伏，只是平靜地說：「我已經累了。」

「什麼累了？妳累，難道允杰就不累嗎？」張子賢袒護弟弟的迫切心情讓他忍不住越說越大聲，「妳怎麼可以這麼自私？就算真的累了，也不要在允杰身體不舒服的時候提分手啊！」

張子賢的每一句質問都像是利刃，深深地刺進了她的心。可是此時所感受到的疼痛，都比不上對張允杰狠心說出那些話的時候。說出那種傷人又自私的話，她都已經那麼痛了，聽的人一定會更難過。

遲遲得不到謝品君的回應，讓張子賢更著急，「妳以為這樣真的是對允杰好嗎？」

這樣真的是對允杰好嗎？

聽到這個問題的當下，她不禁在心裡反問，然後問：「不然，我要怎麼做才行？」

她不知道這樣對張允杰究竟好不好，可是她也想不到其他更好的方法了。

張子賢頓時沉默了下來。

「你是允杰的雙胞胎哥哥，你一定比我更了解允杰的個性。允杰他真的很溫柔，也很替別人著想，如果我說是因為不想讓他那麼累，才不希望他來找我，他一定會說他不累、他沒事。可是，再繼續這樣下去，我真的很擔心允杰會碰到更嚴重的意外，所以我除了狠狠推開他，真的想不到更好的辦法了。」

張子賢依舊沒有說話，就像是在唱獨角戲一樣，她對著無聲的電話那一頭，說出了藏在心裡的真心話。

「長痛不如短痛，連我自己都不知道，我們家這樣的狀況會持續到什麼時候。與其讓允杰繼續承受這種看不到盡頭的無力和壓力，不如現在用這種方式結束。」謝品君說。只要想起最後和張允杰那通連再見都沒有的通話，胸口頓時痛了起來。

她不知道是好還是壞，但至少以後再也不會有任何擔心了。

電話的另一端沉默了好久，隨後忽然傳來了聲音，「品君，對不起。」

謝品君微微一怔，彷彿連胸口的疼痛瞬間被抽離。

「對不起，都是我不好，是我害妳變成壞人了。」

不知道為什麼，她突然覺得這兩句話好像是張允杰在說話，可是她還來不及分辨出是誰，這通電話就結束了。

這是她第一次和張子賢吵架，也是她最後一次接到他的電話了。

轉眼間，真正的冬天來了，不知道是不是因為已經在家裡度過了半年以上的日子，謝品君覺得今年的冬天似乎沒有特別冷。

下午三點，爺爺今天的復健結束，謝品君開著車從醫院回到家。她將車停在熱炒店的店門口，隨後打開後車廂，拿出了放在裡頭的折疊輪椅。整理好之後，她推著輪椅到後座的門邊，她打開車門，微微一笑，「爺爺，今天辛苦你了，我們已經到家了喔。」

爺爺緩緩露出了笑容，朝她點點頭，看起來很開心。

謝品君莞爾，隨後伸出手，將他的右手搭上了自己的肩膀，然後扶住他的左手，吃力地撐起爺爺的重量，「來，小心一點喔。」

雖然已經復健了半年以上，可是爺爺的身體機能仍然沒有明顯的好轉。不過，換個角度想，至少沒有變得更嚴重，爺爺的年紀畢竟也大了，恢復速度本來就比較緩慢，沒有繼續退化下去，已經是很讓人開心的事了。

「品君，我來就好。」謝爸爸快步從店裡走了出來，接過了謝品君本來的位置，一下就輕易地把謝爺爺扶到了輪椅上坐好。他看向謝品君，沒好氣地說：「我不是說過好幾次到了就叫我，我會出來扶爸。」

「我想說你在忙。」

「再忙有差這幾秒鐘的時間嗎？妳不要勉強自己硬撐，妳這樣很容易受傷。」

聽著爸爸說的話，謝品君忽然想起了張允杰。爸爸現在擔心她的心情，是不是就和她之前擔心張允杰時的一樣？

思緒至此，胸口似乎隱隱作痛了起來。

「妳去把車停好，我先推爸進去。」

謝爸爸的話拉回了她短暫飄遠的思緒，卻帶不走自左胸口傳來的疼痛。

謝品君停好車之後，慢慢走回家。才走進家裡，她就看見媽媽正坐在圓桌旁挑菜。

「媽，妳怎麼跑出來了？」謝品君嚇了一大跳，快步走向她，著急地問。

「沒什麼，我只是突然想到我已經休息好久了，差不多也該開始工作了吧。」謝媽媽輕輕地說，看起來仍很虛弱，聲音聽起來也沒什麼精神。

「怎麼這麼突然？」謝品君不禁皺起眉，擔心地問：「妳的身體沒問題了嗎？」

自從謝品翰離開，媽媽就變得越來越憔悴，身體也越來越虛弱，別說是工作，她後來幾乎離不開她的房間。雖然媽媽願意走出禁錮自己的房間，讓謝品君鬆了一口氣，可是謝品君還是擔心，媽媽的身體負荷得了嗎？

謝媽媽沒有回答她的問題，停下手邊的動作，斂下眼，看著桌上的空心菜，輕聲地說：「小君，妳知道嗎？其實這半年來，我幾乎每天晚上都會夢到阿翰。」

聽見好久沒聽見的熟悉稱呼，謝品君的呼吸頓時一滯。

媽媽從來沒有跟她說過這件事，她都不知道，原來媽媽連睡著時也沉浸在謝品翰過世的悲傷當中。

「我都會夢到他受重傷的模樣，所以只要一想到阿翰那個樣子，我就會難過到吃不下飯。」謝媽媽停頓了一下，她的聲音隨後變得更柔和了一些，「不過，最近很奇怪，我已經有好一陣子沒有夢到阿翰受傷的樣子了，反而是夢到妳和他小時候。」

「我們小時候？」謝品君覺得疑惑。

「嗯，不過都是夢到你們兩個在吵架和打架。」

謝品君聽了，不禁無奈一笑，「那是因為我跟品翰以前幾乎都是每天在吵。」

「是啊，那時候我真的很頭痛。」謝媽媽微微一笑，「但是現在想到卻覺得很開心，就算你們在吵架，但那也才是一個家該有的樣子。」

看見媽媽的笑容，謝品君很驚訝，她已經好久沒看見媽媽的笑容了，而且她更沒想到，媽媽竟然能如此坦然地提起謝品翰。

「早上我和妳爸爸他說起這個夢，他竟然跟說，我是因為老了才會夢到孩子小時候的樣子，所以要我快點動起來，不然一定會越老越快。不過，也是啦，我只是挑個菜而已就覺得好累。」謝媽媽無奈地笑了笑，然後看向謝品君，抱歉地說：「小君，對不起，這段時間辛苦妳了。都是因為我的關係，讓這個家變得不像一個家。媽媽以後不會再這樣了，我會為了你們還有自己，好好過日子的，當然也為了品翰。」

聽著媽媽的話，謝品君的眼眶不自覺微微發熱起來。她伸出手抱住媽媽，當身體感受到媽媽消瘦的身形，她忍不住遲疑了一下，深怕自己的擁抱會太過用力。但在下一秒，有一股溫暖的力量環住了她。

即使媽媽看起來仍很虛弱，但是她看得出媽媽已經慢慢從失去謝品翰的傷痛走出來了。儘管現在的時序仍然是冬天，但他們家的寒冬總算是結束了。

「話說回來，我已經很久沒看見允杰了，他是怎麼了嗎？」中午吃飯的時候，謝媽媽忽然問起了張允杰的事情。

「他⋯⋯」一聽見張允杰的名字，謝品君支支吾吾了起來，這件事她沒有讓家人知道。

「妳真的是太久沒動了，他們兩個早就已經分手了。」謝爸爸沒有抬頭，替謝品君回答。

謝品君驚訝地看向他，「爸，你怎麼知道？」

「允杰這麼久沒來，不用妳說，想也知道一定是因為分手了。」謝爸爸抬眸看了她一眼，隨後繼續喝著湯。

謝品君不知所措地看著爸爸。她一直以為沒人問起是因為沒有人發現，沒想到原來爸爸一直都看在眼裡。

「小君，是因為媽媽的關係嗎？」謝媽媽的聲音拉回她的注意力。

她一怔，低下頭，不敢直視媽媽的目光。她看著手裡的碗，用力搖頭，「不是，是因為我受不了遠距離戀愛，所以我覺得，與其這樣浪費彼此的時間，不如各自過自己的生活比較好。」

「真的是這樣嗎？」謝媽媽又問。

謝品君沒有說話，然後她聽見媽媽溫柔地說：「小君，妳去讀大學之後，這間店一直都是我和爸爸兩個人在經營的。」

謝品君抬起頭，愣愣地看著媽媽，不明白她怎麼會突然說起這件事。

看著女兒納悶的表情，謝媽媽莞爾一笑，手輕輕覆上了她的手背，「媽媽現在已經沒事了，所以就算這間店只有我們兩個人也沒問題，如果想允杰，就去找他吧。」

來自手背上的溫暖，彷彿傳進了謝品君心底，她頓時覺得心裡湧上一陣暖意。媽媽的話讓她感到很窩心，然而隨後卻又猶豫了起來。

可是，她拿什麼臉去見曾經被她傷害的張允杰？

在說分手的那天後，張允杰沒有再和她連絡，完全沒有。

然後，她想起了他曾經說過的話。

「怎麼可能不會累？」

她想……他真的是累了吧。

「如果想允杰的話就去找他吧。」

儘管猶豫了好久，謝品君最後還是忍不住再次來到這個地方。

她抬起頭，仰頭看著 Grazie 咖啡館的招牌，雖然已經不是她記憶中的那個舊式招牌，但這裡卻是她和他再次找回回憶的地方。如果不是這裡，她想，她永遠不會知道真正在她心上停留的人是誰，真正讓她動心的人又是誰。

只不過，她今天來到這裡並不是來找張允杰的，而是來找張子賢。說出了那些傷人的話，直到現在，她還是沒有勇氣見張允杰，可是很想知道他最近過得如何。如果要知道張允杰的近況，還是問張子賢會比較清楚吧？

她明明是這麼想的，然而當她再次來到這個地方，她又開始猶豫了。

她不知道張子賢會不會想見到她，她和張子賢最後的對話，是停留在為了張允杰的事情而爭吵。就算是親切好客的張子賢，在有過那樣的爭執之後，見到她，多少也會覺得心裡有疙瘩吧。

雖然都已經專程來台北一趟了，但她想了想，還是決定放棄見面的念頭。

還是回家吧。

她轉過身，正準備離開時，身後忽然傳來開門的聲音，熟悉的聲音隨即傳至耳邊。

「要進來看看嗎？」

心跳彷彿頓時漏了一拍，她愣愣地回過頭，她日夜思念的容貌隨即出現在她眼前。

只不過，他是誰？

雖然她知道經營咖啡館的人是張子賢，可是眼前的人還是讓她忍不住猶豫了起來，他真的是張子賢嗎？還是張允杰呢？

她緊張地看著眼前的人，接著他笑了起來，「哈囉，品君，好久不見了。」

他的笑容和她大學時第一次在咖啡館前見到的燦爛笑容有了重疊，不論是他輕揚的說話語調還是燦爛親切的笑容，都讓她想起張子賢。

最後會留在這裡的人，果然是張子賢沒錯。

她微微一笑，「老闆，好久不見了。」

鬆了一口氣的同時，她還是能感覺得到藏在這份心情中的失落。

雖然她是來找張子賢的，可是在認出他不是張允杰時，還是很失望。

就算沒有那份勇氣，但她果然還是好想見到張允杰。

一陣淡淡的咖啡清香撲鼻而來。謝品君走在張子賢後方，環顧著店內擺設，就和她第一次來的時候一樣，完全沒有改變。唯一不同的，就是沒有見到另一位的親切笑容吧。

「怡萱不在嗎？」謝品君問。

「嗯，帶小朋友回娘家了。」

「怡萱已經生了？」謝品君驚呼。

「小朋友都快一歲了，妳看妳多久沒來了。」張子賢笑著說，他走到吧台的後方，轉過身看她，問：「要喝咖啡嗎？」

「好啊，謝謝你。」謝品君笑著說：「不過，老闆，你看到我的時候都不會覺得怪怪的嗎？」

記得那時候張子賢對她做的決定很生氣，沒想到再次見面，他會表現得如此坦然，就像什麼爭吵都沒有發生過一樣。究竟是因為時間沖淡了一切，還是她自己想太多了？

「有什麼好奇怪的？」張子賢反問，表情很莫名其妙。

看來答案是後者吧。她輕輕一笑，「你那時候不是為了允杰跟我生氣嗎？我第一次聽到你那麼大聲跟我說話。」

「我那時候會生氣也沒辦法，誰叫妳在允杰最難受的時候說要跟他分手。」他聳聳肩，臉上依舊掛著笑容，「但是，我後來想通了，我知道我們都是為了允杰好。」

她鬆了一口氣地笑了。

「不過，妳今天怎麼會突然跑來？」張子賢問，咖啡機運作的聲音隨即響起。

看著張子賢微微皺眉的模樣，讓她忍不住又想起了張允杰，他們這對雙胞胎真的是長得一模一樣。

「我是來找你的。」她說。

「找我？」張子賢納悶地指著自己。

她點頭，「嗯，我是想來問你，允杰過得好不好？」

張子賢欲言又止地看著她，隨後拉了一張椅子在她面前坐下，看著她，然後用著和張允杰相似的溫柔語調問：「怎麼不直接去問允杰呢？」

要不是他提到了允杰這兩個字，她幾乎有那麼一瞬間把此刻眼前的人當成了張允杰。

「我哪有那個臉去見他？」她低下頭，突然連直視和張允杰相同的這張臉的勇氣都沒有了，「我那時候對他說了那種殘忍的話……」

張子賢沒有說話，然後她開始聞到咖啡的香氣，宛如回憶印記般的味道，讓她的胸口頓時發燙。

「其實，我真的好想允杰，每天都在想他，也好想聽他的聲音，好想見他一面。可是我只要想到那天我對他說的話，我就覺得自己沒有臉見他了。不只是你生氣，連我自己都對自己很生氣，允杰明明對我這麼好，還為了我那麼累，結果我還說跟他在一起好累，說我沒那麼喜歡他了。」說起了對張允杰的思念，謝品君忽然覺得喉嚨間感覺到一陣酸楚。她的聲音變得哽咽，眼眶也跟著發熱了起來，「但是，直到現在我還是一樣好喜歡他，如果可以，我真的希望重新和他在一起。」

不只是因為和張允杰一模一樣的張子賢，就連越來越濃烈的咖啡香，都讓她內心翻騰，視線越來越模糊，她再也壓抑不住越來越激動的情緒，忍不住哭了起來。

「妳不要哭了，看到妳哭我也會覺得很難過。」張子賢伸出手，輕輕撫上了她的眼角，溫柔地替她擦去了眼淚。

「老、老闆？」

張子賢突如其來的舉動讓她嚇了一跳，向後退了一些，閃掉他的手。雖然她知道張子賢是在安慰她，可是他不會覺得這樣的動作太過親密了嗎？

她驚訝地看著他，張子賢的眼神一沉，停留在半空中的手再次向她靠近。他的手移到了她的身後，自後頸傳來的溫暖，讓她的身體頓時僵住。她還來不及反應過來，眼前的視線暗了下來，咖啡的苦澀滋味隨即在她的唇上擴散開來。

時間彷彿瞬間停住了一樣，此刻還在流動的，只有她越來越震耳的心跳聲，以及咖啡的味道。

呆愣了好幾秒鐘，她猛然回過神，嚇得立刻推開他。她摀著嘴巴，不可置信地瞪大雙眼，嚇到連話都說不出來，不敢相信張子賢竟然會對她做出這種事。

看著她，他淡定地輕輕一笑，無奈地問：「我都這樣了，妳還是認不出我嗎？」

咦？他的意思是……

她愣了一下，吶吶地問：「你、你是……允杰？」

「真是的，妳再不快點認出來，我的臉都要笑僵了。」他皺起眉，臉上的燦爛笑容消失，他揉了揉自己的臉頰，「真搞不懂子賢怎麼有辦法每天都笑成那樣。」

「你真的是允杰？」她還是不相信，剛才的說話語調和笑容，怎麼看都比較像張子賢。

「還要再確認一次看看嗎？」

他一說完，馬上走出吧台。她嚇得連忙倒退了好幾步，她的心臟可沒辦法再一次承受剛才的驚嚇。然而，即使如此，她還是跌入了一陣溫暖當中。

「品君，我好想妳。」

他溫柔的聲音輕輕在耳邊落下，她的心裡頓時一陣蕩漾，心動的痕跡告訴她答案。

真的是張允杰。

「你是允杰。」在急促的心跳聲當中，她聽見自己這麼說。

然後，張允杰輕輕地笑了，「對，是我。」

所有的顧慮都在這一刻消失，現在，她只想把這段日子所累積的思念全都傾注在這個擁抱當中。

時間不知道過了多久，張允杰才鬆開手，當身上的溫暖一消失，她沒好氣地向他抱怨，「嚇死我了，你沒事幹麼假裝成老闆？還學得那麼像。」

張允杰微微一笑，「如果不這麼做，我就沒辦法當面聽見妳的真心話了。」

一說到這個，謝品君就笑不出來，「允杰，其實我……」

張允杰搖搖頭，打斷了她原本想說的話，「沒關係，我都知道。那天妳和子賢吵架的時候，其實我就在旁邊，妳跟他說的話我都聽到了。」

「你全都聽到了？」

「嗯，妳還記得電話結束之前說的那些話嗎？」張允杰問，看見她點頭，他接著說：「其實，最後的對不起是我說的。」

「品君，對不起。」

「對不起，都是我不好，是我害妳變成壞人了。」

謝品君這才明白原來那天的熟悉感並不是錯覺，同時也讓她更加愧疚。

「允杰，對不起，我……」

「別說了，我們好不容易終於見面了，就別再說什麼對不起了。」張允杰輕輕拉起她的手，「我們來喝咖啡吧。」

看著他莞爾的模樣，她反握住手中的溫暖，朝他用力點頭，「好。」

咖啡香氣瀰漫在空氣中，坐在吧台前，謝品君看著正在倒咖啡的張允杰，彷彿又回到了那段最溫暖的時光。

「別人都說認真工作的男人最帥，我想，我大學的時候就是被認真煮咖啡的你吸引住的吧。」她說。

其實，不論是他煮咖啡時的側臉，還是認真聽她說話的模樣，甚至只是喝咖啡時的皺眉，全都很吸引她，她都很喜歡。這份喜歡被溫暖的記憶溫柔地包覆著，所以每當她回想起關於他的事，都能深刻感受到當時的溫柔。

他看向她，「那妳一定都不知道，那時候我都在亂按亂加水。」

「沒關係，只要咖啡好喝就好了。」

張允杰微微一笑，把裝了熱咖啡的馬克杯放到她眼前，「不過，現在已經不一樣了。」

「真的嗎？」她連忙端起馬克杯喝了一口，皺起眉，「我怎麼覺得好像差不多。」

「哪有差不多？這段期間我都很認真在跟子賢學。」他不服氣地說：「不過，我看妳是連我和子賢煮的都分不出來吧？」

「是啊。」她笑了笑，看著杯中的深褐色液體，「那是因為對我來說咖啡都是一樣，都是你的味道，只要聞著咖啡香，我就想到你了。」

「我也是。」他輕嘆，摸著眼下的淡淡黑眼圈，「只要一想妳，我就喝咖啡，結果喝到我都失眠了。」

「都失眠了幹麼還喝？」她無奈失笑。

張允杰淺淺一笑，低頭喝了一口咖啡，然後問起她家的事，「我聽伯父說伯母的精神狀況好了很多對吧？」

「你怎麼知道？」她好奇地問。

「前一陣子伯父打了電話給我，跟我提到伯母的狀況，說她已經沒事了。」他解釋。

謝品君很驚訝，「我爸怎麼會有你的手機號碼？」

「其實，我第一次送妳去屏東時，伯父就向我要手機號碼，也順便把我身家調查過一遍了。」他笑著說：「雖然這段日子和妳分開了，但我都和他保持聯絡，只要知道妳平安健康，我就放心了。」

「爸他怎麼都沒跟我提過這件事？」

「是我拜託他不要讓妳知道的。我知道妳不想讓我這麼累，所以我會尊重妳的所有決定，我不想讓妳為難。」

張允杰的話讓她聽了很感動，就算他們分開了、就算她說了那種話，他也沒有因此離開她。她真的覺得自己很幸運能夠遇見如此溫柔的他。

「允杰，謝謝你，能夠遇見你，是我最幸福的事了。」

在這間名為謝謝的咖啡館，她遇見了最讓她感謝的人。

她真的很謝謝他出現在那段紛擾的時光裡，也謝謝他給予的溫柔曾經，更謝謝他在再次相遇之後為她所做的一切。

「所以，你今天也是特地在這裡等我的嗎？」不然怎麼會這麼湊巧在這裡遇見他？

他搖頭，「其實不是，我不知道妳今天會來，我今天只是來幫子賢顧店。子賢他幾乎每個禮拜天都會帶怡萱和小朋友出去走走，所以現在禮拜天都是我在顧店，我也沒想到竟然會這麼剛好遇見妳來。」

她很驚訝這樣的巧合，「這麼說，不就和我們當初認識的時候一模一樣了嗎？」

他笑著點頭，「看來不管我去了哪裡，還是會被妳遇到。我想，這就是緣分吧。」

她一聽，連忙問：「那我們……」

可是說到一半，她忽然遲疑了一下，然後止住了話。

明明她就是有話想說，但怎麼突然不說了？他覺得奇怪，問：「我們什麼？」

「我只是在想我們能不能……」她緊張地看著他，「繼續延續這段緣分？」

「這個嘛……」他微微偏過頭，皺起眉思考著，「雖然我很想，可是說真的妳在我感冒的時候說要分手還是讓我很受傷……」

「那我該怎麼做？」她緊張地問。

「再追我一次吧，妳剛才不是說想跟我重新在一起嗎？」張允杰笑著說，看她一臉認真的表情，他就忍不住想稍微捉弄她一下，「如果妳……」

他的話還沒說完，就被她的吻堵住。

心臟好像突然暴擊了一樣，張允杰驚訝地睜大了眼，完全沒想到她會直接這麼做，他本來只是想聽她再說一次喜歡他而已。

下一秒，謝品君退開，紅著臉，小聲地問：「這樣可以嗎？」

他無奈地笑了，「這不是可不可以的問題，妳這樣根本就是犯規了。」

「剛才不知道是誰先犯規喔？」她暗指他剛才給她的那個突然的吻。

「我……」張允杰無法反駁，「聽起來我肯定是要答應了吧。」

謝品君一聽，開心得雙眼都亮了起來，剛才走進店裡的憂鬱表情，早已在不知不覺當中消失了。看到她這麼開心的模樣，張允杰不禁莞爾，向她傾近，然後輕輕地吻住她。

這個滿溢著思念之情的吻，充滿了咖啡的味道，對她而言這是最溫暖的味道。

謝品君輕閉上眼，回應著他的親吻，感受著他再一次的溫柔。

他們喝著咖啡，享受著此時久違的溫暖時光，謝品君接著問起了張允杰家裡的事，「雖然現在問這個好像有點太晚了，不過你跟你媽媽現在還好嗎？」

「妳怎麼知道我跟我媽的事？」張允杰納悶地問，他記得他沒有提過。

「老闆跟我說的。」

「那個大嘴巴。」張允杰輕嘆，「我已經搬出來了，現在自己一個人住，我真的沒辦法跟我媽住在同一個地方，而且我也不想外婆他們因為我們的關係為難。唉，別說這個了，一說到我媽我心情就不好。啊對了，我差點就忘了我還有個好東西要給妳看。」

「什麼好東西？」她好奇地問。

張允杰神祕地笑了笑，拿出了牛奶，然後利用咖啡機替牛奶加熱。

「你該不會是要拉花吧？」她驚訝地問。

「嗯，我這次沒有馬上放棄，練了好久。」

「你會嗎？」她質疑張允杰的能力，張允杰沒有說話，只是專心在手邊的動作，然後她看見了一個她原本以為這輩子都不會看到的畫面。

「來，給妳。」張允杰將咖啡遞給她，咖啡上的愛心拉花讓他很滿意。

「好漂亮喔！跟老闆的拉花一樣欸。」一看見愛心拉花，謝品君驚呼了一聲。

別說是最簡單的圖案了，她記得張允杰以前只會把咖啡和熱牛奶混在一起而已，就連在那之後的六年後，也曾經被方承洋吐槽完全沒有拉花的天分。這樣的他，怎麼可能在短短半年之內就變得這麼厲害？

謝品君驚訝的表情讓張允杰很有成就感，雖然和張子賢的精美拉花相比，他這只能說是初學者的程度，沒想到竟然能讓謝品君誇獎這是張子賢的程度。

她看了看咖啡拉花，又抬起頭看著表情滿意的他，仍不相信地問：「別裝了，你其實是老闆對吧？允杰怎麼可能會這麼漂亮的拉花？」

張允杰一聽，知道自己的拉花成功了，他開心到整個人都笑開了，燦爛的笑容中多了一點傻氣。

看著笑得這麼開心的他，她不禁莞爾。

看來過了這麼多年，張允杰的拉花技術總算是有進步了。或許各自走在時光洪流當中，她和他多少都有一些改變，唯一確定絕對不會改變的，就是她總會因為他而感受到深刻的溫柔和溫暖的心動痕跡。

雖然他們曾經空白了好多年的時光，但不論是多年前遇見的他，還是再次相遇之後的他，和現在的他都一樣，他都是她最喜歡的那個他。

「妳說呢？」

然後，她聽見他輕輕地笑著這麼對她說。

這一瞬間，謝品君彷彿看見了二十四歲的張允杰。

即使時光流逝，他依然如此溫柔。

【全文完】

〔後記〕

記憶中的溫柔

有沒有一種味道或是一首歌，只要一接觸，就會讓你馬上想起記憶中的某個片段？就好像佔據了這段回憶一樣。

我之前讀書的時候，很喜歡一邊寫作業一邊聽音樂，再加上我又有個習慣，只要一喜歡上某首歌，我就會一直不斷重複這首歌直到我下一首喜歡的歌出現。我記得我國中的時候曾經有一段時期愛上了〈野蠻遊戲〉這首歌，所以我常常在寫補習班作業的時候聽這首歌。可是那間補習班作業特多，然後又超愛要人罰寫，那時候我總是一邊聽輕快的舞曲一邊罰寫作業，這種記憶太過深刻，弄得我現在就算已經過了這麼多年了，但只要一聽到這首歌的前奏，我就會突然一種怎麼辦我又要開始罰寫的慌張感覺。雖然聽起來好像是不太好的經驗，卻是讓人很印象深刻的事。

在《依然溫柔》這個故事中，也是如此。對品君和允杰來說，咖啡的味道就是他們記憶中最深刻的味道，品君也說過不只一遍只要一聞到咖啡香，她就會想起關於允杰的事情。

在她不平靜的大學時光裡，最慶幸的事就是能遇見如此溫柔的允杰，即使只有短暫的相處時光，但和他在一起的每一分溫暖，都在她的記憶中留下深刻的印象。不過，對品君而言，我想最溫柔的是不僅是再次遇見允杰之後所感受到的溫柔，以及他對她的好，還有更多的是儘管過了很多年，允杰同樣惦記著她的這份溫柔吧。

有人說這個世界很大，大得就算身處在同一個地方也不一定能相遇，但也有人說這個世界很小，小得就算分隔兩地只有一通電話就能聯繫上。不過，無論世界大小，只要能感受到對方珍惜自己的溫柔就夠了，不然就會像品君的前男友昱凱一樣，即使和品君在一起了卻未曾考慮過她的感受，這樣的他就算在身邊也會讓品君覺得很遙遠吧。

希望這個故事，能讓你們感受到品君和允杰之間的這份溫柔就好了，也謝謝看過這個故事的每一個人。

柚昕

國家圖書館出版品預行編目資料

依然溫柔／柚昕著. -- 初版. -- 臺北市；商周，城邦文化出版；家庭傳媒城邦分公司發行，民 108.01

面；公分. --（網路小說；283）

ISBN 978-986-477-602-3（平裝）

857.7　　107022787

依然溫柔

作　　者／柚昕
企畫選書人／陳思帆
責任編輯／陳思帆

版　　權／翁靜如
行銷業務／李衍逸、黃崇華
總 編 輯／楊如玉
總 經 理／彭之琬
發 行 人／何飛鵬
法律顧問／元禾法律事務所　王子文律師
出　　版／商周出版
台北市中山區民生東路二段 141 號 9 樓
電話：(02) 2500-7008　傳真：(02) 25007759
Blog：http://bwp25007008.pixnet.net/blog
Email：bwp.service@cite.com.tw
發　　行／英屬蓋曼群島商家庭傳媒股份有限公司城邦分公司
聯絡地址：台北市中山區民生東路二段 141 號 11 樓
書虫客服服務專線：(02) 25007718・(02) 25007719
24小時傳眞服務：(02) 25001990・(02) 25001991
服務時間：週一至週五09:30-12:00・13:30-17:00
郵撥帳號：19863813　戶名：書虫股份有限公司
讀者服務信箱 Email：service@readingclub.com.tw
城邦讀書花園網址：www.cite.com.tw
香港發行所／城邦（香港）出版集團有限公司
地址：香港灣仔駱克道 193 號東超商業中心 1 樓
Email：hkcite@biznetvigator.com
電話：(852)25086231　傳眞：(852) 25789337
馬新發行所／城邦（馬新）出版集團【Cité(M)Sdn. Bhd.】
41, Jalan Radin Anum, Bandar Baru Sri Petaling,
57000 Kuala Lumpur, Malaysia.
電話：(603) 90578822　傳眞：(603) 90576622

封面設計／林芷伊
版型設計／鍾瑩芳
排　　版／游淑萍
印　　刷／高典印刷有限公司
總 經 銷／聯合發行股份有限公司
電話：(02) 2917-802　傳眞：(02) 2911-0053

■ 2019 年（民 108）1月10日初版　　Printed in Taiwan

定價／260元

ISBN　978-986-477-602-3

商周出版

廣　告　回　函
北區郵政管理登記證
台北廣字第000791號
郵資已付，免貼郵票

104台北市民生東路二段 141 號 2 樓

英屬蓋曼群島商家庭傳媒股份有限公司　城邦分公司

請沿虛線對摺，謝謝！

商周出版

書號：BX4283　書名：依然溫柔　編碼：

請於此處用膠水黏貼

商周出版

讀者回函卡

感謝您購買我們出版的書籍！請費心填寫此回函卡，我們將不定期寄上城邦集團最新的出版訊息。

不定期好禮相贈！
立即加入：商周出版
Facebook 粉絲團

姓名：__________ 性別：□男 □女

生日：西元______年______月______日

地址：__________

聯絡電話：__________ 傳真：__________

E-mail ：

學歷：□ 1. 小學 □ 2. 國中 □ 3. 高中 □ 4. 大學 □ 5. 研究所以上

職業：□ 1. 學生 □ 2. 軍公教 □ 3. 服務 □ 4. 金融 □ 5. 製造 □ 6. 資訊
□ 7. 傳播 □ 8. 自由業 □ 9. 農漁牧 □ 10. 家管 □ 11. 退休
□ 12. 其他__________

您從何種方式得知本書消息？

□ 1. 書店 □ 2. 網路 □ 3. 報紙 □ 4. 雜誌 □ 5. 廣播 □ 6. 電視
□ 7. 親友推薦 □ 8. 其他__________

您通常以何種方式購書？

□ 1. 書店 □ 2. 網路 □ 3. 傳真訂購 □ 4. 郵局劃撥 □ 5. 其他______

您喜歡閱讀那些類別的書籍？

□ 1. 財經商業 □ 2. 自然科學 □ 3. 歷史 □ 4. 法律 □ 5. 文學
□ 6. 休閒旅遊 □ 7. 小說 □ 8. 人物傳記 □ 9. 生活、勵志 □ 10. 其他

對我們的建議：__________

請於此處用膠水黏貼